U0163819

林文寶 編著
張晏瑞 主編

林文寶兒童文學著作集

第三輯　著作編

第七冊
臺灣兒童文學史

臺灣兒童文學史

林文寶、邱各容　著

張晏瑞　主編

《臺灣兒童文學史》原版書影

文學研究叢書·兒童文學叢刊 0809012

臺灣兒童文學史

作　　者　林文寶、邱各容
責任編輯　楊婉慈

發 行 人　林慶彰
總 經 理　梁錦興
總 編 輯　張晏瑞
編 輯 所　萬卷樓圖書股份有限公司
臺北市羅斯福路二段 41 號 6 樓之 3
電話 (02)23216565
傳真 (02)23218698

發　　行　萬卷樓圖書股份有限公司
臺北市羅斯福路二段 41 號 6 樓之 3
電話 (02)23216565
傳真 (02)23218698
電郵 SERVICE@WANJUAN.COM.TW
香港經銷　香港聯合書刊物流有限公司
電話 (852)21502100
傳真 (852)23560735

ISBN 978-986-478-161-4
2020 年 7 月初版三刷
2019 年 12 月初版二刷
2018 年 7 月初版一刷
定價：新臺幣 500 元

如何購買本書：
1. 劃撥購書，請透過以下郵政劃撥帳號：
帳號：15624015
戶名：萬卷樓圖書股份有限公司
2. 轉帳購書，請透過以下帳戶
合作金庫銀行 古亭分行
戶名：萬卷樓圖書股份有限公司
帳號：0877717092596
3. 網路購書，請透過萬卷樓網站
網址 WWW.WANJUAN.COM.TW
大量購書，請直接聯繫我們，將有專人為您服務。客服：(02)23216565 分機 610
如有缺頁、破損或裝訂錯誤，請寄回更換

國家圖書館出版品預行編目資料
臺灣兒童文學史 / 林文寶, 邱各容著. -- 初版. -- 臺北市 : 萬卷樓, 2018.07
面 ;　公分. -- (文學研究叢書. 兒童文學叢刊)
ISBN 978-986-478-161-4(平裝)

1.兒童文學 2.臺灣文學史
863.099　107011291

《臺灣兒童文學史》原版版權頁

《台灣兒童文學一百年》原本書影

國家圖書館出版品預行編目(CIP)資料

台灣兒童文學一百年／林文寶，邱各容作. --
一版. -- 新北市：富春文化，2011.11
面；　公分
ISBN 978-986-7023-21-6(平裝)
1. 兒童文學 2. 台灣文學史

863.5909　　100024176

台灣兒童文學一百年

指導單位 / 行政院文化建設委員會
協辦單位 / 財團法人中華民國建國一百年基金會
主辦單位 / 中華民國兒童文學學會
作 者 / 林文寶、邱各容
編 輯 / 邱志杰
封面 設計 / 不倒翁創意視覺工作室
出 版 者 / 富春文化事業股份有限公司
發 行 所 / 新北市永和區環河西路二段 223 號 5 樓之 2
電 話 / （02）8660-6354　傳 真 / （02）2767-9176
郵政劃撥 / 12945557
登 記 證 / 新聞局局版北業字第 0055 號

定 價 / **350** 元
2011 年 11 月台北一版一刷

 ISBN 978-986-7023-21-6

《台灣兒童文學一百年》原本版權頁

目次

林序
遲來的序

本書原是當年行政院文化建設委員會慶祝中華民國建國一百年補助民間提案。提案單位是中華民國兒童文學學會，我是計劃主持人，邱各容是協同主持人。各容致力於臺灣兒童文學的教學與研究，當時的提案計劃即是邱各容全權負責。計劃案於當年2月21日來函告知，發文字號：文參字第1003003306號。因此，實際撰稿時間只有十個月。

當年勇於提案，其緣由是不希望兒童文學界留白，再加上個人長期以來致力於臺灣兒童文學的建構。而各容是我指導的碩士生，我們之間亦師亦友，他更是癡心於臺灣兒童文學，他的碩士論文是：〈日治時期臺灣兒童文學發展研究〉（2007年6月）這篇論文經過增訂改寫後，由秀威資訊科技股份有限公司於2013年9月出版，並改名為《臺灣近代兒童文學史》。

各容在合作撰寫《臺灣兒童文學一百年》之前，已有多本有關臺灣兒童之類的著作：

臺灣兒童文學史料初稿（1945-1989）　富春文化事業股份有限公司　1990年8月

播種希望的人們：臺灣兒童文學工作者群像　富春文化事業股份有限公司　2002年8月

回首來時路：兒童文學史料工作路迢迢　臺北縣政府　2003年12月

臺灣兒童文學史　五南圖書出版股份有限公司　2005年6月

臺灣兒童文學年表（1895-2004）　五南圖書出版股份有限公司　2007年1月

臺灣兒童文學作家及作品論　富春文化事業股份有限公司　2008年8月

其中《臺灣兒童文學史》一書，是臺灣第一本兒童文學史，在著作出版之前，各容亦已推甄入兒童文學研究所進修。當時我曾以「民間學者的純樸，理當在切磋琢磨中，更見直樸」相勉。如今，幾經琢磨，已顯卓然有成。再度撰寫臺灣兒童文學史，自是駕輕就熟，且義不容辭。

提案通過後，即著手撰寫事宜。在提案編輯計畫中，我們認為本計畫的特色有：

（一）多元共生型：

所謂「多元共生型」，係指臺灣兒童文學涵蓋著日治時期的日籍和臺籍作家，戰後時期的省籍作家和大陸來臺作家。彼此不分種族國籍、語言，不分先來後到，都是創作「以臺灣為主體性」的兒童文學作品，讓臺灣兒童文學綻放出多元共生的花朵。

（二）建檔鉤微：

所謂「建檔鉤微」，係指為前人建檔，為今人鉤微之意。主要藉供學術研究參考之用。百年兒童文學的發展，其中可資記載的何其之多，在缺乏「史觀意識」的情況下，唯恐諸多重要文獻散佚，正如藉慶祝中華民國建國百年，也為百年來的臺灣兒童文學建檔鉤微。

至於執行文式：

> 組織《臺灣兒童文學一百年》工作小組，以文學撰寫為主，兼及文獻的蒐集與整理，俾使為百年來的臺灣兒童文學發展留下比較完整的歷史紀錄。

幾經討論，首先聘請助理，幫忙收集與整理相關資料。其次確認撰寫《臺灣兒童文學一百年》之外，並編輯《臺灣兒童文學史文論選集》。

於是由我擬定章節架構，《臺灣兒童文學一百年》全書計分柒章，而後分工撰稿。除外，我並擔當《臺灣兒童文學史文論選集》的初選工作。

當時，由於雜事繁多，再加上時間倉促，結案在即。雖然能如期完成，卻未能詳細校讀，並核對相關資料。事後，發現除錯別字外，疏漏之處竟然超乎想像。作為計畫主持人的我，未能善盡職責，頗多愧咎。於是有修訂增補的決心。並決定全書隨文附上作者的照片、書影，以及相關文件，以增加全書的可讀性。

首先，花了四個月的時間，仔細校讀修改，並重新核對相關引文資料。同時尋找相關影像，結果全文增增塗塗，只好請助理在電子檔上修改，而後重新影印裝訂成冊。

隔年在博士班「臺灣兒童文學專題研究」課程，即以《臺灣兒童文學一百年》為授課教材。當時修課者有博士生：江福祐、林素文、呂美琴、陳瑋玲，隨堂上課的助理有：顏志豪、丁君君、陳玉珊，合計有七人。將七人分章節預先校讀，並搜尋相關影像。而後在課堂上逐章由預讀同學報告，再進行共讀，同時上網即時核對資料，有時並連線相關作者詢問相關史實，如此反覆校讀了整個學期，課堂上並有同學現場在電子檔上修改。而後再重新影印裝訂成書，分發每位同學在校讀一次，最後再由我總校讀。

總校讀後，仍有許多影像尋求無門，於是再請成功大學臺文所博士生蔡明原幫忙。最後再請共同主持人各容過目。

《臺灣兒童文學一百年》，從出版到修訂增補與影像化的過程，忽忽已有三年之久，正體驗了「上窮碧落下黃泉，動手動腳找資料」的過程真是如人飲水，冷暖自知。

當然，本書能順利修訂再版，自當感謝當年文建會的補助，協同撰稿人邱各容的合作無間，以及教學相長的修課學生。

最後，藉修訂再版，將《臺灣兒童文學一百年》易名《臺灣兒童文學史》，並將資料增補至2012年。

而今，距離正式出版，又忽忽有六年之久，自當感謝萬卷樓圖書公司。

林文寶序

邱序
建檔勾微留青史

今（2011）年欣逢臺灣兒童文學一百年，又逢建國百年，人生難得逢百，對臺灣兒童文學界而言，意義更是特別。

一世紀的臺灣兒童文學，經歷過「去中國化」、「再日本化」的日本殖民統治，也經歷過「去日本化」、「再中國化」的國民政府統治。是以，臺灣兒童文學自然地融合了日本兒童文學、中國兒童文學，以及臺灣在地的民間口傳文學，呈現多元而豐富的兒童文學風貌。

臺灣兒童文學從日治時期迄今，經歷過1912-1944（日治時期）、1945-1963（臺灣光復到經濟起飛前一年）、1964-1986（經濟起飛到解嚴前一年）、1987-1995（解嚴後到兒文所通過設置前一年）、1996-2010（兒文所通過設置到2010）等五個階段的發展。基本上，這樣的分期是以「事件」做為分期依據。有別於洪文瓊的「以出版立史」，也有異於邱各容的「以史料立史」。

一世紀的臺灣兒童文學發展，資料浩如煙海，取捨談何容易？以「影響臺灣兒童文學發展的重要指標事件」為入史的基點，應該是不錯的選擇。由於受到計畫執行時限的約束，只能提綱挈領、要言不繁的敘述。俄國文豪契訶夫有言：「作家不要做判官，只要做見證者。」是以，本書在敘述臺灣兒童文學發展的歷程中，儘量如實記載，如實評述，閱讀空間儘量留給讀者。

本書在書寫過程中，對相關資料儘量採取「表格化」，以加深讀者印象。對戰後迄今，臺灣兒童文學的發展，一方面有鑒於前行代與前行者的高瞻遠矚，辛勤播種，而後才有今日的蓬勃發展，而生景仰之心。另一方面，有感於很多很有意義的事，卻因為「因人設事」、「因人廢事」的一再上演，而生遺憾之感。有些人扮演「種樹的行者」，有些人卻扮演「終結者」，世事難料，莫此為甚。

無論如何，對於百年來在臺灣兒童文學發展過程中奉獻心力的兒童文學工作者，他們的心血與努力，建構出足以流傳青史的「史料基礎」，這樣的精神，是應該被肯定的，應該被傳揚的。本書的書寫，就是奠基在這樣的「基礎」上。

由於時間有限，無法面面俱到，疏漏在所難免，尚請方家有以教之。讀者不妨以「簡明臺灣兒童文學史」視之。

邱各容序

第一章
緒論

第一節　前言

兒童文學的產生是緣於教育兒童的需要。從現存的歷史資料看，兒童文學作品幾乎是跟遠古的民間文學同時產生，當然，那只是兒童文學的原始型態，並未完全具備兒童文學的特點與作品的雛型。

至於大陸或臺灣的現代兒童文學，可以說是伴隨著「五四」新文化運動才開始發展起來。

1839年的中英鴉片戰爭，被迫走向現代化。當時的中國，遭遇到亙古所未有的挑戰，產生了巨大深刻的形變，這是中國傳統解組的世紀，也是中國現代化的世紀。

所謂「兒童文學」的出現，即是傳統啟蒙教育的解組，它是整個新文化運動的一環。從近代文獻資料中，我們可以了解，中國近代許多著名的啟蒙思想家與作家，都曾留心於兒童文學，且新時代兒童文學的發展亦與通俗文學、國語運動息息相關。

臺灣新文學運動的展開，是在1895年臺灣淪為日本殖民地之後才發生。臺灣新文學經驗了戰前日文書寫與戰後中文書寫的兩大歷史階段。在這兩個階段中，由於政治權力的干預，以及語言政策的阻撓，使得臺灣新文學的成長較諸其他地區的文學還來得艱難。而身為弱勢與邊緣的兒童文學，在臺灣地區的發展更是緩慢與困境。

考各國兒童文學的源頭有：

第一個源頭是口傳文學。

第二個源頭是古代典籍。

第三個源頭是啟蒙教材。

而臺灣以現代中文書寫的兒童文學，其源流於林良〈臺灣地區四十五年來的兒童文學發展（1945-1990）〉一文中說：

> 臺灣光復以前，知識界對兒童文學並不陌生。日本的兒童文學活躍在小學裡，日本的兒童讀物活躍在書店、圖書館和家庭的書房裡。傳統的兒歌和民間故事，活躍在廣大的中國人社會中。當年中國大陸兒童文學迅速發展，臺灣的知識界也有相當的認識。
>
> 民間的口傳文學、中國傳統的「三、百、千、千」幼學讀本、日本的兒童文學、中國的兒童文學，構成了臺灣兒童文學的四大資源。在這段期間，有多少人以日文從事兒童文學創作？有多少人以中文從事兒童文學創作？知識界在兒童文學方面有些什麼成績？這是一段急待我們加以充實的兒童文學史。
>
> ——見《(西元1945-1999年）華文兒童文學小史》，頁1-2。

二十年後的今日，有關日治時期的兒童文學的資料與論述，亦已顯然可觀。

其實，兒童文學與兒童讀物的發展是國家教育、社會文明、經濟進步的重要指標。歐美先進國家早在18世紀開始萌芽，19世紀蓬勃發展，並於1956年設立國際安徒生兒童文學獎。臺灣地區隨著教育普及，工商發達，經濟繁榮，近50年代兒童文學發展迅速，先後成立高雄市兒童文學寫作學會（1980年12月）及全國性的中華民國兒童文學學會

（1984年12月）、臺北市兒童文學教育學會（1987年10月）、臺灣省兒童文學協會（1989年12月）、中國海峽兩岸兒童文學研究會（1992年6月），設立世界華文兒童文學資料館（1994年9月），開設兒童文學研究所（1997年8月），推廣兒童文學創作、研究、出版及國際交流活動。

面臨21世紀，迎向未來的是科技化、國際化、民主化與多元化的腦力密集時代，臺灣的兒童文學亦當加以檢視與建構，進而走出屬於我們自己的道路。

第二節　發現臺灣

「發現臺灣」似乎是20世紀90年代初期臺灣政治文化的一個熱門話題。1991年11月《天下雜誌》發行一本「從歷史出發」特刊，以「『打開歷史，走出未來』發現臺灣」為標題，並於1992年2月印製成書（上、下兩冊），隨即又策劃「認識臺灣系列」。既言「發現」，顯然臺灣過去一直處於被遺忘的狀態。臺灣原本有史，只是幾百年來的被殖民經驗迫使它的歷史回憶被壓抑放逐。如今，臺灣塵封的過去再被發現。

所謂發現，一言以蔽之，即是發現臺灣被殖民的歷史，而「臺灣意識」即是被殖民的事實標記。沒有歷史，沒有記憶是所有被殖民社會的歷史。而重建、重新發現被消逝的歷史，則是被殖民社會步入後殖民時代，從事「抵殖民」文化建設工作的第一步。

所謂後殖民，德里克（Dirlik, A. 1940-）於〈後殖民氛圍：全球資本主義時代的第三世界批評〉一文中認為有下列三種重要的意思：

> 「後殖民」這一術語在不同用法中帶有多種含義，為了分析起見，需要對它們加以區分。在我看來，這個詞的三種用法格外顯著（和重要）；（a）從字面意義上描述曾是殖民地的社會的狀況，這種用法中它具體有所指，比如「後殖民社會」或「後殖民知識分子」。不過，需要說明的是，這裡所說的殖民地既包括以前歸屬於第三世界的那些地方，也包括像加拿大和澳大利亞這個通常與第一世界聯繫在一起的移居者的殖民地。（b）描述殖民地主義時期之後的全球狀況，這種用法中它的所指多少有些抽象而不那麼具體，就其模糊性而言也與早期的一個術語，第三世界，不相上下，實際上它本來就是像要替代那個術語的。（c）描述論及上述狀況的一種話語，這種話語是通過由這些狀況產生的認識論和精神的方向來傳達的。
>
> ——見《後革命氛圍》，頁114。

申言之，後殖民理論家認為，後殖民論述脫胎於被殖民經驗，強調和殖民勢力之間的張力，並抵制殖民者本位論述。換言之，後殖民論述有兩大特點：第一，對被殖民經驗的反省；第二，拒絕殖民勢力的主宰，並抵制以殖民者為中心的論述觀點。

綜觀臺灣近代的歷史，先後歷經荷蘭人佔據38年（1624-1662），西班牙局部佔領16年（1626-1642），明鄭22年（1661-1683），清朝治理200餘年（1683-1895），以及日本佔據50年（1895-1945）。其中，相當長時間是處於被殖民的地位，因此，除了漢人的移民文化外，尚有殖民文化的滲入；尤以日本統治時期的殖民文化影響最為顯著，荷蘭次之，西班牙最少。是以臺灣的文化在光復前是以漢人文化為主，殖民文化為輔的文化型態。

光復後，大陸人來臺，注入文化的熱血液。又1949年12月7日國民黨政府遷都臺北，更是湧進大量的大陸人口。特別是日本統治時代的50年和光復後的40年期間，在跟大陸完全隔離的狀態下接受西方歐美與日本的洗禮，一直難以有鮮明的自主性。

自1987年11月戒嚴令廢除以後，發現臺灣成為口號與流行。其實，「發現臺灣」，簡言之，即是「臺灣意識」是也。解嚴後，「臺灣意識」從過去潛藏的狀態，如火山爆發似地湧現，成為解嚴後臺灣最引人注目的現象之一。所謂「臺灣意識」是指生存在臺灣的人，認識並解釋他所生存的時空情境的方式及其思想。

做為一個思想史現象，「臺灣意識」內涵豐富，總之，屬於同時代或不同時代的社會、政治、經濟階級的人，皆各有其互異的「臺灣意識」。就其組成要素而言，「臺灣意識」雖以「鄉土情懷」為其感情基礎，但卻不能等同於「臺獨意識」。黃俊傑於〈論「臺灣意識」的發展及其特質：歷史回顧與未來展望〉一文中，認為「臺灣意識」的發展，可分為四個歷史階段：

> 一、明清時代的臺灣只有作為中國地方意識的「漳州意識」、「泉州意識」或「閩南意識」、「客家意識」等；二、到了日本統治臺灣以後，作為被統治者的臺灣人集體意識的「臺灣意識」才出現，這半世紀（1895-1945）的「臺灣意識」既是民

族意識又是階級意識；三、1945年臺灣光復後，「臺灣意識」基本上是一種省籍意識，尤是1947年二二八事件之後，作為反抗以大陸人占多數而組成的國民黨政權的臺灣人意識加速發展；四、1987年戒嚴令廢除，臺灣開始走向民主化；近年來由於中共政權對臺灣的種種打壓，「臺灣意識」乃逐漸成為反抗中共政權的政治意識，「新臺灣人」論述可視為這種新氣氛下的思維方式。

——見《臺灣意識與臺灣文化》，頁4。

「臺灣意識」的核心問題是認同問題，而以「我是誰？」「臺灣是什麼？」等問題方式呈現。黃俊傑於〈論「臺灣意識」中「文化認同」與「政治認同」的關係〉一文中說：

所謂「臺灣意識」內涵複雜，至少包括兩個組成部分：「文化認同」與「政治認同」，兩者之間有其不可分割性，亦即「文化認同」與「政治認同」互為支援，不可分離；兩者之所以不可分割，乃是由於華人社會中的國家認同是透過歷史解釋而建構的。

——見《臺灣意識與臺灣文化》，頁4。

綜觀百餘年來的臺灣，一直是處於被殖民的狀態下，是以「臺灣意識」基本上是一種抗爭論述——反抗日本、反抗西化、反抗國民黨、反抗中共。

如果說，殖民主義主要是對經濟、政治、軍事和國家主權上進行侵略、控制和干涉的話，那麼後殖民主義則是強調對文化、知識、語言和文化霸權方面的控制。如何在經濟、政治、文化方面擺脫帝國主義的殖民統治，而獲得自身的獨立和發展，成為後殖民理論必須面對的問題。因此，後殖民主義理論是一種多元文化理論，且已不限於兩個相爭所產生的政治效應。在後現代用法裡，被殖民者乃是被迫居於依賴、邊緣地位的群體，被處於優勢的政治團體統治，並被視為次等人種。以此觀點視之，臺灣的被殖民經驗不僅限於日治時代，事實上可以上下延伸，長達數百年。

如果我們將後殖民論述納入一個更寬廣的文化思考空間，我們發現後殖民論述呼應了後現代文化「抵中心」的強烈傾向。後現代化強調文化的差異多樣性，並以文化異質為貴。後現代文化「抵中心」論——解構各類中心論——包括男性中心論、異性戀中心論、歐洲中心論、白人中心論等等——的迷思以及潛藏於此類迷思之中的政治意義。此「抵中心」傾向可謂後殖民論述的動力。被殖民者在殖民論述裡，往往被迫扮演邊緣角色。當不同文化對立衝突時，勢力強大的一方經常透過論述來了解、控制、操縱，甚至歸納對方那個不同的世界。這個論述行為往往以強勢文化團體為中心觀點，把弱勢文化納入己方營建的論述，並藉政治運作壟斷媒體，迫使對方消音，辯解不得其門。位居劣勢的一方唯有抵抗「消音」(silencing)，抵制以對方為中心觀點的論述，才有奪回主體位置，脫離弱勢的可能。

審視「臺灣意識」的發展過程，黃俊傑於〈論「臺灣意識」的發展及其特質〉一文的結論：

> 縱觀近百餘年來，「臺灣意識」的轉折變化，我們可以發現歷史上的「臺灣意識」基本上是一種抗爭論述——反抗日本帝國主義、反抗國民黨威權統治、反抗中共的打壓。展望未來，「臺灣意識」應該從抗爭論述轉化為文化論述，才是一個較為健康的發展方向，庶幾「臺灣意識」才能成為二十一世紀新的

世界秩序與海峽兩岸關係中發揮建設性的作用。

——見《臺灣意識與臺灣文化》，頁41。

從後殖民論述的觀點視之，將臺灣意識論述從過去的抗爭論述轉化成為一種文化論述，且以「文化中國」做為基調，使其成為與中國大陸及世界進行有助益的文化對話。

申言之，只有透過「作為文化論述的臺灣意識論述」，才能去殖民，後殖民社會是個從文化對立轉為以平等地位對待，並接受彼此文化差異的世界。從文學理論家和文化歷史學者逐漸意識到，建設和穩定後殖民世界的基礎在於「跨文化性」；對跨文化性的共識可能終止人類被「純種」迷思所惑所造成的互相鬥爭歷史。臺灣從殖民進入後殖民時代，必須達成「臺灣文化即是跨文化」的共識，藉以超越殖民／被殖民的惡質政治思考模式，兼容並蓄才能讓我們真正擺脫被殖民的夢魘。

第三節　有關臺灣兒童文學史的論述

有關臺灣兒童文學史的論述，擬從海峽兩岸說明之。

一　臺灣地區

自1945年以來，臺灣地區並無正式的兒童文學史著作。所見者要皆以史實或史實的綜合，可見相關成書著作有：

《我國兒童讀物發展初探》　邱各容著　自印本　1985年4月

《兒童文學史料初稿》　邱各容著　富春文化事業（股）公司　1990年8月

《（西元1945-1990年）華文兒童文學小史》　洪文瓊主編　中華民國兒童文學學會　1991年5月

《（西元1945-1990年）兒童文學大事紀要》　洪文瓊主編　中華民國兒童文學學會　1991年6月

《臺灣兒童文學史》　洪文瓊著　傳文文化事業有限公司　1994年6月

《臺灣兒童文學手冊》　洪文瓊編著　傳文文化事業有限公司　1999年8月

《臺灣兒童文學史》　邱各容著　五南圖書出版股份有限公司　2005年

《臺灣兒童文學年表》　邱各容編著　五南圖書出版股份有限公司　2007年1月

綜觀以上有關臺灣文學史的撰寫，要以邱各容、洪文瓊兩人最為用心，且成果亦較為豐碩。

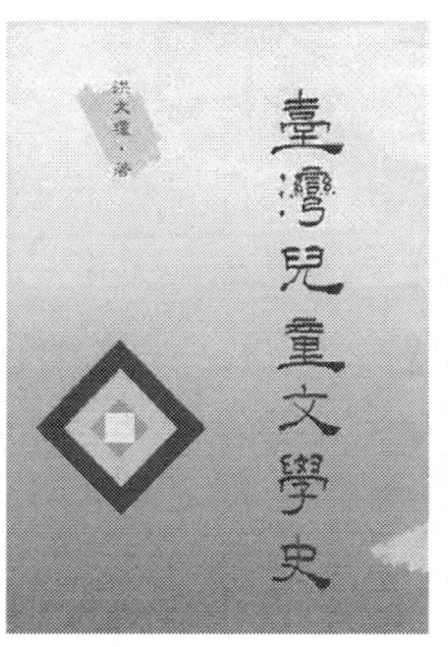

邱各容著作以《臺灣兒童文學史》為代表作，是臺灣第一本兒童文學史，但其史識、史料仍有待加強。

而洪文瓊著作當以《臺灣兒童文學史》、《臺灣兒童文學手冊》二書為代表。洪氏於〈1945-1993年臺灣兒童文學發展走向〉一文（見《臺灣兒童文學史》，頁1-22）中，曾論及「觀察視點」如下：

> 由於地緣關係與歷史背景因素，臺灣自十七世紀東西海通以來，一直是列強覬覦之所。也由於這種環境，使得臺灣的文化發展無法保持較高「純」度。尤其二次世界大戰後的歷史變局，更促使臺灣發展成為一個很特殊的華族文化區域——由新統治階層帶來的中原文化，糅合了既有的本地文化和外來的美日強勢文化。整體上它是華族文化的一環，卻與中國大陸、新加坡以及香港地區的華族文化，有著明顯的差異。兒童文學是文化的一個環節，它是發展不能自外於大環境。要觀察臺灣的兒童文學發展，首先必須注意這個歷史大環境。
>
> 再者，一地區的兒童文學發展，牽涉到社會環境（政經、教育體制等）、兒童文學工作者（作家、插畫家、編輯、理論研究者等）的素質，和市場成熟度（圖書、期刊出版量、國民所得、文化消費指數、圖書館普及率、版權保護程度等）等因素。因此，要談論一地區的兒童文學發展狀況，不能光從作品創作的角度來觀察。本文即是以這種較為宏觀的角度，把臺灣置於歷史大環境中，觀察二次世界大戰結束（民國34年，1945年）以後，迄至民國82年（1993年）這一段期間臺灣地區兒童文學的發展動向，並試著給予歷史分期。（頁1）

嚴格說來，洪氏著作雖不能稱之為「史」，但卻頗具「史識」。

二　大陸地區

大陸地區的兒童文學從業者，在臺灣於1987年7月15日宣佈解除戒嚴令，並同意民眾赴大陸探親之後，對臺灣的兒童文學開始有了瞭解的企圖。兩岸從業者的正式碰面交流，始於1988年10月9-14日，臺灣兒童文學從業者邱各容赴大陸參加「中華文學史料學研討會」，在上海與胡從經、洪汛濤交談兒童文學交流事宜。次年8月13日-23日，「大陸兒童文學研究會」會長林煥彰及成員曾西霸、方素珍、杜榮琛、李潼、謝武彰、陳木城一行七人訪問中國大陸，並舉行三次交流會。

90年代以來，大陸兒童文學從業者在論述中已時常提及臺灣的兒童文學。目前，就大陸已出版兒童文學史中，論及臺灣且較為重要者有：

一、《二十世紀中國兒童文學導論》　孫建江著　江蘇少年兒童出版社　1995年2月　頁419-432。

二、《中國兒童文學史》　蔣風、韓進著　安徽教育出版社　1998年10月　頁531-549。

三、《20世紀中國兒童文學史》　張永健主編　遼寧少年兒童出版社　2006年12月　頁581-652。

大陸學者的書寫，無視兩岸百年來隔離的事實，皆將臺灣列為中國不可分割的一部分，其心態正似陳芳明於《臺灣新文學史》第一章〈臺灣新文學史的建構與分期〉中所云：

> 中華人民共和國學者在最近十餘年來已出版了數冊有關臺灣文學史的專書；例如，白少帆等著的《現代臺灣文學史》（遼寧大學，1987），古繼堂的《靜聽那心底的旋律——臺灣文學論》，黃重添的《臺灣文學概觀（上）（下）》（鷺江，1986），以及劉登翰的《臺灣文學史（上）（下）》（海峽文藝，1991）。這些著作的共同特色，就是持續把臺灣文學邊緣化、靜態化、陰性化。他們使用邊緣化的策略，把北京政府主導下的文學解釋膨脹為主流，認為臺灣文學是中國文學不可分割的一環，把臺灣文學視為一種固定不變的存在，甚至認為臺灣作家永遠都在期待並憧憬「祖國」。這種解釋，完全無視臺灣文學內容在不同的歷史階段不斷成長擴充。僵硬的、教條的歷史解釋，可以說相當徹底地扭曲並誤解臺灣文學有其自主性的發展。從中國學者的論述可以發現，他們根本沒有實際的臺灣歷史經驗，也沒有真正生活的社會經濟基礎。臺灣只是存在於他們虛構的想像之中，只是北京霸權論述的餘緒。他們的想像，與從前荷蘭、日本殖民論述裡的臺灣圖像，可謂毫無二致。因此，中國學者的臺灣文學史書寫，其實是一種變相的新殖民主義。
>
> ——見1999年8月《聯合文學》180期第15卷第十期，頁172。

第四節 臺灣兒童文學史的建構

臺灣的兒童文學至今仍未有令人滿意的文學史，除史料不足、學者不力之外，其主要原因或許可歸因於殖民地性格，是以臺灣兒童文學的主體性與自主性不斷受到抵制。特別是日本統治時代的50年和光復後的40年間，在跟大陸完全隔離的狀態下接受現代化的洗禮，於是又淪入另一種的再殖民時期。

而海峽兩岸的關係，更是長期以來政治認同上的抗爭論述。

其間，1987是關鍵的一年。至今，兩岸關係雖然有改善，但似乎仍是在政治認同上拉扯中緩緩前行。

對臺灣而言，外有全球化與中國大陸的壓力；內有族群、性別與統獨的議題。就臺灣的兒童文學而言，亦是難逃此命題。而其建構之道在於主體性與自主性的建立。

所謂臺灣兒童文學史，並非只是史料或史實的累積或堆砌。在歷史敘述中，作者是引導整個敘述活動的主體，作者平時素養，便關係著實錄的實踐。唐朝劉知幾有「史才三長」說，認為史家必須才、學、識三種能力，三者是史家從事歷史敘述時不可或缺的條件。《唐會要》卷64〈修史官〉條下記載劉知幾回答鄭惟忠問史才難求的原因時云：

> 史才須有三長，謂才也、學也、識也。夫有學而無才，猶有良田百頃，黃金滿籯，而使愚者營生，終不能致貨殖矣。如有才而無學，猶思兼匠石，巧若公輸，而家無楩柟斧斤，終不能成其宮室矣。猶須好是正直，善惡必書，使驕主賊臣，所以知懼，此則為虎傅翼，善無可加，所向無敵矣。

從劉知幾的比喻，我們認為：「才」是指史家的敘述能力和技巧；「學」是指史家豐富的知識和史料；「識」是指公平正直的敘述態度，及分辨善惡直偽的判斷力。

在劉知幾眼中，才、學、識三長之中以備識為最難。備識有如虎添翼，在歷史敘述中能發揮所向無敵的威力。

所謂的史識，即是史學方法裡的解釋，也包括批評在內。我們知道，歷史考證的工作，只是在於求得史料的真實，至於歷史的意義和價值，則有待於史家裁斷或解釋。歷史解釋是西方的用詞，我國古人稱之為「史論」、「史識」，日本人稱之為「史觀」。

如何看待百年來的臺灣兒童文學，如何解釋百年以來的臺灣兒童文學，個人擬以後殖民論述之，並立足於「臺灣意識」和「文化中國」，企圖重現主體性與自主性。至於其分期建構，則是從臺灣的政治、經濟、社會、教育的發展狀況，再參照影響兒童文學發展的指標事件為依據。

嚴格說來，解嚴以來臺灣地區的兒童文學，已朝向多元共生的時代，且已邁向更自由、寬容、多元化的途徑，所謂的鄉土文學名稱已被揚棄。

當代臺灣兒童文學的首要課題，即是在於主體性與自主性的建立，只有重建主體性與自主體，才可能出現具有「臺灣意識」及世界性視野的兒童文學。或許宋朝黃伯思〈翼騷序〉可茲借鏡，其序云：

> 屈宋諸騷，皆書楚語，作楚聲，紀楚地，名楚物，故可謂之楚辭。
>
> ——陳振孫《直齋書錄解題》卷十五引。

只有從自己最熟悉、最關心或最好奇的範圍入手，方能落實與關懷。

第五節　臺灣兒童文學史的分期

林文茜有〈臺灣兒童文學發展史的研究現況與課題〉(2001年11月《兒童文學學刊》第六期上卷，頁174-195。）一文中，附有相關研究資料。但本文以整體文學史為主，其間，文體分類史、區域史不論。其中，涉及分期且較為重要者有：

〈從種子長成樹——兒童節談我國兒童文學的發展〉　林良　見1980年4月《書與人》412期，頁4-6。

〈七十年來我國的兒童文學〉　林良　見1981年11月《華文世界》25期，頁17-23。

〈四十年來臺灣地區兒童文學發展概況〉　邱各容　見1989年2月《文學界》28期，頁151-196。

〈四十年來臺灣地區兒童讀物出版概況〉　邱各容　見1989年6月《幼兒讀物研究》第九期，頁45-63。

〈臺灣兒童文學發展簡史〉　陳木城　見1989年8月《大陸兒童文學研究會會刊》第三期，頁1-5。

〈臺灣地區在四十五年來的兒童文學發展（1945-1990）〉　林良　見1991年5月《華文兒童文學小史（1945-1990）》，頁1-4。

〈1945年-1999年兒童文學發展歷史分期〉　洪文瓊　見1999年8月《臺灣兒童文學手冊》，頁49-66。

〈臺灣兒童文學的建構與分期〉　林文寶　見《兒童文學學刊》第5期，頁6-42，2001年5月。

〈臺灣的兒童文學〉　林文寶　見《臺灣文學》，頁263-304。

邱氏兩篇後來皆收錄於《兒童文學史料（1945-1989）初稿》一書。又邱氏雖有《臺灣兒童文學史》一書，由於採10年為一期，是以不論。試將各家分期表列如下：

<table>
<tr><th>姓名
年代</th><th>林良
1981</th><th>邱各容
1989.2</th><th>陳木城
1989.8</th><th>洪文瓊
1999.8</th><th>林文寶
2001.8</th></tr>
<tr><td rowspan="10">西元</td><td rowspan="2">1945
轉口輸入懷舊時期
再播種改寫時期
1961</td><td>1945
萌芽時期
1949</td><td rowspan="3">1945.10.25
以臺灣光復為出發點
1963</td><td rowspan="3">1945
停滯期
1963</td><td rowspan="3">1945
萌芽期
1963</td></tr>
<tr><td rowspan="2">1950
發展時期
1963</td></tr>
<tr><td rowspan="2">1962
再吸收的翻譯時期
1971</td></tr>
<tr><td rowspan="3">1964
茁壯時期
1974</td><td rowspan="2">1964.6
以教育廳兒童讀物編輯讀物為躍昇點
1973</td><td>1964
萌芽期
1970</td><td rowspan="4">1964
成長期
1979</td></tr>
<tr><td rowspan="6">1972
再生長的創作時期</td><td rowspan="3">1971
成長期
1979</td></tr>
<tr><td rowspan="3">1974.4.4
洪建全兒童文學獎為轉捩點
1983</td></tr>
<tr><td rowspan="4">1975
蓬勃時期</td></tr>
<tr><td rowspan="2">1980
爭鳴期
1987</td><td rowspan="2">1980
發展期
1987</td></tr>
<tr><td rowspan="2">1984.12
中華民國兒童文學學會的成立為最高點</td></tr>
<tr><td>1988
崢嶸期</td><td>1988
多元共生期</td></tr>
</table>

在兒童文學史料的整理與撰寫，邱各容與洪文瓊可說是真積力久者，尤其是洪文瓊更是與時俱進，其「觀察視點」自是無人所能比擬，所以他能看到臺灣兒童文學的本土化運動，是對歷史分期，亦能有合理的解釋。以上各家皆屬90年代以前的論述。如今有重新討論的必要。但原則上仍以「後殖民論述」觀點視之，亦即是以「發現臺灣」的「臺灣意識」做為論述起點。在分期上仍以政治取向為主。

臺灣的兒童文學本屬臺灣文學的內容，而臺灣文學的內容，是隨著歷史階段的變化而不斷成長擴充，以後殖民論述視之，則臺灣的兒童文學可分為三大歷史階段，亦即是日治的殖民時期，戰後的再殖民時期，以及解嚴迄今的後殖民時期。今以表格方式揭示分期，並與陳芳明的臺灣新文學史的分期對照之：

類別／殖民期	臺灣新文學	臺灣兒童文學
日治：殖民時期	1. 啟蒙實驗期（1921-1931）	1895-1945
	2. 聯合陣線期（1932-1937）	
	3. 皇民運動期（1937-1945）	
戰後：再殖民時期	4. 歷史過渡期（1945-1949）	1945-1963
	5. 反共文學期（1949-1960）	
	6. 現代主義期（1960-1970）	1964-1987
	7. 鄉土文學期（1970-1979）	
	8. 思想解放期（1979-1987）	
解嚴：後殖民時期	9. 多元蓬勃期（1987-　）	1987-1996
		1996-2012

從分期對照中，可知臺灣的兒童文學是屬於弱勢且平和的一支。至於臺灣的新文學從最初的荒蕪未闢到今日的蓬勃繁榮，臺灣新文學經歷了戰前日文書寫與戰後中文書寫的兩大歷史階段。在這兩個階

段，由於政治權力的干預，以及語言政策的阻撓，使得臺灣新文學的成長較諸其他地區的文學來得艱難。考察每一個歷史階段的臺灣作家，都可以發現他們的作品留下被損害的傷痕，也可以發現作品中暗藏抵抗精神。相對於弱勢的臺灣兒童文學，回首眺望兒童文學史的流變軌跡，雖然沒有臺灣新文學的悲情，卻仍然不失為被殖民與政治下的產物。從後殖民觀點來定位臺灣的兒童文學，可以清楚看到它的流變過程，為使臺灣兒童文學史的敘述有較為清楚的結構。試將分期略加說明如下：

（一）1895 年-1945 年

這個時期稱之為日治時期。清德宗光緒21年（1895），因戰敗與日本簽訂馬關條約，將臺灣割讓給日本，時間長達50年：1895年6月17日至1945年10月25日。

（二）1945 年-1963 年

這個時期的兒童文學，由於特殊的環境與局勢。一方面是日本「轉口輸入」，另一方面則是「懷舊與改寫」。因此，較多的作品是民間故事或古籍改寫，以及訓教意味頗濃的生活故事性童話。

（三）1964 年-1987 年

從臺灣經濟起飛到解嚴前一年。這個時期，可說是現代兒童文學的自省，自我追求與爭鳴的時期。

（四）1987 年-1996 年

1987年7月15日零時起宣布解除戒嚴到兒童文學研究所通過設置前，這是多元發展的時期。

（五）1996 年-2012 年

1996年8月，臺東師院兒童文學研究所正式經奉報行政院核增設並進行籌備起，至2012年為止。

本土化、國際化，皆不悖離多元化。而所謂多元化、本土化的主張，不是口號，是趨勢。在歷經長期的努力，我們已經有了對臺灣與本土文化自然的情感。其實自1960年代末期，有愈來愈多的作家、學者對另一種殖民作為——新殖民主義，尤其是美國好萊塢文化及其商品侵略——開始注意。針對新舊殖民經驗，如何界定自己本土文化，珍視傳統文化再生的契機及其不同之處。申言之，在多元化的弔詭中，我們看到的仍是殖民文學。而非後殖民文學。後殖民文學的一個重要特色，便是作家已自覺到要避開權力中心的操控。這種去中心的傾向，與後現代主義的去中心有異曲同工之處。因此，有人把解嚴後的臺灣兒童文學的多元化現象，解釋為國際化或後現代狀況。不過，我們必須辨明的是後殖民與國際化或後現代狀況之間有一最大的分野，乃在於前者強調主體性；而後者傾向於主體性的解構。國際化或後現代主義並不在意歷史記憶的重建，後殖民主義則非常重視歷史記憶的再建構。

展望臺灣的兒童文學，仍是多元共生與眾聲喧嘩。但在多元中，可見我們的記憶，我們的歷史，更見我們主體性與自主性。

參考書目

一

中華民國兒童文學學會　《中華民國臺灣地區民國三十八年～民國七十八年兒童期刊目錄彙編》　臺北市　中華民國兒童文學學會　1989年12月
中華民國兒童文學學會　《西元1945-1990年華文兒童文學小史》　臺北市　中華民國兒童文學學會　1991年5月
中華民國兒童文學學會　《西元1945-1990年兒童文學大事紀要》　臺北市　中華民國兒童文學學會　1991年6月
王寧、薛曉源　《全球化與後殖民批評》　北京市　中央編譯出版社　1998年11月
周英雄、劉紀蕙編　《書寫臺灣——文學史、後殖民與後現代》　臺北市　麥田出版股份有限公司　2000年4月
邱各容　《我國兒童讀物發展初探》　自印本　1985年4月
邱各容　《兒童文學史料初稿》　臺北市　富春文化事業股份有限公司　1990年8月
邱各容　《臺灣兒童文學史》　臺北市　五南圖書出版股份有限公司　2005年6月
邱各容編著　《臺灣兒童文學年表》　臺北市　五南圖書出版股份有限公司　2007年1月
邱貴芬　《仲介臺灣・女人：後殖民女性觀點的臺灣閱讀》　臺北市　元尊文化企業股份有限公司　1997年9月
洪文瓊　《臺灣兒童文學史》　臺北市　傳文文化事業有限公司　1994年6月

洪文瓊　《臺灣兒童文學手冊》　臺北市　傳文文化事業有限公司　1999年8月

孫建江　《二十世紀中國兒童文學導論》　南京市　江蘇少年兒童出版社　1995年2月

張香還　《中國兒童文學史（現代部分）》　杭州市　浙江少年兒童出版社　1998年4月

張永健主編　《20世紀中國兒童文學史》　瀋陽市　遼寧少年兒童出版社　2006年12月

陳昭瑛　《臺灣文學與本土化運動》　臺北市　正中書局　1998年4月

陳芳明　《左翼臺灣：殖民地文學運動史論》　臺北市　麥田出版股份有限公司　1998年10月

陳玉玲　《臺灣文學的國度：女性、本土、反殖民論述》　臺北市　博揚文化事業有限公司　2000年7月

黃俊傑　《臺灣意識與臺灣文化》　臺北市　正中書局　2000年9月

蔣風、韓進　《中國兒童文學史》　合肥市　安徽教育出版社　1998年10月

蕭綿綿、周慧菁編輯　《發現臺灣（一六二〇-一九四五）上下兩冊》　臺北市　天下報導　1992年2月

羅蘭．羅伯森著　梁光嚴譯　《全球化：社會理論和全球化》　上海市　上海人民出版社　2000年3月

Huntington S. 著　黃裕美譯　《文明衝突與世界秩序的重建》　臺北市　聯經出版事業公司　1997年9月

二

林文寶　〈臺灣兒童文學的建構與分期〉　《兒童文學學刊》第5期　2001年5月　頁6-42

林文寶 〈臺灣的兒童文學〉 《臺灣文學》 萬卷樓圖書有限公司 2001年8月 頁263-304

林　良 〈種子長成樹——兒童節談我國兒童文學的發展〉 《書與人》412 1980年4月 頁4-6

林　良 〈七十年來我國的兒童文學〉 《華文世界》第25期 1981年11月 頁17-23

邱各容 〈四十年來臺灣地區兒童文學發展概況〉 《文學界》第28期 1989年2月 頁151-196

邱各容 〈四十年來臺灣地區兒童讀物出版概況〉 《幼兒讀物研究》第9期 1989年6月 頁45-63

邱各容 〈臺灣兒童文學一百年的歷史意義〉 《全國新書資訊月刊》第142期 2010年10月 頁1-7

陳木城 〈臺灣兒童文學發展簡史〉 《大陸兒童文學研究會會刊》第3期 1989年8月 頁1-5

第二章
1895-1945（日治時期）

第一節　時代背景

臺灣，這個由鄭成功從荷蘭人手中奪來作為反清復明基地的邊陲小島，於1684年被清廷收入版圖，到乙未年（1895）隸屬清廷已兩百年，是個以漢人為主體的多族群、多語言社會。在中日甲午戰爭（1894）後，於1895年4月17日，由李鴻章與伊藤博文在日本馬關簽訂條約，將臺灣全島及所有附屬各島嶼割讓給日本。從1895年4月17日到1945年，在第二次世界大戰落敗的日本接受波茨坦宣言（1944年8月14日），8月15日日本天皇透過廣播，發佈終止戰爭。而後由最後一任的總督安藤利吉在臺北簽署授降文書（同年10月25日）終結統治。前後日本據臺共50年又4個月，史稱日治時期、日據時期，或殖民時期。

王施琅在〈日治時期統治政策的演變〉（見《日本殖民地體制下的臺灣》，頁10-16）一文中，認為日人統治方針及策略頗多變化，大體上可分為三個時期：

（一）綏撫時期（1895-1918）

自荷蘭人被趕出臺灣以後，似乎看不到中國人以外的外來民族對臺灣進行殖民地化的具體行動的行跡。是以清朝承認臺灣的割據後，臺灣官民大為憤怒。1895年5月宣佈成立臺灣民主國，打出反對把臺灣割讓給日本的行動。於是有了武力抗爭。

在綏撫期間，綜計臺灣人武力抗日，前後垂二十年之久，最後以1915年8月之「西來庵事件」為結束。

（二）同化時期（1918-1937）

此一時期，日本人的殖民地統治和建設，基礎已告穩定，其統治以普遍到每一個角落，且由於社會進步，近代思想的影響，臺灣人的民族覺醒也普遍，抵抗由武力轉採取文化啟蒙、政治等多種多樣的非武力抗爭。

這種非武力的抗爭，即是臺灣近代的民族運動。

申言之，「臺灣議會設置運動」、「臺灣文化協會」、與「臺灣青年雜誌」是當時臺灣非武力抗日民族運動的三大主力。若用戰爭的形式來比喻，臺灣議會設置運動是外交攻勢，臺灣青年雜誌（包括以後的《臺灣雜誌》,《臺灣民報》以至於日刊《臺灣新民報》）是宣傳戰，而文化協會則是短兵相接的陣地戰。

1927年2月「臺灣文化協會」左右派分裂，右派退出另行創立「臺灣民眾黨」。不久，臺灣民眾黨內右派又退出，組織以改革地方自治為目標的「臺灣地方自治聯盟」。而後，這種非武力的抗爭愈形蛻化與分裂，但要皆與民族覺醒有關。

（三）皇民化時期（1937-1945）

七七事變以後，所有的日本抵抗運動在戰時體制非常時期的口號下，完全被扼殺。

隨著武官總督制的恢復，正式的皇民化運動開始推行。從1937年4月1日起，臺灣人母語的使用受到限制，報紙的漢文欄也廢止了。連民眾娛樂的傳統戲劇、音樂、武術，也禁止上演和傳授。甚至連傳統的宗教儀式以及祭祀年中行事，也加以限制和禁止。取而代之的是日語的強制使用，「天昭天神」的奉祀與向日式姓名的改姓名運動，一直強制到戰敗的前夕。無論任何一項，都不外是為了因應原本的侵略戰爭，希望把臺灣人民改造成日本皇民。

上述三個時期，不但每個時期都在反映動盪的國際局勢和潮流，也反映日本的國情，而臺灣的政治、經濟、社會與文化等，也都在各時期的政策下，不斷地發生變化。

總之，文學是時代、國族、社會以及它的意識型態及感情的反映。一般來說，臺灣新文學的發生及開展，是在日本佔據臺灣中期以後的事。

臺灣的新文學，無論是臺灣人的漢語文學、臺灣人的日語文學，或日本人寫的日語文學，由於所關注的對象不同，給人的觀感也大異其趣。其間，當以有強烈的民族意識和寫實手法為特徵者為主流，但我們亦不能無視於日本作家及被稱為「皇民作家」的臺灣親日作家的存在。

就兒童文學發展而言，是伴隨新文學而出現。有關近代臺灣兒童文學的起點，邱各容認為有兩個時間點可以斟酌。

第一個時間點是明治四十年，也就是西元1907年（民國前5年）5月5日，距離日本殖民臺灣已經12年之後。當時臺灣總督府民政局學務課開始編印兒童課外讀物——《むかしばなし第一桃太郎》。《むかしばなし第一桃太郎》係臺灣總督府在殖民地臺灣所編印出版的第一本兒童課外讀物。

第二個時間點是明治四十五年（大正元年），也就是1912年（民國元年）。這一年有兩件事值得一提，首先是臺灣總督府民政局學務課繼續編印出版《むかしばなし第二埔里社鏡》，是臺灣總督府在殖民地臺灣所編印出版的第二本兒童課外讀物。再來是同年的11月1日起，臺北國語學校助教授宇井生在《臺灣教育》第127號至128號，接連發表有關兒童文學的論述，所談主題是《臺灣の童謠》。

邱氏之所以認為1912年是臺灣兒童文學元年，主要考量是「以臺灣為主體性」的出發點。1907年雖然出版第一本課外讀物《むかしばなし第一桃太郎》，但桃太郎是日本家喻戶曉的童話故事，不是臺灣本土的。

至於1912年的《むかしばなし第二埔里社鏡》，是取材於臺灣民間。又當時參與編印《むかしばなし第一桃太郎》和《むかしばなし第二埔里社鏡》這兩本兒童課外讀物的編者當中，有一位臺灣人白陳發，他是1901年畢業於臺北師範學校語學部國語科的臺北人，是道道地地的臺灣人。這也證明日治時期的臺灣兒童文學發展初始，已經有臺灣人參與其中。

另外，宇井生雖是日本人，其論述卻是完全符合「以臺灣為主體」的「作品的本土化」。

基於「作品的本土化」、「以臺灣為主體性」這兩點重要指標，以及參與最早出版兒童課外讀物的編者有臺灣人在內，邱各容認為1912年（大正元年）是臺灣兒童文學發展的起點（詳見2010年《全國新書資訊月刊》142期，邱各容〈臺灣兒童文學一百年的歷史意義〉，頁4-7）。

第二節　人物

西岡英夫（1879-？）

西岡英夫早年畢業於日本早稻田大學政經科，於1910年代初期來臺，屬於「渡臺者」。來臺後曾任職於臺灣銀行，既活躍於實業界，也廁身於文化及文學界，對臺灣漢民族與原住民的風俗抱有濃厚興趣，著有《臺灣歷史故事集》、《世界童話大系——臺灣童話篇》等書。經常於《童話研究》、《臺灣教育》及《兒童街》等雜誌發表與兒童文學相關的文章，不僅被視為日治時期臺灣童話運動的開拓者，他同時也是臺灣童話運動的靈魂人物。

當時兩個主要的兒童文學團體——臺灣兒童藝術協會與臺灣兒童藝術聯盟，西岡英夫身兼兩個團體的顧問。這兩個團體是當時臺北兒童文化活動的主軸，身為顧問的西岡英夫，不僅是臺灣童話運動的先驅，致力於童話運動的推展與普及；而且本身又是一位著名的口演童話家，曾先後自日本請來數位口演童話家來臺，其對日治時期臺灣童話的發展具有舉足輕重的影響力。其對日治時期臺灣兒童文學的發展的貢獻，當推第一人。

吉川精馬（？-1925）

大正九年（1920）八月

和西岡英夫一樣，也是「渡臺者」。生平事蹟不詳，卻創辦了許多雜誌，試引錄如下：

吉川精馬所發行的雜誌一覽表

雜誌名	創刊及停刊年月	發行所	吉川精馬的職務	現存資料
《臺灣日日寫真畫報》(《臺湾日日写真画報》)	1916.8-1918.1	臺灣日日寫真畫報社	編輯發行兼印刷	1916.8-1918.1
《兒童世界》(《子供世界》)	1917.4-1922.4	臺灣兒童世界社	編輯發行兼印刷	無
《學友》	1919.1-1919.11	臺灣兒童世界社	編輯發行兼印刷	1919.1-1919.11
《婦女與家庭》(《婦人と家庭》)	1919.12-1920.12	臺灣兒童世界社	編輯發行兼印刷	1919.12-1920.12
《實業之臺灣》	1920.7-1925.12	實業之臺灣社	發行兼印刷	1910.9-1925.12
《第一教育》	1923.9-1935.6	臺灣兒童世界社	不詳	1928.9-1935.6

見《日治時期臺灣的兒童文化》，頁170。

其間以《臺灣子供世界》、《學友》這兩份雜誌，就推廣兒童文學的努力而言，足可與西岡英夫對臺灣童話運動的推展相提並論。

吉川精馬集出版家、發行人、編輯人、作家等多重身分於一身，他不僅是出版人、雜誌人，更是一位兒童文化關心者。《兒童世界》

的刊行，有助於口演童話運動以及童話、童話劇、童話大會、兒童日等的舉辦，這些與童話相關的活動，都在《兒童世界》的報導之列，是以，吉川精馬以及《兒童世界》雜誌的存在，對當時如火如荼推展的童話運動，的確具有不凡的意義存在。

在日治時期臺灣兒童文學發展史上，西岡英夫與吉川精馬，一個出身實業界，致力於口演童話運動；一個出身文化界，戮力於兒童文化的推展，做為日治初期臺灣兒童文學發展的開路先鋒，西岡英夫與吉川精馬可謂當之無愧。

宮 尾進（生卒不詳）

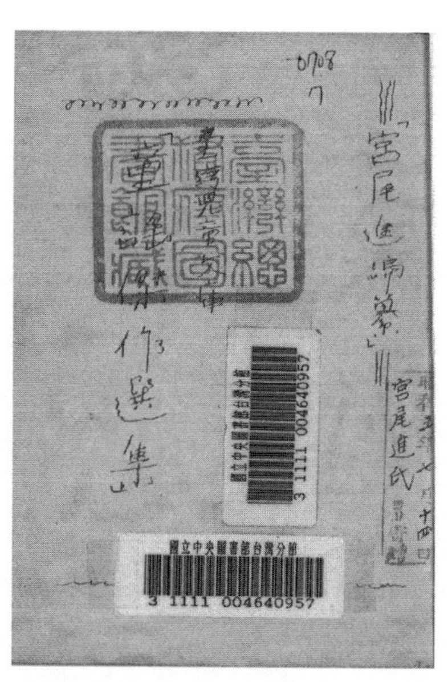

臺灣藝術協會，昭和五年五月

日治時期臺灣發行量最大，延續時間最長的官方報紙當推《臺灣日日新報》。1925年3月該報為提升兒童文化水準，乃出版《臺日子供新聞》（臺日兒童新聞），屬週刊性質，由宮尾進主其事。那是一個專供20年代臺灣學童與日本學童發表童謠作品的兒童園地。

宮尾進前後5年擔任《臺灣日日新報》臺灣兒童新聞週刊主編期間，編選《童謠傑作選集》，重視的是學童在「童謠創作」的共通性與相似性，而非國族的差異性。他編選《童謠傑作選集》純粹針對作品本身的優劣做為選取的主要考量，似乎並無國族歧視。

宮尾進編選的這本《童謠傑作選集》，從1925年3月到1930年5月止，除了小、公學校學童大部份發表在《臺灣日日新報》「臺日子供新聞」園地的創作童謠之外，也包括發表在他主編的《パパヤ》、《トリカゴ》等童謠誌的童謠作品予以蒐輯，篇數高達3800多首，再從中嚴選具有特別藝術價值的720餘首，再加上自己的童謠作品16首，冠以《童謠傑作選集》之名，由臺灣藝術協會發行，列為「臺灣兒童文庫」第一輯。

宮尾進編輯的這本《童謠傑作選集》主要根據兩個原則，第一：同一作者若有多篇作品，選其較具代表性者；第二：同一主題的作品太多，選其較具藝術性者。全書共370頁，內容區分為天象、地理與時令、動物、植物、日常生活等5大類。《童謠傑作選集》這本書，為日治時期大力推動的童謠運動，留下了最佳的歷史見證。也顯示就讀公學校的臺灣學童，在20年代中期的臺灣兒童文學發展上，曾經也扮演過出色的角色。

宮尾進編選的《童謠傑作選集》，無異是對1925年到1930年間，臺灣推展童謠運動的總檢視。也因為這本選集的編印，使得日治時期就讀全臺各地公學校臺灣學童的童謠作品，得以流傳於世。有趣的是，在教育系統寫作童謠作品的臺籍師生，一律以國語（日文）發表，而新文學作家的童謠作品，反而是以漢文或臺灣話文書寫。雖然彼此存在以不同語文書寫的相異性，卻掩蓋不住他們創作童謠作品，為文學而寫作的態度上的一致性與相似性。就這種現象而論，其實也顯現出日治時期語文使用的多元化，以及在殖民統治下，不得不使用殖民國語文的無奈。

西川滿（1908-1999）

昭和18年（1943年）1月

屬「第二世」，1911年隨祖父來臺，長大於臺北，中學就讀臺北一中（建國中學前身），熱心文藝創作，居臺時間長達30多年，從開始習作、創辦文學雜誌《櫻草》、早稻田大學法文科畢業後再度來臺，直到39歲隨船撤退返回日本。其間參與報社編輯，創辦出版社、雜誌社，積極從事文學創作與文學相關活動。

西川滿在30年代的臺灣兒童文學發展上佔有一席之地。也是該年代相當活躍的居臺日人作家，著作等身的西川滿，舉凡小說、詩、童話、隨筆、傳記、民俗方面等的著作，皆以臺灣題材為中心進行創作。據《臺灣省通誌卷五・教育志・文化事業篇》刊載，西川滿在童話創作與繪本方面都有所創作，諸如《童話故事——貓寺》、《繪本桃太郎》、《牙牙學語之歌》、《臺灣繪本》等兒童文學作品。

西川滿不僅是作家，同時也是出版人。先後在臺北創立「日孝山房」與「媽祖書房」兩家出版社，以及《媽祖》、《臺灣風土記》等雜誌，是日治時期少數在臺灣出版兒童文學作品的居臺日人作家。

西川滿對臺灣兒童文學最大的貢獻在於他和好友池田敏雄共同催生了「臺灣文學少女——黃鳳姿」。如果沒有池田敏雄的慧眼，將其學生黃鳳姿驚為「才女」；如果沒有西川滿的支持，將黃鳳姿的作品予以出版；黃鳳姿也不會被池田敏雄、佐藤春夫等視為「日本在臺灣推行國語教育成功的樣版」。

從黃鳳姿的《七娘媽生》、《七爺八爺》到《臺灣的少女》這三本作品集能夠一一出版，池田敏雄的編輯固然有功，但最大的出力在於西川滿對黃鳳姿才華的賞識有以致之。西川與池田既是黃鳳姿的貴人，也是扶她直上青雲的「好風」。

窗　道雄（1909-2014）

時報文化出版企業公司
1996年3月

信誼基金出版社
2002年2月

本名石田道雄，屬「第二世」，自小學四年級起就在臺灣受教育，視臺灣為「第二故鄉」。1934年作品〈馬櫻丹的籬笆〉與〈假若下雨〉被列為繪本雜誌《孩子國》「童謠募集」的特選，遂開始積極投入童謠創作。

對一個初試身手的年輕人而言，作品能夠受到北原白秋與西條八十兩位日本大師級的肯定，不啻是莫大的鼓勵，進而引導他以「窗道雄」為筆名，朝童謠詩人的詩路邁進，也因為這樣殊盛的文學因緣，造就往後一代童謠詩人璀璨的文學生命。

臺灣時期的窗道雄絕大部分的童謠作品，大都發表在內地相關的童謠雜誌，為的是向內地推介他所認識的臺灣。在臺灣發表的只有《臺灣文藝》及《臺灣日日新報》，以及《色ある風》、《ねむの木》等童謠誌。

窗道雄的童謠作品，很有臺灣味，這是因為他超脫殖民╲被殖民的政治符碼，融入了臺灣的在地生活，他深深了解「我在」的真諦，從小到大，臺灣是他生於斯、長於斯的地方，人親，土更親，就是植根於這種深切的體認與「內化」，才會有「臺灣是我的第二故鄉」的緬懷。

目前在臺灣有關窗道雄童謠作品的單行本有向陽選譯的《大象的鼻子長》與陳秀鳳編譯的《另一雙眼睛——窗・道雄詩選》兩種。

池田敏雄（1916-1981）

與窗道雄同屬「第二世」，1923年遷居來臺，在臺灣完成師範教育，服務於龍山公學校。教學之餘，醉心於艋舺民俗研究。其對臺灣兒童文學的貢獻，莫過於發掘「臺灣文學少女——黃鳳姿」。千里馬得識伯樂，如果說日治時期的臺灣兒童文學作家黃鳳姿是匹千里馬，那麼發掘她有寫作才華的池田敏雄就是伯樂。如果說黃鳳姿是日治時期臺灣兒童寫作兒童文學作品的一塊璞玉，池田敏雄就是發掘這塊璞玉的慧眼。黃鳳姿於1938年11月發表於《臺灣風土記》的〈おだんご〉(〈冬至圓仔〉)，無疑的，這是奠定她日後成為「臺灣文學少女」的契機。

池田敏雄對臺灣風土民俗迭有研究，透過《民俗臺灣》與對臺灣風俗、民間傳說等民間文學素有研究的西川滿以及楊雲萍、黃得時等臺灣學者時相往來。池田敏雄雖然與兒童文學關係不深，但他對日治時期的臺灣兒童文學，卻是做了一件善事，就是他發掘了黃鳳姿的寫作才華。他與黃鳳姿後來由師生關係成為連理關係，為日治時期的臺灣兒童文學平添一段佳話。

第三節　事件

一　運動

口演童話運動

提到口演童話運動，就必須提到西岡英夫。西岡英夫在渡臺之前，就已經是巖谷小波主持的「木曜會」成員之一，這是一個推展童話事業的組織。渡臺後，就他推展童話事業而言，不但轉換另一舞臺，而且是一個全新的舞臺，這個舞臺，正是日本的殖民地——臺灣。

西岡英夫以口演童話家的身分，推行童話普及運動，被視為日治時期臺灣童話運動的開拓者（林文茜，2002：64），更是當時臺灣童話運動的靈魂人物。所謂「口演童話」就是聚集一群孩子，為他們說演童話故事。和現在的說故事（story telling）活動相似，在當時也稱為「實演童話」。（游珮芸，2007：36）

西岡英夫在1910年代初期，延續其在內地推展童話事業的經驗，在臺北推動實演童話運動。不僅致力於童話普及運動，本身又是著名的口演童話家，對日治時期臺灣童話發展具有相當影響力。其對促進內臺兒童文化交流，尤其是口演童話，更是不遺餘力。在20年代以前，曾數度邀請久留島武彥、巖谷小波來臺進行口演童話之旅。

童謠運動

在國立中央圖書館臺灣分館出版的《日文舊籍資料目錄》（1980年6月）中有《童謠傑作選集》一書，顯見臺灣分館（現更名為國立臺灣圖書館）當時學校教師有在從事童謠指導寫作，它的出版與流通，適足以反應學校教師指學童創作童謠的事實。另一方面，從《臺灣日日新報》刊載的將近四千首學童創作的童謠作品，也足以顯現當時小學校與公學校教師指導學童從事童謠創作及推展童謠運動的盛況。

除了《臺灣日日新報》的刊載學童的童謠作品之外，小公學校的日籍教師和臺籍訓導也在當時的《臺灣教育》雜誌發表童謠作品，臺籍訓導中以莊傳沛發表的作品最多。從《臺灣日日新報》的學童童謠作品到《臺灣教育》的教師童謠作品，也可顯見當時推展童謠運動的盛況。

就為了執行與落實「提升兒童文化的水準」，提供兒童園地供學童參與童謠寫作的行列；帶動全島的學校教師與學童紛紛投入童謠運動的隊伍，讓童謠指導寫作交出亮麗的成績，也為日治時期的童謠作品留下歷史的見證。

臺灣新文學運動

日治時期後半期（1925年以後），臺灣文壇發生過轟轟烈烈的新文學運動。這個運動，一方面受到中國「五四運動」的影響；一方面做為「抗日民族運動」的一個支流。一般咸信，臺灣新文學運動，無論就文化啟蒙運動或是抗日民族運動史上，皆有重大的意義和貢獻。

參與臺灣新文學運動的臺灣新文學作家，自賴和以降，包括周定山、蔡秋桐、張我軍、朱點人、郭秋生、李獻璋、楊逵、楊松茂、楊雲萍、王詩琅、翁鬧、張文環、黃得時、林越峰、龍瑛宗、廖漢臣、巫永福、呂赫若、吳瀛濤、黃耀麟等20位，他們和兒童文學的關係既平行又交集，因為他們既從事新文學的寫作，也從事兒童文學的寫作。寫作範圍廣及小說、童話、散文、兒歌、童謠與民間故事等兒童文學的文類。

這些參與新文學運動的新文學作家，提供了研究日治時期的臺灣兒童文學一個非常重要的文獻。這些新文學作家不僅是新文學運動的健將，也是近代臺灣兒童文學啟蒙時期的播種者。更由於這些珍貴文獻的被整理、被研究，說明了在「共生的歷史」架構下，日治時期的臺灣兒童文學不是只有日本居臺作家獨角唱戲而已，其中也有臺灣新文學作家的新血和努力在內，進而在30年代共構出臺灣兒童文學的第一個黃金時期。

二　雜誌

《臺灣教育》

該雜誌原題為《臺灣教育會雜誌》於1901年7月20日創刊，1914年1月改題為現名。改題後的《臺灣教育》在日治時期臺灣兒童文學發展初期，扮演相當重要的角色，提供版面供作家發表兒童文學論述與作品。從1914年起，西岡英夫就開始在《臺灣教育》發表相關的兒童文學文章。

十九世紀末葉，是日本近代兒童文學的啟蒙時期，臺灣因為甲午戰爭，淪為日本殖民地；並由此因緣，西岡英夫、片崗巖、宇井生、小林里平等居臺日本作家，將日本近代兒童文學思想，配合總督府的殖民政策，透過國語教育的施行，在《臺灣教育》這種跟教育有關的雜誌，發表童謠、童話、通俗教育與兒童遊戲的文章，開始將近代兒童文學的種子播種在臺灣這塊土地上。

自20年代起，有關兒童文學作品的大量出現，可從《臺灣教育》刊載內容獲知梗概。1921年8月該雜誌第231號開始刊載創作的童謠作品，正式揭開大量刊載兒童文學作品的序幕，其中以童謠作品為大宗。自從被日本殖民統治，施以國語教育後，也是從1921起，開始有臺灣人（公學校訓導）以日文書寫，在《臺灣教育》發表兒童文學作品，實具有非凡的意義。

至於大量童謠作品的出現，以及臺籍作家作品的刊行，一方面意味著童謠運動的推展有具體的成效；再方面意味著臺籍作家在日治時期開始發聲，這些臺籍作家多半具有公學校訓導的身分，諸如莊傳沛（臺南學甲公學校）、徐富（臺北士林公學校）、陳英聲（臺北蓬萊公學校）、江尚文（肖梅）（新竹香山公學校）等是。臺灣兒童文學的發展，從20年代開始，由於公學校臺籍訓導的投入童謠寫作，再也不是日本人的獨大局面，而是花開並蒂的年代。

至於《臺灣教育》雜誌能夠以作品本身的優劣為考量，而非以被殖民者的身分做為考量的重點，完全是以「屬地不屬血」、「屬事不屬人」的精神所致。就因為這種精神的體現，《臺灣教育》雜誌發揮媒體的責任，使得莊傳沛等臺籍訓導的童謠作品能夠流傳，成為後來者研究日治時期臺灣兒童文學，特別是臺籍作家作品的重要文獻資料。

《兒童街》

臺北兒童藝術協會，昭和15年1月

日治時期比較重要或較具代表性的兒童雜誌，除了20年代的《兒童世界》，就是30年代末期的《兒童街》雜誌，它是臺北兒童藝術協會的機關刊物。

《兒童街》雜誌從1939年6月10日創刊到1940年4月11日止，從第1卷第1號到第2卷第3號止，共刊行7號，為期不到一年。內容涵蓋論述、童詩、童話、童謠、兒童戲劇、隨筆等，是一份內容多元的兒童雜誌，作者群幾乎清一色是居臺日人作家。

前後不到一年，刊行7號的《兒童街》，經常在該刊發表作品或文章者，計有西岡英夫、日高紅椿、中山　侑等幾位，中山　侑是臺灣出生的日本人，曾任職於臺灣放送協會，也曾參與多份期刊的創刊與編務。與臺灣文學界、文化界往來密切，是「皇民化時期」在臺日本作家中，相當特立獨行的人物。

《南音》半月刊

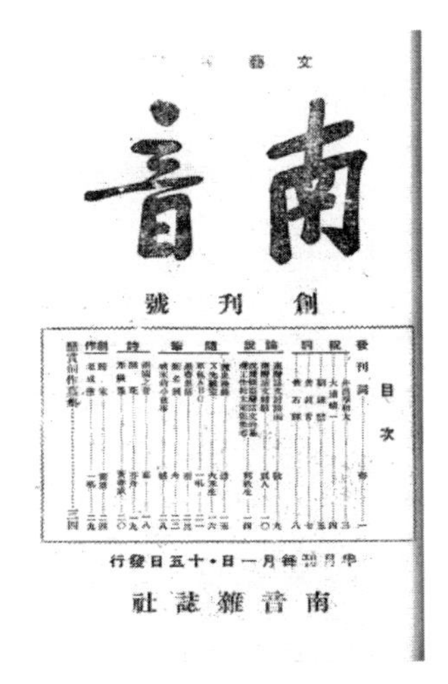

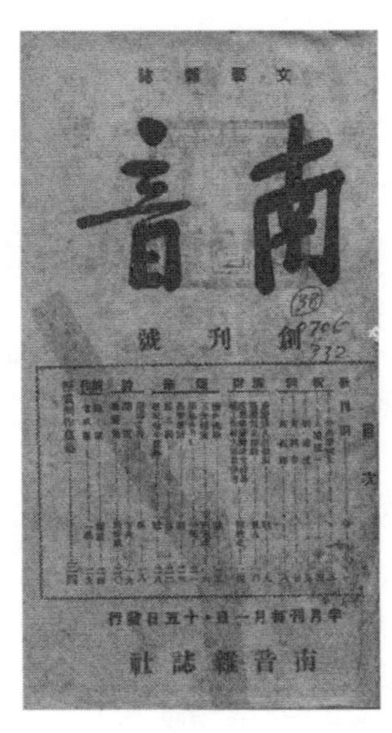

《南音》這份文藝雜誌是1931年秋，莊垂勝、葉榮鐘、賴和、周定山、郭秋生等12人假臺中所組成的，於1932年元旦創刊。共出刊11期，其中第9、10兩期合刊。該雜誌雖非日治時期臺灣人自辦的第一份文藝雜誌，卻是掀起臺灣鄉土文學論爭的大本營。

《南音》最值得一提的是提倡臺灣話文，尤其是郭秋生，不僅開闢「臺灣話文」專欄，更以實際的蒐集作品證明臺灣話文的壯舉。

《南音》刊載的臺灣傳統童謠

篇名	作者	出版時間	卷期	頁次
火金姑、蚱蜢公	秋生	1932・01・17	01：02	30
謎（三則）	秋生	1932・01・17	01：02	31
雷公俱俱鳴、人插花、一个一得坐	秋生	1932・02・01	01：03	10
貓的、抉米糕	秋生	1932・02・10	01：04	17
謎（五則）	秋生	1932・02・10	01：05	11
初一場、天烏烏、也出日	秋生	1932・02・10	01：05	10
池邊	愛羅先珂原著・魯迅譯	1932・02・10	01：05	36
白領鷥（上）	秋生	1932・02・10	01：06	16
謎（六則）	秋生	1932・02・10	01：06	16
安慰	花奴譯自米國 Williom A Peilson	1932・05・10	01：08	23
白領鷥（中）擺腳擺搖搖、天烏烏	秋生	1932・07・15	01：09-10	37

《南音》刊載郭秋生輯錄的14首傳統童謠，諸如〈火金姑〉、〈天烏烏〉、〈白領鷥〉等皆為通行全島的臺灣傳統童謠。郭秋生輯錄的這些臺灣傳統童謠，既有別於莊傳沛他們在20年代發表於《臺灣教育》以日文書寫的創作童謠，也有別於公學校的臺灣學童發表於《臺灣日日新報》「臺日兒童新聞」以日文書寫的創作童謠。

《臺灣文藝》

《臺灣文藝》這份文藝雜誌是1934年5月初由黃純青、黃得時、廖漢臣、賴和、張深切、郭水潭、蔡秋桐等臺灣南北文藝同志假臺中小西湖咖啡店成立「臺灣文藝聯盟」，並於同年11月創刊的機關雜誌。

臺灣文藝聯盟不僅代表臺灣文壇，也是臺灣知識份子的精神堡壘，更是日治時期臺灣文藝作家的大結合。到了30年代，臺灣新文學運動已經逐漸脫離政治的聯繫，走向純文藝的境界。由於臺灣文藝聯盟的成立與發展，讓臺灣新文學運動具有意識性、形象性與具備性，為臺灣人創辦的文藝雜誌中壽命最長、作家最多、對文化影響最大的雜誌。（黃武忠，1995：99）

集作家、思想家、政治社會運動家於一身的張深切，他同時也是臺灣新文學運動的重要人物之一。他雖然與兒童文學並無直接關係，但與他關係密切的《臺灣文藝》卻刊載過11篇兒童文學作品，內容涵蓋童謠、童話、寓言、小說及翻譯的童話作品等。由於日治時期的文藝刊物，多半是「漢和並存」，意即漢文與日文並用，是以，童謠詩人日高紅椿的童謠作品才會在《臺灣文藝》刊載。至於臺灣新文學作家如甫三（賴和）、謝萬安、Y生（楊松茂）、越峰（林越峰）、巫永福等的作品，除巫永福外，其餘全部以漢文或臺灣話文書寫。見下表：

《臺灣文藝》刊載的兒童文學作品

篇名	作者	卷期	刊載時間	頁次
厩のお馬（童謠集）	日高紅椿	創刊號	1934・11・05	84～85
星兒詩歌（童詩）	方炎	02：01	1935・01・01	46
秋の風景（童謠集）	日高紅椿	02：02	1935・02・01	37～38
兒歌（兒歌5首）	謝萬安	02：02	1935・02・01	119
呆囝仔（童謠）	甫三（賴和）	02：02	1935・02・01	123
拜月娘（童謠）	Y生（楊松茂）	02：02	1935・02・01	124
雷（童話）	越峰	02：02	1935・02・01	147
秋の風景（續・童謠集）	日高紅椿	02：03	1935・03・05	67
小孩的智慧（童話）	托爾斯泰著・春薇譯	02：07	1935・07・01	215～216
米（童話）	林越峰	02：08-9	1935・08・04	128
猴子的跳（寓言）	一浪	02：08-9	1935・08・04	129
阿煌とその父（小說）	巫永福	02：10	1935・09・24	38～39

除了《臺灣文藝》之外，創刊於1935年12月，由廖漢臣（毓文）擔任編輯兼發行人的《臺灣新文學》、《臺灣新民報》，以及創刊於1940年，江尚文（江肖梅）擔任編輯長的《臺灣藝術》，也都刊載過臺灣新文學作家的兒童文學作品。

日治時期臺灣新文學作家對於兒童文學的關注，隨著新文學運動而展開，儘管新文學作家的漢文兒童文學創作量，相對於日治時期臺灣兒童文學園地的豐碩，有如吉光片羽般的稀少與珍貴，但這些漢文作品是臺籍作家在被殖民統治期間，對臺灣兒童文學的努力與貢獻，對於臺灣兒童文學發展史的完整性，的確是意義非凡。語文只是一種寫作的表達工具，無論是以「漢文」（中文）或是「和文」（日文）發表，日治時期的臺灣新文學作家，他們的兒童文學作品，都是臺灣兒童文學歷史發展的「文獻」，而這些珍貴的「文獻」，已經成為研究日治時期臺灣兒童文學的最佳素材。

第四節　作家與作品

許丙丁（1900-1977）

南華出版社，1951年初版，封面及內頁八幅漫畫也是許丙丁所畫，署名：綠珊（許丙丁號綠珊）

南華出版社，1956年改訂初版，封面及內頁漫畫疑似葉宏甲所繪

集詩人、小說家、作詞家多重身分於一身的許丙丁，臺南市人，生於1900年1月2日。自幼入私塾習漢學，嘗聆聽說書的講述中國傳統章回小說如《三國演義》、《水滸傳》與《七俠五義》等。1931年，年方30，自該年3月31日起假府城《三六九小報》第55號起，開始以漢文連載長篇滑稽童話〈小封神〉，期間斷斷續續，直到1932年7月26日第202號方才連載完畢。

《小封神》既題作「滑稽童話」，則當留意其「嘻笑怒罵皆成文章」的創作本意，著眼於它的幽默與詼諧。其故事又是「章回小說」的形式，內容也與神話有關，是以，《小封神》可說集童話、章回小說、神話於一爐，更顯出其特出性。

《小封神》的題材完全就地取材，內容以府城當地宮廟的神佛為童話主角，故事中的人物是許丙丁謚封的一種歷史傳奇神話，驗證了「童話是由神話與傳說演變而來」的說法，其中人物的真真假假，是是非非，也融入了「亦實亦虛，似幻猶真」的境界。

《小封神》是日治時期唯一以漢文連載的長篇童話，是以「章回小說」的形式書寫的，既有別於林越峰〈米〉和〈雷〉的極短篇童話，復有別於莊松林〈鹿角還狗舅〉與〈憨虎〉的民間童話。

李獻璋（1904-1999）

臺灣文藝協會

文光出版社，1970年5月

文學博士出身的民俗學家，桃園大溪人，生於1904年。1932年曾到廈門短期遊學，1934年起開始假《臺灣新民報》、《第一線》與《臺灣文藝》等臺灣人自辦的報章雜誌發表文章，並刻意著手蒐集歌謠、童謠與謎語等民間文學。1937年4月臺灣總督府頒布禁令，全面禁止使用漢文，李獻璋編輯的《臺灣民間文學集》（1936年6月）卻適時在這前夕付梓問世。

李獻璋對臺灣文化最大的貢獻莫過於他花費兩三年時間蒐集、校正、整理與出版的《臺灣民間文學集》一書的問世。作者在〈自序〉中，除了開宗明義的指出該書內容計有近千首歌謠與23篇故事外，也道出該書的出版緣起與期盼。

> 我們知道這特殊的底所謂民間文學，可以說是先民所共感到的情緒，是他們的詩的想像力的總計，也是思維宇宙的一種答案，同時也就是民眾的思想行動的無形的支配者。我們得從那裡去看他們的宇宙觀、宗教信仰，並對於自然界的認識等等。……文學者之所以要拉長了面孔一一的推究，原因實在乎牠為最可靠、最可貴的材料的緣故。

有關民間文學的蒐集與整理，在世界各國早就有許多民俗學者或文學家從事過，其成果也大有可觀的，其中最為人知曉的莫過於德國的格林兄弟。李獻璋在〈自序〉末了，除了祝願「臺灣的學者們不要怠慢了自己的研究」外，他更指出德國的格林兄弟在《虞里姆童話集》（按虞里姆其實就是格林，這是當時對虞里姆一詞的翻譯）序文中所寫的一段話做為期許：

> 不要被一般不可想為這書的集成者，是專為兒童和家庭而作的。他的目的倒是在於要使從來埋藏著的這些共同的寶物——國民由詩的空想裡，開放出來的這些可愛的美麗的花朵，復再現露於明耀的日光底下的。

就民俗學或文學角度蒐集整理民間文學的面向而論，李獻璋與格林兄弟的出發點是一致的，精神也是一體的。從李獻璋在〈自序〉裡特別提及《虞里姆童話集》一事，顯而易見的，多少受到格林兄弟的影響。

李獻璋的《臺灣民間文學集》主要架構分「歌謠」與「故事」兩大篇，「歌謠」包括民歌、童謠、謎語三類，達一千首。該書與兒童文學最有關係者當屬「童謠」，有百餘首。計有搖子歌、數字歌、月光光、火金姑、白領鷥、天烏烏、遊戲歌等20類。李獻璋所蒐集的童謠和郭秋生一樣，還是以傳統童謠為主，且大都註明流傳地。

對於像李獻璋這樣一位日治時期就從事民間文學研究的文化工作者，其成就之一的《臺灣民間文學集》更被日人淵田五郎視為足以和平澤丁東的《臺灣の歌謠と名著物語》以及片岡巖的《臺灣風俗誌》相提並論。此外，「臺灣新文學之父」賴和對李獻璋能蒐集完成《臺灣民間文學集》的出版，認為無論從民俗學、文學，甚至從語言學的角度，都具有保存的價值。對整部書的內容他表示「這不能不說是極盡臺灣民間文學的偉觀了。」對李獻璋的苦心與努力，則頗多肯定。

黃鳳姿（1928-）

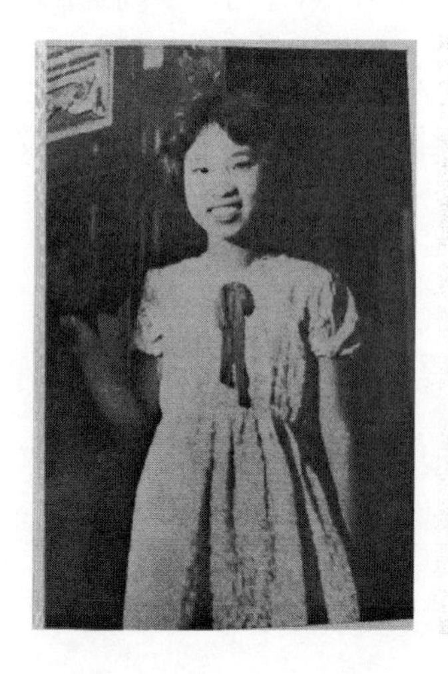

黃鳳姿，臺北艋舺人，1928年5月5日生於艋舺舊世家，家學淵源，幼時常聽曾祖父和母親以說故事方式講流傳於艋舺的民俗習慣及民間故事。這些聽講的民俗習慣及民間故事，往後皆成為黃鳳姿書寫有關艋舺地區庶民生活與風俗習慣的題材。

黃鳳姿於1935年4月入龍山公學校就讀，三年級時，以一篇〈おだんご〉（〈冬至圓仔〉）被級任老師池田敏雄驚為「才女」，遂鼓勵她多寫取材於家庭生活與民間習俗之類的作文。該篇文章係描寫冬至節搓圓仔過節的情景，也是池田敏雄對黃鳳姿印象最深的作品。

黃鳳姿雖然只是公學校中年級學生，卻能透過細膩、巧妙、簡潔的文章，把複雜的鄉土民俗題材表現得淋漓盡致。池田敏雄之所以對該篇作品印象深刻，不僅因為黃鳳姿能夠用「國語」（日文）寫出優美的作品，尤其難能可貴的是作品中對臺灣風俗習慣的深刻描寫。不單如此，該篇作品還獲得西川滿的賞識，將其刊載於《臺灣風土記》創刊號。（1940：後記）

1 《七娘媽生》：散文與民間故事合集

黃鳳姿在池田敏雄的指導與西川滿的鼓勵下，從11歲到12歲短短一年間，寫作〈冬至圓仔〉、〈天公生〉、〈過年〉、〈粿〉、〈清明節〉、〈上元節〉等11篇散文，以及〈七娘媽生〉、〈虎姑婆〉、〈娶紙某〉〈無某無猴〉、〈吳三桂與流星〉等5篇民間故事與傳說，集結成書，書名《七娘媽生》，由西川滿經營的日孝山房出版（1940年2月）。出書時，黃鳳姿已經是公學校五年級的學生。

該書〈序文〉由西川滿執筆，池田敏雄負責編輯與〈後記〉，插畫陳鳳蘭（黃鳳姿同班同學），裝訂立石鐵臣（日治時期名版畫家）。立石鐵臣的版畫多扮演書籍裝幀及插畫的功能，與文學作品具有密切的關聯。至於西川滿，為要達成美化書籍的要求，常與畫家立石鐵臣與宮田彌太郎合作，以版畫妝點書籍。例如文藝雜誌《媽祖》與黃鳳姿的文集《七娘媽生》的封面及內頁，就有如小型版畫展覽會。西川滿以如此的製作陣容，適足以表示他與池田敏雄對作者的培植與對該書的重視。

由於西川滿與池田敏雄兩位對黃鳳姿的培植不遺餘力，再加上黃鳳姿本身在寫作上的努力，果然不負眾望，日後成為臺灣文壇奇葩，而有「臺灣文學少女」之稱。

2 《七爺八爺》：散文與民間故事合集

此書為黃鳳姿六年級時由日本東都書籍株式會社臺北支店出版的（1940年11月），是《七娘媽生》姊妹作。不到一年時間，接連出版兩本散文集，不得不讓人讚嘆黃鳳姿的勤於寫作，也不得不感嘆西川滿與池田敏雄兩位對培植黃鳳姿的用心。

該書收錄〈拜床母〉、〈龍山寺〉、〈剃頭〉、〈號名〉、〈淡水八景〉、〈中元〉、〈週歲〉、〈麒麟尾〉等17篇散文，以及〈七爺八爺〉、〈蛇郎君〉、〈貓、虎、狗〉等3篇流傳於艋舺的民間故事，並附有作者到日本畢業旅行的書信6封。

池田敏雄在任滿五年義務職後，轉任臺灣總督府情報部囑託，擔任出版物的編輯，惟依舊負責《七爺八爺》的編輯。黃鳳姿的《七娘媽生》與《七爺八爺》二書出版後，先後被列為臺灣總督府情報部的推薦書單，或許這是池田敏雄對黃鳳姿愛屋及烏的因素所致。

3《臺灣の少女》：黃鳳姿著作的集大成

1941年3月，黃鳳姿自龍山公學校畢業，翌月，考入臺北州立第三高等女學校，依舊筆耕不輟，作品常發表於《民俗臺灣》。1943年8月，黃鳳姿在池田敏雄編輯下，由日本大文豪佐藤春夫為其撰序，出版她的第三本著作──《臺灣の少女》。

該書分為四部：〔第一部〕臺灣通信；〔第二部〕艋舺的生活（由《七娘媽生》與《七爺八爺》二書選19篇）；〔第3部〕內地通信；〔第四部〕幼年生活（17篇）。由於〔第二部〕艋舺的生活係由《七娘媽生》與《七爺八爺》二書所選的19篇作品，所以這本書是黃鳳姿著作的集大成。

黃鳳姿從公學校時期到高校時期，由於家世背景、本身的文學才華以及池田敏雄和西川滿的鼓勵，終於在日治末期在文壇上誕生一位才華出眾的「臺灣文學少女」。

1947年1月22日黃鳳姿與池田敏雄結婚，兩人從師生關係變為連理，為臺灣文學史，也為臺灣兒童文學史留下一段文壇佳話。儘管黃鳳姿的著作只有《七娘媽生》、《七爺八爺》與《臺灣の少女》三書，卻是整個日治時期，真正有出版兒童文學作品的臺灣少女作家，她的著作，無疑的，也是臺灣兒童文學最佳的歷史見證。

第五節　論述

張耀堂（1895-1982）

張耀堂，臺北木柵人，出身望族，1895年9月15日生，該年適逢日本殖民統治臺灣伊始。自幼聰穎過人，一生經歷日本明治、大正、昭和以及中華民國時期，足足有半世紀在日治時期渡過，後半生在中華民國時期渡過。

先後畢業於木柵公學校、臺灣總督府國語學校公學部乙科國語部及東京高等師範學校（筑波大學前身）。1921年3月自東京高等師範學校畢業，旋即返臺從事教育工作，先後服務於臺北工業學校（國立臺北科技大學前身）、臺北師範學校、第二師範（國立臺北教育大學前身）等校。

張耀堂以一個被殖民者的臺灣人身分，廁身於教師幾全為日本人的師範學校擔任國語（日語）教諭，其文采表現於詩作、譯作、散文，以及關於兒童文學（童話）、小說、短詩、俳句、文學史的論述，範圍既深且廣。

臺北工業學校時期：〈童話的過去與現在〉

在臺北工業學校期間，張耀堂於1926年10月30日假《臺灣教育》第293號，頁77-81，發表〈童話の過去及び現在〉（〈童話的過去與現在〉）一文，文中首先提到過去的時代總認為童話是文學者的副產物。但是，自從德國格林兄弟以及丹麥安徒生以來，就開始打破過去的看法。

在文中，張耀堂提到「既成童話」一詞，所謂「既成童話」就是「傳統童話」，就是從過去的時代衍生出來的童話，當中最有名的計有《一千零一夜》、《格林童話》、《伊索寓言》、《安徒生童話》、《魯賓遜漂流記》、《西遊記》、《桃太郎》、《格列佛遊記》、《唐吉軻德》、《希臘神話》、《豪夫童話》等。「既成童話」主要有神話、傳說或是童話化的故事，也因此，張耀堂才將中國的「西遊記」和其他外國神話傳說擺在一起。在傳統童話方面，張耀堂舉出兩種翻譯書類，其一是富山房發行的《模範家庭文庫》全17冊，其二是博文館發行的《模範童話選集》全12冊。

在文中，張耀堂從世界童話到日本童話，從傳統童話到現代童話，都一一加以陳述。更由於在東京高等師範深造，故對日本兒童文學發展沿革如數家珍。其對現代關於童話依然是文學者的副產物的看法，相當不以為然。他認為童話作家是初等教育家，他們對兒童心理最為了解。這樣的見解，戰後由大陸來臺的謝冰瑩也持有相同的見解。她認為小學老師最適合寫童話，因為他們了解兒童的心理、了解兒童的需要、了解兒童的語言。謝冰瑩這樣的見解與張耀堂的主張並無二致。在現代童話方面，張耀堂推介兩種，其一是東京高等師範學校大塚講話會同人所著的《實演童話集》全9冊；其二是菊池寬編的《小學童話讀本》全8冊。

從〈童話的過去與現在〉一文，足以看出張耀堂對日本童話，乃至世界童話都有深入的了解。

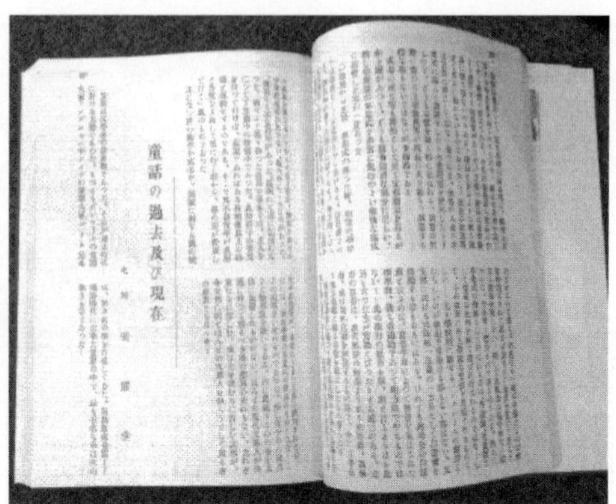

臺北師範時期：〈新興兒童文學——童話的價值探究〉

10

新興兒童文學たる童話の價值探究(一)

臺北師範　張耀堂

目次

1 兒童の權利に就て
A 現代の特色
B イギリス人の兒童
C アメリカ人の兒童
2 眞の良妻賢母ストーナー夫人
A 彼女の見識
B 理想的育兒法
3 現代の童話の大勢
4 現代大家の童話觀
A 經濟學者の童話觀
B 英文學者の童話觀
C 育兒大家の童話觀
5 實演童話
6 母性の使命

繼發表〈童話的過去與現在〉後，緊接著自《臺灣教育》第294號（大正十五年十二月一日〔1926年12月1日〕，頁10-15）起，陸續撰寫〈新興兒童文學たる童話の價值探究〉(〈新興兒童文學——童話的價值探究〉)，此一專論分別在第294、296-299等五號次地發表。

據現有資料顯示，張耀堂是日治時期第一位提出「兒童文學」這個「名詞」的學者。當時通用的名詞不是「兒童文化」就是「兒童藝術」，是以，張耀堂的這篇〈新興兒童文學——童話的價值探究〉是非常重要的文獻。

整個日治時期，就童話論述而言，只有張耀堂和西岡英夫兩位可相比擬。張耀堂出身教育界，西岡英夫來自文化界；張耀堂從事制式的體制教育，西岡英夫從事體制外的社會教育。

張耀堂這篇有關童話價值探究的論述，其目次如下：

> 1 關於兒童的權利：A現代的特色、B英國人的兒童、C美國人的兒童
> 2 真正的良妻賢母史特納夫人：A她的見解、B理想的育兒法
> 3 現代童話的大勢
> 4 現代大家的童話觀：A經濟學者的童話觀、B英文學者的童話觀、C育兒專家的童話觀
> 5 實演童話
> 6 母性的使命：A唯恐經濟上的壓迫、B法國人的家庭一例
>
> ——見《臺灣教育》294期，頁10-11。

易言之，上列的目次，其實就是〈新興兒童文學——童話的價值探究〉的內容架構。作者以長達25頁的篇幅，分六個目次探討童話的價值。

該文以盧梭的著作《民約論》、《愛彌兒》、《懺悔錄》等名著以為開場。作者以《愛彌兒》一書為例，肯定該書為自然主義的教育小說，對舊式家庭教育、學校教育乃至社會教育，不啻是進行一次重大

改革。一般皆尊稱魯梭為現代浪漫主義或自然主義的始祖。吾人皆以《愛彌兒》是兒童的無限權力的發現，亦即「兒童的發現」為起始。

該文緊接著談及瑞典女思想家兼近代婦女運動先覺者愛倫凱，她生於1849年，是位自由教育論者、和平主義者與母性禮讚者，並以「永遠的處女」自居，過獨居生活。是受人尊敬的女性思想家的代表，著有《兒童世紀》一書，被視為愛倫凱教育觀的代表作。愛倫凱的思想在當時社會改革思想中是最穩健的，尤其在給兒童更多愛的教育，肯定現代是兒童的世紀，兒童的權利正是二十世紀所服膺的。兒童權利無論在宗教上、法理上、文學上、社會上乃至教育上，都應予以承認。張耀堂並舉日本少壯政論家鶴見祐輔所著的《三都物語》一書的兩篇內容〈兒童的王國〉與〈暴君的兒童〉為例，分別說明英國與美國兒童所受到的不同對待。

張耀堂認為《愛彌兒》旨在闡述魯梭的理想論，《兒童世紀》旨在闡述愛倫凱的理想論。但是，美國的史特納夫人則不然。她具有很好的教養，擁有和諧的家庭，是男人的良妻，子女的賢母。她於1918年出版的《我的育兒法》，被視為是一部記載深刻的人生報告書的一種，全書理論與實務兼而有之，具有實感、體驗與結果的多重特色。

在「現代童話大勢」一節中，張耀堂從童話起源的眾說紛紜，談到童話發展史。他對現代童話發展沿革不僅知之甚詳，對現代童話的趨勢也頗多認識。不但列舉歐美日經濟學者、英文學者乃至育兒專家等的童話觀，並且探討實演童話。

張耀堂的這篇〈新興兒童文學——童話的價值探究〉，就臺灣兒童文學而言，是一篇非常重要的文獻。不僅是因為它的時代性，也是因為它的特出性。所謂「時代性」是指日治時期，所謂「特出性」，是指篇名意趣。

第六節　小結

黃得時在陳少廷編撰的《臺灣新文學運動簡史》的序文中，沉痛指出：

> ……光復前日本佔據臺灣達五十年之久，臺灣人在異族暴虐的統治之下，受其歧視，過著桎梏的生活，在任何方面，都無法得到自由平等的日子，那裡會有文學的產生？臺灣之有文學可言，是從光復後才開始的。不錯，在光復前臺灣人確實過著相當痛苦的生活，但是並不是完全沒有作家，只是人數不多而已。（中略）這些作家的作品有好幾篇，刊登在當時日本第一流的綜合雜誌或文學專刊。所以如果說「光復前，臺灣作家為數不多」，是可以的；如果說「完全沒有作家」，那是不合實情的。（1977：序文2）

有鑒於黃得時的澄清，更顯出本章的重要性。的確，如果說，日治時期臺灣兒童文學作家為數不多，那是實情。但是，來自公學校臺籍訓導的創作童謠作品，以及來自公學校臺灣學童的創作童謠作品，更有甚者，臺灣文學少女——黃鳳姿的著作獲日本文部省推薦，在在說明讓文獻說話，讓臺灣兒童文學的分期重新洗牌，掌握歷史解釋權，證明臺灣兒童文學發展始自日治時期，它有自己的發展歷程，而不是「橫的移植」。

20年代的公學校臺籍訓導和臺灣學童皆以日文創作童謠，30年代的臺灣新文學作家，小說部分大都以日文書寫，童話、兒歌、童謠與民間故事等皆以中文書寫（請參見下表）。就因為文獻的不斷被披露，就因為新文學作家的日文作品（小說）相繼譯成中文，致使研究日治時期的臺灣兒童文學不再是一種「困難」。而莊傳沛、許丙丁、李獻璋、張耀堂、黃鳳姿等也在日治時期的臺灣兒童文學發展史上各自擁有一席之地。

試將日治時期臺灣籍作家的兒童文學相關作品整理如下：

序號	作家	生卒	作品	文類
1	賴　和	1894-1943	有一根秤子（日文）	小說
			呆囝仔	童謠
2	張耀堂	1895-1982	新興兒童文學——童話的價值探究（日文）	童話論述
			童話的過去與現在（日文）	童話論述
3	宋登才	生卒不詳	童話構成指導（日文）	童話論述
4	曾景來	生卒不詳	兔のはなし（日文）	童話
5	連溫卿	1895-1957	向國際介紹臺灣童話（日文）	童話論述
6	莊傳沛	1897-1967	甘蔗（日文）	童謠
			甘蔗田（日文）	童謠
			大理花（日文）	童謠
			向日葵的祈願（日文）	童謠
			雨（日文）	童謠
			星兒（日文）	童謠
			風兒（日文）	童謠
			懷念媽媽（日文）	童謠
			媽媽回家了（日文）	童謠
			打鳥人（日文）	童謠
			母親（日文）	童謠
			未知的國度（日文）	童謠
			燕子（日文）	童謠

序號	作 家	生 卒	作 品	文 類
			月亮好可憐（日文）	童謠
			木瓜的葉子（日文）	童謠
7	陳湘耀	1920-1980	テノユビ	童謠
			オ星樣	童謠
			キュウビ	童謠
			子守	童謠
			露のお團子	童謠
			火と花	童謠
			姉ちゃん	童謠
			蝙蝠	童謠
			雨蛙	童謠
			お月夜	童謠
8	莊月芳	生卒不詳	大毬小毬	童謠
			雲雀	童謠
9	陳英聲	生卒不詳	牛よ牛よ	童謠
10	陳保宗	1897-1980	リンリン	童謠
			鈴	童謠
			飛機	童謠
			燕子	童謠
11	黃玉湖	生卒不詳	太鼓さん	童謠
12	徐　富	生卒不詳	月夜	童謠
			臺灣に於ける童謠	童謠論述
13	林世淙	生卒不詳	藥取り	童謠
			雀	童謠
			沈鐘	童謠

序號	作家	生卒	作品	文類
14	蔡培火	1889-1983	月娘光	童謠
15	周定山	1898-1976	鹿港憨光義	民間故事
			王仔英	民間故事
16	江肖梅	1898-1966	カァレン（日文）	童謠
17	許丙丁	1900-1977	小封神	童話
18	蔡秋桐	1900-1984	無錢打和尚	民間故事
19	張我軍	1902-1955	元旦的一場風波	小說
			轉載俄國作家愛羅先珂童話作品	童話
			日本童話	翻譯
20	朱點人	1903-1949	城隍爺惱了	民間故事
			賊頭兒曾切	民間故事
			媽祖的廢親	民間故事
			邱罔舍	民間故事
21	謝萬安	1903-1941	吳鳳公	兒歌
			著牛歌	兒歌
			夏日傍晚	兒歌
			蜜蜂做蜜	兒歌
			藥水烏烏	兒歌
22	郭秋生	1904-1980	火金姑、蚱蜢公（皆為輯錄）	童謠
			雷公惧惧鳴、人插花、一个一得坐	童謠
			貓的、抉米糕	童謠
			初一場、天烏烏、也日出	童謠
			白領鷥（上）	童謠
			白領鷥（中）、擺腳擺摇摇、天烏烏	童謠

序號	作家	生卒	作品	文類
23	李獻璋	1904-1999	過年的傳說	民間故事
			石龜與十八義士	民間故事
			林半仙	民間故事
			一日平山海	民間故事
			過年緣起	民間故事
24	楊　逵	1905-1985	水牛（日文）	小說
			鬼征伐（日文）	小說
			泥人形（日文）	小說
25	楊守愚	1905-1959	生命的價值	小說
			孤苦的孩子	詩
			拜月娘	童謠
			小學時代的回憶	散文
			十二錢又帶回來了	民間故事
			美人照鏡	民間故事
			壽至公堂	民間故事
26	楊雲萍	1906-2000	小鳥兒	詩
			弟兄	小說
27	陳君玉	1906-1963	阿不倒	童謠
28	王詩琅	1908-1984	陳大憨	民間故事
29	翁　鬧	1909-1940	音樂鐘（日文）	小說
			羅漢腳（日文）	小說
30	張文環	1909-1978	重荷（日文）	小說
			論語與雞（日文）	小說
			夜猿（日文）	小說
			迷失的孩子（日文）	小說

序號	作 家	生 卒	作 品	文 類
31	黃得時	1909-1999	國姓爺北征中的傳說	民間故事
32	林越峰	1909-卒年不詳	雷	童話
			米	童話
			葫蘆墩	民間故事
33	莊松林	1910-1974	鴨母王	民間故事
			林投姐	民間故事
			賣鹽順仔	民間故事
			郭公侯抗租	民間故事
			鹿角還舅公	民間童話
			憨虎	民間童話
			林道乾	小說
34	龍瑛宗	1911-1999	黑妞（日文）	小說
35	廖漢臣	1912-1980	頂下郊拼	民間故事
			邱罔舍	民間故事
			張德寶的致富奇談	民間故事
			老公仔	童謠
36	巫永福	1913-2008	黑龍（日文）	小說
			阿煌とその父（日文）	小說
37	黃連發	1913-1944	臺灣童詞抄（日文）	童謠
			臺灣童歌抄（日文）	兒歌
			與兒童有關的俚諺（日文）	童謠
			臺灣童詞抄續篇（日文）	童謠
38	呂赫若	1914-1951	玉蘭花（日文）	小說
			牛車（日文）	小說
			藍衣少女（日文）	小說

序號	作家	生卒	作品	文類
39	吳瀛濤	1916-1971	鴿子	詩
			在草原上	詩
			嬰兒二章	詩
			童話二章	詩
40	周伯陽	1917-1984	篦蔴（日文）	童謠
			童謠歌曲集	童謠
41	張深切	1918-1965	創辦《臺灣文藝》	
42	黃鳳姿	1928-	《七娘媽生》（日文）	散文
			《七爺八爺》（日文）	散文
			《臺灣的少女》（日文）	散文
43	黃耀麟	生卒不詳	海水浴	童謠
			黑暗路	童謠
44	一　浪	生卒不詳	猴子的跳	寓言
45	春　薇	生卒不詳	小孩子的智慧（翻譯自托爾斯泰全集）	童話

從以上的梳理，可以深深感覺到日治時期是典型的殖民文學。

就日治時期殖民當局在臺灣推展「口演童話運動」與「童謠運動」而論，代表著不同年代、不同的推展兒童文學內容。先童話，後童謠。第一階段很少臺灣人參與，第二階段公學校臺籍訓導與臺灣學童先後加入童謠創作的行列，顯示臺灣人在接受國語教育一段時日以後，已然成為殖民且可以使用「日文」從事兒童文學的寫作。

另一方面，臺灣新文學運動與新文學作家，對臺灣兒童文學的歷史發展有其積極的文獻參考價值。日本學者中島利郎編的《日治時期臺灣文學雜誌總目．人名索引》、李獻璋編輯的《臺灣民間文學集》，這些文獻告訴大家，在30、40年代，臺灣新文學作家在臺灣兒童文學發展史上，不但沒有缺席，他們更是近代臺灣兒童文學啟蒙時期的參與者、耕耘者，也是見證者。他們不僅在日治時期如此，即便是在戰後的50年代，依然活躍在臺灣兒童文學的舞臺。諸如楊雲萍、黃得時、洪炎秋、楊逵之於《東方少年》；王詩琅、廖漢臣之於《學友》等是。

儘管日治時期臺灣兒童文學近代化的主導權在日本人，但是追求文學大眾化的新文學作家，除了透過文學作品對殖民統治階層表達「文化抗日」與「柔性抗爭」的訴求外，在兒童文學的耕耘上從來未曾缺席，無論是以漢文、臺灣話文、日文書寫，都是彌足珍貴的文獻資料。

比較特出的是有關日治時期的兒童文學文獻探討，多集中於文藝雜誌或是聚焦於新文學運動與新文學作家。至於出身教育系統高等學府的臺籍教諭，或是公學校的臺籍訓導，卻比較乏人探討。像張耀堂有關童話的論述，像莊傳沛有關童謠的創作，這些珍貴的歷史文獻，點燃後學者研究日治時期有關童話論述與童謠創作研究的一道曙光。

整個日治時期，包括來自教育界、文學界、文化界的臺籍兒童文學工作者所寫的作品，幾乎都屬於「兒童文學」的各種文類，從小說、童話、童謠、兒歌等不一而足；唯有來自屏東的黃連發與眾不同，他的作品幾乎都與「兒童文化」有關，諸如兒童遊戲、童詞（與童謠相去不遠，雖無童謠之「名」，卻有童謠之「實」）等。他是日治時期第一個重視「兒童文化」的民俗研究者。

參考書目

一

王詩琅著　《日本殖民地體制下的臺灣》　臺北市　眾文圖書公司　1980年12月

中島利郎編　《日治時期臺灣文學雜誌總目・人名索引》　臺北市　前衛出版社　1995年3月

李獻璋編著　《臺灣民間文學集》　臺北市　臺灣文藝協會　1936年6月

李汝和主修　臺灣省通志：卷五　教育文化事業篇　臺北市　眾文圖書股份有限公司　1984年5月

邱各容　《臺灣兒童文學史》　臺北市　五南圖書出版股份有限公司　2005年6月

邱各容　《臺灣兒童文學年表》　臺北市　五南圖書出版股份有限公司　2007年1月

邱各容　《日治時期臺灣兒童文學發展研究》　臺東市　國立臺東大學兒童文學研究所碩士論文

邱各容　《日治時期臺灣的兒童文學作家及作品研究》　財團法人國家文化藝術基金會　2011年2月

林文茜　《日治時期臺灣兒童文學發展研究》　臺北市　財團法人國家文化藝術基金會　2002年8月

洪文瓊主編　《華文兒童文學小史》　臺北市　中華民國兒童文學學會　1991年5月

陳少廷編撰　《臺灣新文學運動簡史》　臺北市　聯經出版事業股份有限公司　1977年5月

黃鳳姿　《七娘媽生》　臺北市　日孝山房　1940年2月

黃鳳姿　《七爺八爺》　臺北市　日本東都書籍株式會社臺北支店　1940年11月

黃鳳姿　《臺灣の少女》　臺北市　東都書籍株式會社臺北分社　1943年8月

游珮芸　《日治時期臺灣的兒童文化》　臺北市　玉山社出版事業股份有限公司　2007年1月

二

李玉姬　〈日治時期臺灣新文學作家的漢文兒童文學作品——以《南音》、《臺灣文藝》、《臺灣新文學》和《臺灣新民報》為討論內容〉　《全國新書資訊月刊》第140期　2010年8月　頁4-14

邱各容　〈從意識型態談日治時期臺灣兒童文學的書寫〉　《全國新書資訊月刊》第100期　2007年4月　頁25-31

邱各容　〈被遺忘的一方天地——張耀堂〉　《全國新書資訊月刊》第106期　2007年10月　頁8-16

邱各容　〈臺灣的文學少女——黃鳳姿〉　《全國新書資訊月刊》第140期　2010年8月　頁15-19

邱各容　〈臺灣兒童文學一百年的歷史意義〉　《全國新書資訊月刊》第142期　2010年10月　頁4-7

邱各容　〈公學校的童謠作家〉　《全國新書資訊月刊》第148期　2011年4月　頁38-42

游珮芸　〈日治時期的兒童文化——從兒童街看臺北兒童藝術協會〉　臺東市　《兒童文學學刊》第8期　2002年11月　頁77-90

趙天儀　〈臺灣兒童文學史的書寫與建構〉　《第九屆兒童文學與兒

童語言學術研討會論文集》　臺北市　富春文化事業股份有限公司　2005年6月　頁5-14

張耀堂　〈童話的過去與現在〉　《臺灣教育》293期　大正15年（1926年）10月30日　頁77-81

張耀堂　〈新興兒童文學——童話的價值探究（一）〉　《臺灣教育》294期　大正15年12月1日（1926年12月1日）　頁10-15

張耀堂　〈新興兒童文學——童話的價值探究（二）〉　《臺灣教育》296期　昭和2年（1927年）2月1日　頁48-54

張耀堂　〈新興兒童文學——童話的價值探究（三）〉　《臺灣教育》297期　昭和2年（1927年）3月1日　頁102-107

張耀堂　〈新興兒童文學——童話的價值探究（四）〉　《臺灣教育》298期　昭和2年（1927年）4月1日　頁30-34

張耀堂　〈新興兒童文學——童話的價值探究（五）〉　《臺灣教育》299期　昭和2年（1927年）5月1日　頁7-11

三

《臺灣教育》　臺北市　臺灣教育雜誌社　1919年1月-10月

《兒童街》　臺北市　臺北兒童藝術協會　1939年7月23日-1940年6月

《南音半月刊》　臺北市　南音雜誌社　1932年1月15日-7月25日

《臺灣文藝》　臺北市　臺灣文藝協會　1934年11月5日-1935年8月4日

第三章
1945-1963（臺灣光復到經濟起飛前一年）

第一節　時代背景

這個時期，是從臺灣光復（1945年10月25日）到臺灣經濟起飛前一年。

臺灣重回中國，最大的改變，就政治而言，是主權歸屬；就文化而言，是語言文字。

中日戰爭結束後，重慶政府1945年10月25日在臺灣設立臺灣省行政長官公署，由中央政府直接接任命行政長官，一手包攬臺灣的立法、行政、司法大權，首任行政長官由陳儀出任。

1946年3月，由許壽裳出任首任臺灣省編譯館館長，主要任務是促進戰後臺灣文化的復舊與重建。

1946年4月2日正式成立臺灣省國語推行委員會。首先頒佈標準「國音」，同時於各縣市推展國語運動，並同時禁用方言。

1947年，有二二八事件，造成無可彌補的創傷。

1949年5月20日，宣佈臺灣地區戒嚴。

1951年，美國國會通過「共同安全法案」，開始對臺灣提供各種經濟援助，直到1965年6月止，前後長達15年，總金額達15億美元，稱為「美援」。

日治時期的晚期，受到殖民統治壓抑、箝制，因皇民文學而扭曲的新文學運動，也面對了新的起跑點。

國民黨政府撤退到臺灣，當時知識界渡海到臺灣來的很多，且多參與兒童文學的寫作，並有「促成兒童文學復甦」的理念，其中最著名者，當屬楊喚。

由於政權交替，國民黨政府偏安，再加上二二八事件（1947）的影響，此時的新統治階層帶來的是抗日、抗共、抗俄的大中國文化。亦是所謂的「戰鬥文藝」與「反共文學」當道。

這個時期的兒童文學，是以官方系統為主導。尤其是1960年8月臺灣省師範學校陸續改制為師專，在師專國校師資科語文組開始有了「兒童文學」課程。

這個階段官方系統出版的作品，語文推廣成分重於文學表達。國語日報社、省教育會出版的作品，大概可以作為代表。民間系統的《學友》和《東方少年》則呈現濃厚東洋味，但有較豐富的本地題材。官方刊物《小學生》、《小學生畫刊》乃至較後創刊的《正聲兒童》、《新生兒童》，大體上較配合政策走向，偏重傳遞中國傳統文化，同時也譯介不少美國的兒童文學作品。這個階段的兒童文學創作和書刊編輯的方式，大體仍沿襲傳統較為一板一眼的規矩方式，沒有什麼創新。

這個時期的兒童文學，由於特殊的環境與局勢。一方面是日本「轉口輸入」；另一方面則是「懷舊與改寫」。因此，較多的作品是民間故事或古籍改寫，以及教訓意味頗濃的生活故事性童話。

第二節　人物

游彌堅（1897-1971）

游彌堅，原名柏，臺北人，生於1897年，年幼聰穎，過目成誦。1914年入臺灣總督府國語學校，1918年以最優異成績畢業。先後服務於老松與松山公學校，再調升為總督府成德學院教諭。

植根於曾經從事過公學校教學生涯，臺灣光復初期，一方面始終未曾忘懷最為重要的文化紮根工作；一方面有鑒於本省同胞不會講國語，看不懂國文，為要讓他們便於接受國語教育，為了便於推行國語教育，游彌堅結合一群本省有識之士如林呈祿、黃得時、林柏壽、陳啟清、陳逢源等集資創立以「推行國語文教育」為職志的東方出版社。之所以如此，其實是出自於他曾於二二八事件中被囚禁數月，清楚體認到「文化與教育的差距，會鑄成歷史的錯誤」的衝突，因而積極投入戰後初期官方國語教育的推動。

游彌堅編印《愛兒文庫》與《東方少年文庫》。他希望藉此兩套書的編印，有助於臺灣兒童教育的改進。他從事出版事業有三個目標，第一為古典現代化，第二為科學中文化，第三為技術普及化。他對出版事業所懷抱的理想是「以商業推動文化，以文化提昇商業」。

易言之，出版事業固然是營利事業，卻也是文化事業，肩負有社會教育的使命和理想。他對員工經常說這麼一句話：「一本書的出版，應該在乎它對社會是否有益？而不是在乎它到底會不會賺錢？」這句話，和「偉大的出版家往往出版許多並不暢銷的好書。他的偉大不偉大，跟他的書暢不暢銷，完全是兩件事情。」可說是異曲而同工。

1946年6月16日，「臺灣文化協進會」假臺北市中山堂舉行成立大會；而「臺灣省教育會」也在同一天同一地點成立，兩會皆推舉游彌堅擔任理事長。臺灣文化協進會印行的《臺灣文化》月刊於1946年9月15日創刊（第1卷第1期1946年9月-第6卷第3/4期1950年12月），刊有童謠與童話等兒童文學作品。戰後初期，等於延續日治時期臺灣兒童文學發展於不輟；易言之，由於《臺灣文化》月刊的刊載兒童文學作品，並未因為戰爭結束，致使臺灣兒童文學的發展面臨青黃不接的情況；相反的，正因為有《臺灣文化》月刊的存在，更加突顯出自日治時期以來，臺灣兒童文學自主發展的持續性與強韌性。

游彌堅除了創辦東方出版社，還繼傅斯年之後，於1950年元旦，繼任國語日報第二任董事長；1962年秋，又繼林呈祿之後，擔任東方出版社董事長，至1971年12月12日逝世止，享年74歲，為國語日報在任最久的董事長。

《臺灣文化》月刊刊載的兒童文學作品

篇名	作者	卷期	出版時間	文類
放風吹	黃耀麟詞．邱快齊曲	01：02	1946.11.1	童謠
葉公見龍	丙生（袁聖時）	02：03	1947.3.1	童話
小螞蟻	黃鷗波	02：04	1947.7.1	童謠
小蜘蛛	黃鷗波	02：05	1947.8.1	童謠
雲雀的頌歌	丙生（袁聖時）	02：06	1947.9.1	童話

至於臺灣省教育會在游彌堅擔任理事長期間，也於1953年到1956年間出版低幼年級適用的《愛兒文庫》，這套文庫比《新中國兒童文庫》還早兩年出版。為臺灣在五〇年代初期為幼稚園的低幼兒童編印的幼兒讀物，也是臺灣最早出版的幼兒讀物之一。

《愛兒文庫》內容

書名	作者	出版者	出版時間	類別
媽媽	臺灣省教育會	臺灣省教育會	1953.2	識字
小狗和小貓	游彌堅	臺灣省教育會	1953.4	識字
汽車	游彌堅	臺灣省教育會	1953.4	識字
動物園	游彌堅	臺灣省教育會	1953.4	識字
好朋友	游彌堅	臺灣省教育會	1953.4	識字
動物的媽媽	游彌堅	臺灣省教育會	1953.4	識字
玩具國	游彌堅	臺灣省教育會	1953.7	識字
可愛的朋友	臺灣省教育會	臺灣省教育會	1953.7	識字
車、船、飛機	臺灣省教育會	臺灣省教育會	1953.7	識字
美羅和波比	臺灣省教育會	臺灣省教育會	1953.7	識字
小寶寶的日記	臺灣省教育會	臺灣省教育會	1953.7	識字
算數遊戲	臺灣省教育會	臺灣省教育會	1953.7	算數
數數看	臺灣省教育會	臺灣省教育會	1956.9	算數

資料來源：《中華民國兒童圖書目錄》，1957年11月，正中書局發行。

從上表可知，游彌堅的作品將近一半，他不僅是出版家，也是作家，更是臺灣幼兒讀物寫作的前行代。游彌堅一方面協助政府推行國語，幫忙社會大眾學習族群間相互溝通的共同語言；一方面積極出版以愛的教育為中心，以兒童為本位的兒童讀物。他在政治、教育、文化與社會公益各方面也皆有傑出貢獻，他的門生、故舊與部屬皆尊稱其為「人格者」。

游彌堅與東方出版社的關係是堅厚的，他不但讓東方出版社在臺灣兒童讀物出版史上居於開創性的領導地位，同時也讓東方成為戰後臺灣第一家兒童讀物出版社。更由於他先後主持過國語日報社與東方出版社，一為傳播事業，一為出版事業，儘管事業屬性具有相異性，但也具有社會教育的相似性。

第三節　事件

一　出版社：東方出版社

成立於1945年12月10日，為戰後臺灣最早成立的兒童讀物出版社。1948年正式成立公司，命名為「臺灣東方出版社股份有限公司」，簡稱東方出版社。首任董事長林呈祿，總編輯游彌堅。對於東方出版社在臺灣兒童讀物出版史上的歷史定位，許仁圖（阿圖）在〈東方故事．兒童故事〉一文中給予相當高的評價：

> 戰後滿目瘡痍的臺北，由於有東方出版社的創立，並將出版目標定位在少年兒童，不只呼應了剛脫離日人統治的文化生息，也負起了中華文化傳揚的鐵肩道義。因此，有關東方出版社的奮鬥歷史，自然而然的成了臺島文化的縮影，尤其是兒童文化的先驅。
>
> ——見1987年4月3日《臺灣時報》。

由於東方出版社的創立，在戰後初期，一方面延續了臺灣兒童文學發展的命脈，另方面也開展了臺灣兒童文學發展的新契機。1946年4月2日，臺灣省國語推行委員會正式成立，並在臺北市國語實小進行王玉川的「一項計畫，四次實驗」。該會提出「充分利用注音符號，大量閱讀」的口號，率先響應此一口號的就是東方出版社。

東方出版社出版的第一套兒童讀物是《東方少年文庫》，由總編輯游彌堅親自編輯。在其主持「東方」那段時期，1962年秋到1971年冬，締造了「東方」的黃金時期，也奠定了「東方」在臺灣兒童讀物出版的龍頭地位。東方出版社非常洋化的紅磚建築，是當年臺北市重慶南路非常醒目的文化地標。如果說，臺灣的孩子都是看《國語日報》長大的；我們也可以說，臺灣的孩子，都是看「東方出版社」出版的兒童讀物長大的。

當時的教育部國語推行委員會呼籲出版界能夠配合政府政策，多多編印有加注音符號的兒童讀物，讓小學生能夠透過注音符號，大量閱讀有益心智發展的讀物。身為臺灣最早創立的兒童讀物專業出版社，在配合政府政策的前提下，正式揭開臺灣兒童讀物出版的序幕，也點燃了臺灣兒童文學自我成長的希望之火。

二 報社：國語日報

1948年7月，國語日報寄生在臺北市植物園內國語推行委員會的一個小空房，以一萬元金圓券及兩架老舊機器，籌辦國語日報。

1945年臺灣光復初期，大多數臺灣同胞不會說國語。由於語言的隔閡，溝通協調問題重重，是以，臺灣省行政長官公署遂向教育部國語推行委員會請求派員來臺協助推行國語教育，以便進行「去日本化」、「再中國化」的文化重整。1946年4月2日，負責推行國語的「臺灣省國語推行委員會」正式成立，1948年臺灣光復節當天，一份以推行國語教育為目的的報紙——《國語日報》正式創刊。

《國語日報》的前身，是北平的《國語小報》，為三日刊的小報。係1947年1月15日教育部在北平創辦的，惟效果不彰。當時的教育部長朱家驊來臺視察教育，發現臺灣正積極推行國語教育，且成效良好，因此，決定將原本效果不彰的《國語小報》遷來臺灣，並改題為《國語日報》。

臺灣省國語推行委員會的成立，目的在全力推行讀音標準化，而推行注音國字即為使讀音標準化最直接有效的措施。全部採用注音國字編印的《國語日報》，是在教育部鼓勵下所發行的教育性報紙。《國語日報》對國語教育的推行，的確發揮深廣的效用。

《國語日報》創刊之初，「兒童版」同日創刊，主編張雪門，是幼教宗師，篤行從兒童行動中取材。其所負責的「兒童版」，為該報除了二、三版，外稿最多的版面。翌年3月2日，「少年版」創刊，主編魏廉、魏訥兩姊妹。「兒童版」與「少年版」全部國語注音，為小學生提供學習國語及閱讀兒童文學作品的園地。

國語日報任期最長的董事長是游彌堅，任期最長的社長是洪炎秋。兩位既是報社同仁，也是《東方少年》的主要作者之一。

三　兒童雜誌

《臺灣兒童月刊》

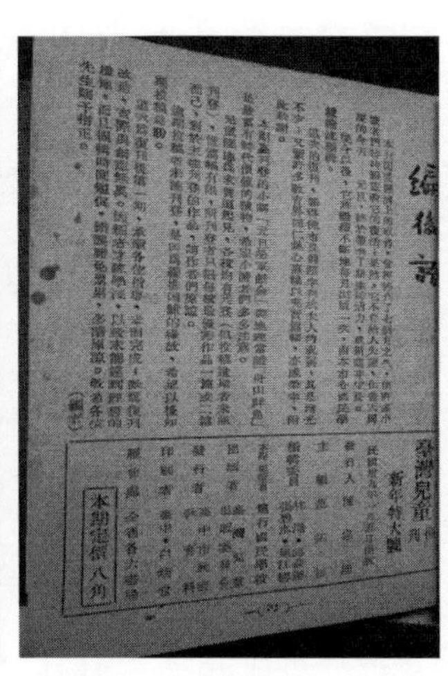
編後話

本期定價八元

40年代末期，兒童刊物繼《國語日報》等之後，正式登場。1947年5月創刊的《臺灣兒童月刊》，是戰後臺灣的第一份兒童刊物。

該月刊是由臺中市政府教育科資助發行的，發行目的在於配合教學（無2月、8月號）。市長林金標為發行人，社長陳德生服務於臺中市政府教育科，主編鄭洪初並綜理社務，並由教育科組織編輯委員會。該刊出刊不久即中途停刊（停刊7個月）。幸賴社長陳德生與主編鄭洪初熱心奔走，使得這臺灣兒童刊物的第一棵探春花，又於1950年元旦復刊（新年特刊特大號，是為22期）。復刊後的《臺灣兒童月刊》，每期的集稿編輯，改由全市各公私立小學輪流負責。蘇尚耀在〈兒童刊物中的探春花〉一文中說：

> 月刊為32開本，彩色封面，每期內頁約為32至36頁。內容方面，大致上是：刊頭的卷頭語，經常以談話或書信形式，談論小朋友在生活上及品行上應行注意事項，更多的是鼓勵言辭。正文多刊中外名人故事、歷史故事、生活故事、童話及民間故事、圖畫故事等。此外各期輪流有些科學常識、語文學習、衛生講座、小手工等等，刊後有4到5頁的兒童創作園地。此外，應該一提的是封面裡和封底裡的新聞畫頁，每期擇要刊載跟時事有關的照片和文字。就整個內容梗概看，這本萌芽期初創的兒童刊物，雖為薄薄的一小本，卻的確稱得上是麻雀雖小五臟俱全了，是草創期頗為難得的一本刊物。
>
> ——見《認識兒童期刊》，頁41。

《臺灣兒童月刊》內容，已如上述。除了全市各國校的師生作品，還包括由大陸來臺的20、30年代女作家謝冰瑩、蘇雪林、張秀亞、張漱涵、孟瑤等的作品。她們的作品於1956年7月，經該社輯成兒童故事叢書第一集，書名《冬瓜郎》，為臺灣第一本作家作品集。

這些20、30年代女作家之於《臺灣兒童月刊》，她們在戰後之初，不經意間成為臺灣兒童文學「再出發期」的播種者。就宛如日治時期的臺灣新文學作家們，他們在近代臺灣兒童文學啟蒙時期，也是不經意間扮演起播種者的角色。

這份由地方政府資助的兒童刊物，維持長達11年之久，於1960年10月發行第99期後，二度宣告停刊。惟於1962年2月復刊，改題為《兒童天地》月刊，發行迄今。

《小學生半月刊》

50年代是臺灣少年兒童刊物盛行的年代，對而後的兒童文學發展與兒童讀物出版，皆有相當的影響與貢獻。

1951年2月20日創刊的《小學生半月刊》是一份官辦的兒童刊物。在配合政府教育政策的前提下，臺灣省教育廳遂創刊以「種瓜得瓜，種豆得豆」為旨趣的《小學生半月刊》。在發行第47期開始改為革新第一號，1953年1月成立編輯委員會，並由此分為《小學生雜誌》與《小學生畫刊》兩個姊妹刊。前者以中高年級學生為對象，後者以低年級學生為對象。

由於是官辦雜誌，是以這兩份兒童刊物都能發放到國校各班級，普及率遠高於《國語日報》自不待言。在臺灣省教育廳兒童讀物編輯小組尚未成立，《中華兒童叢書》尚未出版之前，在純正的兒童讀物非常缺乏的年代，《小學生雜誌》與《小學生畫刊》這兩份兒童刊物，從城市到鄉村，從海邊到山上，發行之廣，讀者之眾，壽命之長，在該年代的臺灣兒童刊物之中，的確具有相當的影響力。

五〇年代臺灣兒童讀物的出版現象是：「創作較少，翻譯較多。」「兒童文學讀物較少，兒童知識讀物較多。」「低年級的讀物較少，高年級的讀物較多。」當《小學生半月刊》於1953年一分為二，適時加入編輯陣容的徐增淵面對這樣的事實，強調：

> 我們不是不要翻譯，我們只是覺得創作的努力應該加強。在創作與翻譯的主客觀形勢上，應該易位，至少應該並重；也就是說，翻譯應該只是一種手段，創作才是我們的目的。
>
> 我們並不以為兒童不需要知識讀物，我們只是覺得兒童讀物的深耕，應該先由兒童文學做起。只有兒童文學創作上的成就，才能提供「為兒童寫作」的技巧與方法，全面提高整個兒童讀物的語文水準，熟悉「趣味原則」的運用。
>
> ……我們總覺得低年級讀物的出版，並沒有得到應有的重視。……彩色精印，圖文並茂，投資大，市場小，定價又不能高，這是難題的所在。
>
> ——見《兒童讀物研究》第2輯，頁264。

在1963年以前為《小學生雜誌》執筆的作者群還是以大陸來臺的作家為主，諸如謝冰瑩、何容、梁容若、高梓、唐守謙、大方等是。至於省籍作家如林鍾隆等則在1964年以後才上場。在後《小學生》時代，採行計畫編輯作業，自第285期開始，向名家約稿，以專欄或專稿方式，長期連載。如林鍾隆《阿輝的心》、嚴友梅《小仙人》等是。也是在後《小學生》時代，少數省籍作家與畫家如吳瀛濤、鍾肇政、林鍾隆、黃基博、曹俊彥、鄭明進、劉興欽才開始浮上檯面。

《小學生畫刊》的最後一年是由林良主編的，林良接任後，幾乎每期皆是一篇獨立的圖畫故事，時間是307期（1965.12）至331、332合期（1966.12）。

林武憲〈有關小學生畫刊的最後一年〉一文（見《兒童文學與兒童讀物的探索》1993年6月，彰化縣政府），特別介紹這些可貴的臺灣的圖畫書（頁252-254），其資料不易見且珍貴，試引錄整理如下表：

期數	封面主題	作者、繪者	出版年月
314期	哪裡最好玩	林良文、陳海虹風景畫、劉興欽繪人物	1966.03.20
315期	小銅笛	劉興欽繪著	1966.04.05
316期	小快樂回家	林海音文、趙國宗繪圖	1966.04.20
317期	大年夜飯	林良文、童叟繪圖	1966.05.05
318期	小啾啾再見！	林良文、吳昊繪圖	1966.05.20
319期	國王和杜鵑	蘇樺文、海虹繪圖	1966.06.05
320期	小畫眉學鳥飛	劉興欽文、柯芳美繪圖	1966.06.20
321期	最大的象	嚴友梅文、陳雄繪圖	1966.07.05
322期	媽媽的畫像	華霞菱文、陳存美繪圖	1966.07.20
323期	童話裏的王國	楊喚文、廖未林繪圖	1966.08.05
324期	阿凱上街	樂茝雋文、高山嵐繪圖	1966.08.20
325期	養鴨的孩子	林鍾隆文、席德進繪圖	1966.09.05
326期	芸芸的綠花	林良文、梁白坡繪圖	1966.09.20
331、332合期	小榕樹	陳相因文、林蒼莨繪圖	1966.12.05

從《小學生雜誌》與《小學生畫刊》的發行，足見50、60年代臺灣兒童文學發展，政府相關單位如省教育廳就居於主導地位，角色扮演相當吃重。這兩份雜誌，在60年代以前，居於主導地位。尤其是若

干作家與畫家紛紛投入童話創作與插圖繪製，無疑的，對提昇臺灣兒童文學作品寫作與兒童讀物插畫水平，不無推波助瀾之功。

至於《小學生雜誌》創刊14與15週年出版的《兒童讀物研究》與《兒童讀物研究 第2輯》則是臺灣最早的兒童讀物論述合集與最早的童話論述合集。

1965年4月

1966年5月

《學友》雜誌

在臺灣兒童文學發展史上有兩份同名的雜誌——《學友》，一為日人吉川精馬於1919年1月創辦的《學友》，吉川身兼總編輯與發行人。另一為臺北市學友書局於1953年2月創辦的《學友》，發行人陳光熙，社長白善。

學友書局之於《學友》，就如同東方出版社之於《東方少年》；創刊初期，受聘出任總編輯的師大教授彭震球，與兒童刊物素有淵源，來臺之前，曾主編《兒童世界》與《廣東兒童》，具有兒童刊物編務經驗。《學友》創辦人陳光熙乃借重其才，出掌編務。該雜誌與《東方少年》均以國校高年級和初中生為對象。

1955年，臺北市文獻委員會編纂王詩琅繼彭震球之後，自第3卷第4期開始接任主編。王詩琅與彭震球一樣，與刊物編輯素有淵源，曾任《民報》編輯、《臺北文物》主編等職。

前後任主編對《學友》懷有不同的想法與做法。彭震球著重灌輸民族意識與介紹科學知識，王詩琅鼓吹兒童的美術教育、健康教育與文學教育。一個從思想著手，一個從教育著手。

在《學友》發表作品的作家有施翠峰（小說）、嚴友梅（童話）、王詩琅（臺灣民間故事及歷史故事）、羊鳴、廖未林與梁中銘（漫畫）、陳梅生（知識）等。尤其是王詩琅，在主編《學友》前後，除臺灣民間故事與歷史故事外，也經常以筆名「一剛」在該刊物陸續發表童話創作、西洋文學名著譯介等。林良曾說：

> 王詩琅是一位研究臺灣歷史、民俗、社會的學者，他寫作以前，對整個故事情節的安排，早已胸有成竹。因此，整個故事「進行」得非常流暢。對讀者而言，只覺得作者娓娓道來，趣味橫生。
>
> ——《國語日報》，2000年4月17日。

文學無國界，當兒童從小吸收大量外國童話故事外，是否發現臺灣許多膾炙人口的民間故事，除了具有深刻的本土關懷，讀來更令人有「血濃於水」的親切與感動，而這正是該刊創刊目的之一「加強民族意識」精神的再體現。

至於王詩琅主編《學友》期間，經常舉辦各項兒童文學活動，為兒童寫報導，是臺灣報導文學的前行者，他不但是一位兒童文學家，更有「臺灣安徒生」之稱。著有《喪服的遺臣》（兒童文學作品集）、《臺灣民間故事》、《臺灣歷史故事》等。

《東方少年》雜誌

東方出版社為慶祝創立8週年，於1954年元月創辦《東方少年》，一份以少年兒童為對象的月刊。由於《東方少年》的創刊，與《小學生》、《學友》鼎足而三。

東方出版社創辦人游彌堅時任1946年6月16日成立的「臺灣省文化協進會」理事長，該會成員除游彌堅外，還有許乃昌、林呈祿、黃啟瑞、楊雲萍等人。而許乃昌後來出任《東方少年》首任發行人，林呈祿出任東方首任社長，楊雲萍與黃啟瑞則是該刊作者。至於「兒童文學藝術委員會」則於1953年9月9日成立，它是隸屬於臺灣省文化協進會主任委員洪炎秋。該會成員陳慧坤、林玉山、呂基正、陳進等畫家則是《東方少年》的繪製插圖者。《東方少年》第一卷第一期〈寫在卷頭〉：

> 我國的出版界，對於兒童的課外讀物的供應，素來都不很注意；社會各界的有識之士，也很少有人肯費工夫，來寫些小朋

> 友所愛的東西，實在是一樁很遺憾的事情。臺灣省文化協進會看到了這一點，所以最近組織了一個「兒童文學藝術委員會」，要來提倡課外讀物的寫作，好為小朋友們提供一些精神食糧……這次東方出版社為紀念開幕八週年，創辦東方少年月刊，不惜工本，運用本省現在所能達到的最高的印刷技術，動員對兒童讀物抱有興趣的各界人士，為小朋友們提供出一份接近理想的定期刊物。它的創刊動機，跟本會的宗旨完全相同。同人們聽到這個消息，十分興奮，願意盡力和它合作，使它成為小朋友們的一種最富營養的精神食糧。（頁13）

就這個面向而言，這是本土文化團體（臺灣省文化協進會）與民營兒童雜誌（《東方少年》）的大結合，也是他們以實際行動彰顯他們關心臺灣兒童文化的偉大心志。《東方少年》自發行人、主編，以迄作者群皆為受過日本教育的省籍文人。內容取材以日本為主，依稀還有日治時期兒童期刊的影子，適足以彰顯時代與文學無法分割的事實，帶有日本兒童期刊的味道，也是無可厚非的。在《東方少年》經常撰稿的作家有游彌堅（動物美談等）、楊雲萍（臺灣古今奇談等）、黃得時（歷史故事）、洪炎秋（長篇小說）、陳秋帆（歷史故事）等；除此之外，日治時期新文學作家楊逵與劉捷也有兒童文學作品刊載於《東方少年》。

《小學生雜誌》與《小學生畫刊》是50年代官辦兒童刊物，《學友》與《東方少年》則是民營兒童刊物。這兩份雜誌的主編與作者大都屬於跨越語言的一代，一方面由於受過日本教育，在內容編排上的確深受日本影響。另一方面，其活潑的版面變化與較多的漫畫篇幅，非官辦的《小學生雜誌》所能比擬。

無論是東方出版社創辦人游彌堅，《東方少年》發行人許乃昌，作者楊雲萍、洪炎秋、黃得時；或是《學友》第二任主編王詩琅等，他們都是臺灣老一輩的文壇耆宿，既關心臺灣文學，也熱衷於兒童刊物的內容書寫，故這兩份刊物正象徵著戰後臺灣兒童文學發展，代表民間路線的主軸，成為當時兒童文學發展的標竿，而有別於官方主導的《小學生雜誌》。

在50年代臺灣兒童文學的發展，少年兒童刊物所佔的份量不輕。之所以如此，因為當時的作家經常在這三份雜誌發表作品，或長篇連載，或短篇散文；或創作，或改寫，或翻譯。這也應歸功於主編的能夠網羅教育、文化、學術、文學與藝術界人士為小朋友撰寫適合他們閱讀的作品。

50年代初期的這三份少年兒童刊物，的確為臺灣少年兒童刊物的發展寫下歷史的一頁。更因為無論就內容品質與發行數量而論，皆有過人之處，在臺灣經濟起飛之際，創下高達1萬5千到3萬份的發行量，從而締造了戰後臺灣兒童文學發展的第一個黃金時期。

四　文庫

這個時期，兒童讀物開始以文庫叢書方式出版。

《新中國兒童文庫》

臺灣兒童讀物採「企劃編輯」出版的作業模式，是由《新中國兒童文庫》開始的，在50年代可謂開風氣之先。

出版緣起

負責規劃其事的司琦乃國內研究兒童讀物的前行者，出版有《兒童讀物研究》一書。曾赴美研究國民教育，並選修「兒童文學與兒童圖書館」課程。回國後有感於兒童讀物對國民教育的重要性，一方面大力提倡編印兒童讀物；一方面鼓勵出版界出版兒童工具書，並宣揚

1958年1月

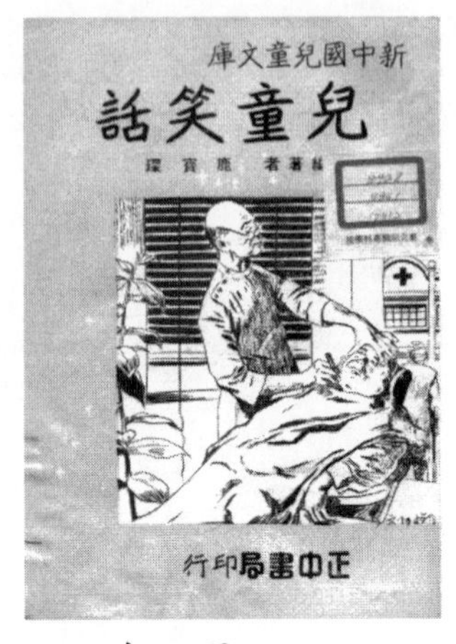

1956年10月

兒童圖書館的功能。1953年間，中華兒童教育社——一個以關懷兒童教育為宗旨的學術團體，有鑒於當時兒童讀物匱乏，遂於理監事聯席會上由理事長唐守謙決定主編《新中國兒童文庫》。

編輯過程

文庫採徵稿方式，首先假《中央日報》刊登徵稿啟事，廣求對兒童讀物寫作有興趣者，依編輯計畫及撰稿注意事項撰述文稿。其次對於無人應徵的文稿，經理監事聯席會議公推吳鼎、陳梅生、郁漢良三位社友分別約人撰述低中高三個階段的文稿，要求撰稿者依階段、科目及內容，力求配合各科教材。全部文稿由司琦總其成，經整理後，交正中書局出版。

文庫內容

整套《新中國兒童文庫》分低中高三輯，依低中高三個階段的教育科目，決定冊數與內容。低年級30冊，中年級30冊，高年級40冊，

共100冊。低年級以圖畫為主，文字較少；中年級圖文並重；高年級以文字為主，圖片較少。

該文庫計分生活訓練、語文（含生活故事、自然故事、歷史故事、民間故事、童話、寓言、詩歌、小說、遊記、日記、故事畫、劇本、謎語、笑話、實用文、說話）、算數、唱遊（音樂、體育）、工作（美術、勞作）、常識（公民、歷史、地理、自然）等六大類。整部文庫除朱傳譽的《愛爾蘭童話》與邵夢蘭的《奧德賽漂流記》外，全部都是國人自己撰述的。

激勵出版

該文庫出版後，國內兒童讀物的發行種類與數量顯著增加，咸信受到該文庫出版的激勵所致。有些作者因為該文庫徵稿才從事寫作，有些作者對兒童讀物寫作早有經驗。易言之， 由於《新中國兒童文庫》的出版，使得有寫作經驗與無寫作經驗的作家都加入為兒童寫作讀物的陣容。在《中華兒童叢書》這官方編輯的叢書尚未出版之前，《新中國兒童文庫》的出版，一方面固然代表著民間學術團體對倡導兒童文學寫作或稱兒童讀物寫作的不遺餘力；另一方面也產生了倡導兒童讀物寫作與激勵兒童讀物出版的影響。

《小學國語課外讀物》

繼《新中國兒童文庫》出版後，臺灣省國語推行委員會在持續推展國語運動之外，也於1957年編輯《小學國語課外讀物》，由寶島出版社出版。

出版緣起

有鑒於小孩子從入國民學校一年級開始，就先學八個星期的注音符號和說話。他們在這八個星期取得閱讀的工具——注音符號，就可以利用國字旁邊的注音符號，從閱讀中記住國字的音，認識國字的形與義。該會之所以編輯這種課外讀物，就是因應這個需要。

出版目的

《小學國語課外讀物》按年級編輯，內容與文字逐年加深，計畫於四年內教小孩子不但認識而且會寫6788個常用字。

內容

「小學國語課外讀物」，試列表如下：

年級	號碼	書名	作者、繪者	出版年月
一年級用	0	小學國語首冊補充讀物第一冊、第二冊	李劍南	1956年10月
	1	小貓兒逮耗子	李劍南	1956年10月
	2	舅舅照像	林良著、林顯模畫	1957年3月
	3	烏龜跟猴子分樹	朱信著、王鍊登畫	1957年4月
二年級用	101	小美的狗		1956年6月
	102	聰明的阿智		1956年11月
	103	小狗兒老想出去		1956年7月
	104	天要塌下來了	郭寶玉著、潘瀛峰畫	1957年1月
	105	小老鼠兒	郭寶玉著、王鍊登畫	1957年4月
三年級用	201	大公雞肥鴨子	謝豈平著、王鍊登畫	1956年11月
	202	打老虎救弟弟	張敏言著、王鍊登畫	1957年1月

年級	號碼	書名	作者、繪者	出版年月
	203	王老頭兒		1957年4月
四年級用	301	鸚鵡為什麼光會學舌	朱傳譽著、王鍊登畫	1956年11月
	302	四青年		1957年2月

未有作者及繪者，即筆者未見文本。

其中，朱傳譽是兒童讀物寫作的老手，而《舅舅照相》則是林良的處女作。

《東方少年文庫》

東方出版社在50年初期，即由總編輯游彌堅親自主編《東方少年文庫》，全部注音。

出版緣起

當時一般書商皆從國外運進大批洋文兒童圖畫讀物，滿足家長及孩童的需求，其色彩鮮明固然受歡迎，卻未能解其圖文內容，以致影響兒童教育與心理，該文庫係基於這種認知而編訂。

出版目的

在於矯正前述的不合理現象，藉以彌補兒童教育的漏洞，並為出版界編印兒童讀物做個先導。

文庫內容

本文庫共24冊，由游彌堅、洪炎秋、黃得時、朱傳譽等名家執筆，游彌堅在《東方少年》執筆的諸多「專題」，後來都成為本文庫的單行本。係為適應兒童教育的需要，故內容是以愛的教育為中心，以兒童為本位。其所攝取的材料取材自兒童日常生活所接觸的、耳濡目染的知識為主，如文學名著、科學知識、名人傳記、童話故事等。透過生動、活潑、趣味化的彩色圖畫以及常用的語體文，使兒童得到愛的安慰、知識的滿足、生活的訓練，以及閱讀寫作能力的習得。

《東方少年文庫》內容

書名	作者	出版年月
白雪公主	陳秋帆	1953
青鳥	洪炎秋改寫	1953
李爾王	王珏	1953

書名	作者	出版年月
威尼斯商人	林文月	1953
苦兒流浪記	洪炎秋縮編	1953
格列佛遊記	洪炎秋縮編	1953.01
阿麗思漫遊奇境	洪炎秋	1953.04
孤女努力記	張靜侯縮編	1953.04
富蘭達士的義狗	洪炎秋	1953.05
金銀島	洪炎秋縮編	1953.05
聖經的故事	黃得時	1953.07
阿里八八和四十大盜	洪炎秋縮編	1953.10
魯賓遜漂流記	陳蔡煉昌	1953.10
小公子	關文如	1953.10
小公主	關文如	1953.10
仲夏夜之夢	關文如	1954.02
千里尋母記	黃得時	1954
伊索寓言	陳蔡煉昌	1953.10
自然界奇觀	游彌堅	1954.2
世界一週	游彌堅	1953.5
地球的奇異	游彌堅	1954.3
人類的祖先	游彌堅	1954.4
動物美談	游彌堅	1954.5
神燈	周隆歧	1966（改定四版）

依《中華民國兒童圖書目錄》及《中華民國兒童圖書總目》修訂

從上表可以看出，該文庫顯然是以外國名著為重，作者如洪炎秋、陳秋帆、關文如、黃得時、游彌堅等幾位，都是《東方少年》的作者群；至於游彌堅的《世界一週》、《地球的奇異》、《人類的祖先》、《動物美談》、《自然界奇觀》等書，都是他在《東方少年》的專欄內容集結成書的。

第四節　作家與作品

周伯陽（1917-1984）

兒童文學家，新竹市人。早年畢業於臺北第二師範學校普通科及演習科。日治末期（1941年），童謠作品〈篦麻〉入選臺灣總督府文教局公學校一年級唱遊教材，殊實難得。

40年代末，就開始創作兒童文學作品，如兒童劇本〈光明〉（獨幕劇）；50年代初，持續創作，有童謠如〈花園裡的洋娃娃〉、童話如〈螞蟻島〉、兒童劇本〈螞蟻的一生〉等。60年代開始出版童謠集如《花園童謠歌曲集》等。

周伯陽從戰前到戰後，其對童謠創作的熱誠始終如一，是臺灣童謠、童話、兒童劇本等創作的前行代。吳聲淼編有《周伯陽全集》六冊（2011年11月，新竹市政府）。

朱傳譽（1927-2003）

自印本
1967年4月

1988年4月

兒童文學家，江蘇人。1948年來臺，曾任《國語日報》「兒童版」主編（1953年4-8月）。翌年起，開始出版兒童文學作品，如《寓言故事》；曾參與《新中國兒童文庫》編寫，出版兒童劇本《白雪》。60年代起受邀為東方出版社改寫中國少年通俗小說如《東周列國演義》、《封神傳》及世界文學名著如《鐘樓怪人》等。其被列為「小學生雜誌叢書」之一的《小豬與蜘蛛》是國內有關E.B懷特這本世界名著的第一本譯作。他是戰後臺灣第一代兒童文學工作者之一，也是臺灣翻譯外國兒童文學名著的前行者。

楊喚（1930-1954）

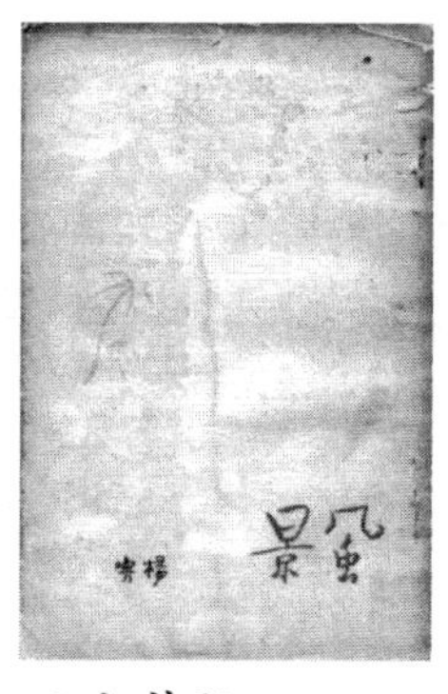

現代詩社
1954年9月

詩人，1949年隨國軍來臺，翌年9月5日，開始以筆名「金馬」假《中央日報》「兒童週刊」第25期發表第1篇兒童詩──〈童話裡的王國〉，此後常發表詩作，前後共20首，這些兒童詩含有濃厚的童話意味。楊喚是戰後初期在《中央日報》「兒童週刊」成人為兒童寫詩的前行者之一，童詩作品後由純文學出版社出版，書名《水果們的晚會》（1976年12月）。

黃基博（1935-）

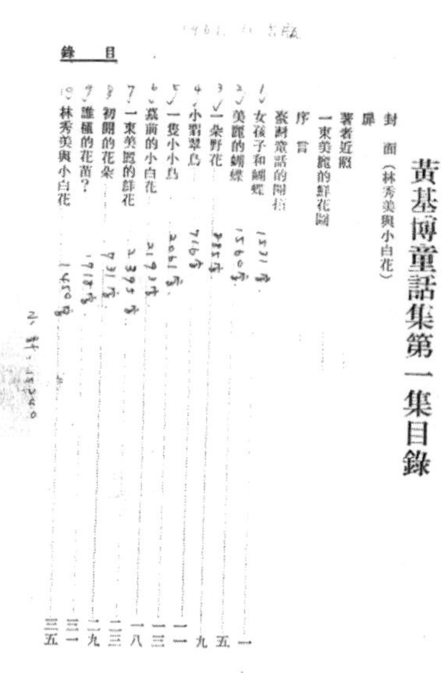

黃基博童話集第一集目錄

兒童文學家，屏東人。一生以教學與兒童文學創作為業，50年代開始從事童話寫作，作品曾刊載於《小學生雜誌》。60年代初（1961年11月，幼苗月刊社）出版《黃基博童話集》第一集，是省籍作家出版童話集的前行者，也是戰後臺灣第一代的兒童文學工作者。其父親黃連發是日治時期唯一一位專注於「兒童文化」的臺灣民俗工作者。

第五節　論述

吳鼎（1907-1993）

卷二到卷五、卷七

學者，安徽和縣人。1949年來臺，翌年，出任臺南師範學校校長。 著有《活潑的鳥》、《好月亮》、《有趣的遊戲》等兒童讀物，收錄於《新中國兒童文庫》。並於1954年為復興書局主編國民學校叢書，為戰後為兒童寫作的前行代。吳鼎於1959年元月即在《臺灣教育輔導月刊》連續撰寫兒童文學相關論述，後來結集成《兒童文學研究》（1965年3月，臺灣教育輔導月刊社），此書為國內研究兒童文學的重要論著之一，劉錫蘭、林守為皆引述其論著，吳鼎也成為臺灣最早出版兒童文學論著的學者之一。

林守為（1920-1997）

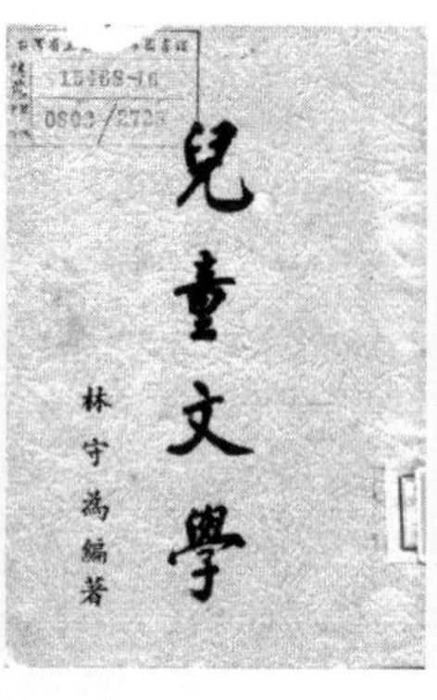

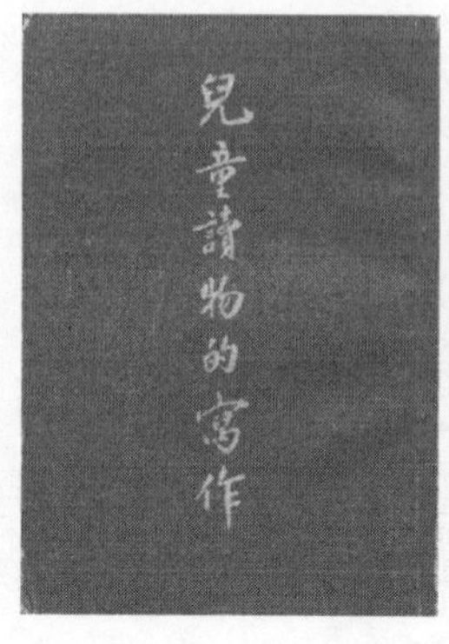

學者，福建福州市人，1946年來臺，1948年起任教於臺南師範學校。1960年7月起師範學校改制，於1963年起開始教授「兒童文學」課程，基於課程需要，著手編寫兒童文學教科書，為第一代師專兒童文學課程的老師之一。1964年3月自費出版《兒童文學》一書，以應教學需要，此書雖非國內第一本有關兒童文學理論的論著（第一本是劉錫蘭《兒童文學研究》1963年10月修定再版，臺中師專），但卻影響深遠。另有《兒童讀物的寫作》（1969年4月），《童話研究》（1982年5月三版）等論著。

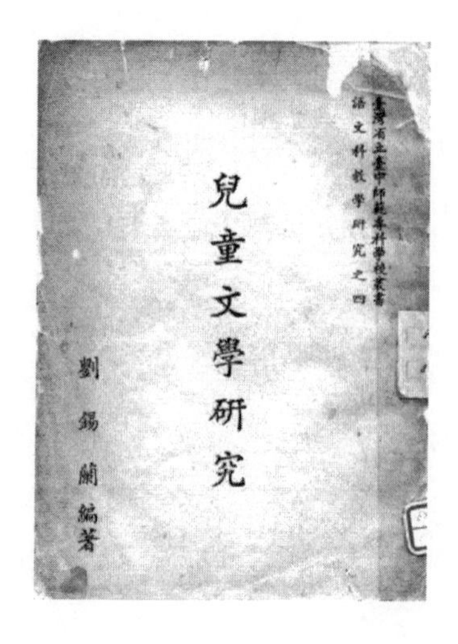

第六節　小結

此一時期正好橫跨40年代中期到60年代初期，也就是從臺灣光復初期到經濟起飛前一年。經歷過臺灣光復、二二八事件、推行國語、師範改制等幾件重大的政治、教育事件，臺灣兒童文學在民間出版社、兒童教育團體、傳播媒體以及政府教育主管機關等的努力下，在省籍作家與大陸來臺作家等的寫作下，並沒有因為終戰而中斷；易而言之，無論是臺灣在地作家，或者是大陸來臺作家，由於他們的為兒童寫作，由於他們的作品在兒童讀物出版社或是兒童雜誌社的出版與刊載，而延續了臺灣兒童文學的發展於不墜。

從1945年秋到1949年冬，這短暫的四、五年，由於有游彌堅、林呈祿、林獻堂、楊雲萍等日治時期的臺灣文化菁英的存在，才有東方出版社的成立；也才有臺灣文化協進會的創立。就因為有東方出版社的存在，才有《東方少年文庫》的出版；就因為有游彌堅的呼籲，才有臺灣文化協進會機關刊物《臺灣文化》的創刊。也因為有了《臺灣文化》，才會有童話與童謠的刊載；就因為游彌堅身為臺灣教育會理事長，才會有《愛兒文庫》的出版。

40、50年代的游彌堅，在政壇上，是臺北市官派市長；在文化上，是臺灣文化協進會理事長；在教育上，是臺灣教育會理事長；在出版上，是東方出版社總編輯。集這些關係於一身，游彌堅充分發揮他的睿智，使得臺灣兒童文學發展，不致因為戰爭的結束而中輟；相反的，在他的運籌帷幄之下，結合上述的臺籍菁英，在終戰初期的臺灣兒童文學，讓其發展得以延續。

無論是東方出版社，或是《國語日報》；無論是《小學生雜誌》或是《學友》、《東方少年》，由於這些兒童刊物的存在，使得五〇年代的臺灣兒童文學，尤其是兒童刊物的盛行，締造了戰後臺灣兒童刊物的第一個黃金時期。許多日治時期的臺灣新文學作家，諸如楊逵、楊雲萍、黃得時、劉捷、洪炎秋等之於《東方少年》；諸如王詩琅之於《學友》，他們對臺灣兒童文學的關懷，從日治時期延續到中華民國時期。又如戰後陸續由大陸來臺的文人，在臺灣兒童文學再度出發之際，適時加入寫作行列，大家共同為當時極待墾拓的臺灣兒童文學荒地齊心協力。

五、六〇年代的臺灣兒童文學，一方面有日治時期前行代作家的參與；一方面有大陸來臺的文人作家的投入，在繼起者尚在啟蒙階段，他們的確發揮文人的本色，以作品維繫臺灣兒童文學發展的命脈，這樣的角色扮演，建構出五、六〇年代臺灣兒童文學的一大特色。

至於《小學生》、《學友》以及《東方少年》這三份各領風騷的雜誌，由於它們的先後創刊，除了給日治時期的臺灣新文學作家一個可以繼續以中文寫作的兒童文學園地，也給受過短暫日本小學教育的省籍作家，如林鍾隆、黃基博等一個可以發揮文采的兒童文學園地，特別是《小學生雜誌》。

總之，臺灣省籍作家在這個時期的兒童文學發展，不但沒有缺席，甚至也和來自大陸的外省作家，一起將臺灣兒童文學推向更為蓬勃的六〇年代。

參考書目

一

司　琦　《兒童讀物研究》　臺北市　臺灣商務印書館　1983年10月
林　良等　《兒童讀物研究》第2輯　臺北市　小學生雜誌社　1966年5月20日

林武憲　《兒童文學與兒童讀物的探索》　彰化縣　彰化縣立文化中心　1993年6月

吳聲淼　《周伯陽與兒童文學》　新竹市　新竹市政府　2001年11月

邱各容策劃　鄭明進主編　《認識兒童期刊》　臺北市　中華民國兒童文學學會　1989年12月17日

邱各容　《兒童文學史料初稿　1945-1989》　臺北市　富春文化事業股份有限公司　1990年8月

洪文瓊策劃主編　《中華民國臺灣地區兒童期刊目錄彙編》　臺北市　中華民國兒童文學學會　1989年12月

徐增淵等　《兒童讀物研究》第1輯　臺北市　小學生雜誌社　1965年4月4日

徐增淵等　《兒童讀物研究》第2輯　臺北市　小學生雜誌社　1966年5月20日

教育部國教司編　《中華民國兒童圖書目錄》　臺北市　正中書局　1957年11月

國立中央圖書館編印　《中華民國兒童圖書總目》　臺北市　1968年10月

楊　喚　《楊喚詩集》（光啟新詩集之二）　臺中市　光啟出版社　1964年9月

二

林　良　《國語日報》第11版　2000年4月17日

兒童文學藝術委員會　《東方少年》第1卷第1期　東方少年雜誌社　1954年1月　頁13

阿　圖　〈東方故事·兒童故事〉　《臺灣時報·兒童節特刊》　1987年4月3日

徐國明　〈舊籍介紹——《兒童劇選》〉　《國史館臺灣文獻館電子報》　第83期　2011年7月29日
蘇尚耀　〈兒童刊物中的探春花——回溯萌芽其中兒童刊物〉　《認識兒童期刊》　1989年12月17日　頁41

第四章
1964-1987（經濟起飛到解嚴前一年）

第一節　時代背景

始於臺灣經濟起飛的第一年，止於解嚴前一年。

1964年（次年美援停止），臺灣經濟開始起飛，亦即是外銷工業萌芽時的生財體系，落實的說法是：勞力密集工業。這一年，臺灣省教育廳在聯合國兒童基金會支持贊助下設立「兒童讀物編輯小組」，這是臺灣兒童文學邁向成長的重要指標。兒童讀物編輯小組第一期、第二期計畫推出的中華兒童叢書和中華幼兒圖畫書，可視為成長早期的代表作品。

70年代，是自我覺醒的時期，其關鍵是緣於政治性的衝擊：

1967年8月17日正式宣佈九年國民義務教育。

1970年11月的釣魚臺事件。

1971年10月25日，政府宣佈退出聯合國。12月，臺灣長老教會發表國是聲明，希望臺灣變成「新而獨立」的國家。

1972年2月，尼克森和周恩來發表〈上海公報〉。

1972年9月，日本承認中共，同時廢除中日和平條約。

1975年4月5日，蔣介石去世。

1979年1月1日，中美斷交。

1979年12月發生高雄事件。

這些衝擊有的是足以動搖國本的毀滅性衝擊，使國人提高了反省的層次，也使得社會上層建築的文化掀起了壯大的覺醒運動。在這覺醒過程中，就文學而言有三件大事：

（一）唐文標事件

時間是1972年至1973年。最初是（1972年2月28日、29日）關傑明在中國時報發表了〈中國現代詩的困境〉，與〈中國現代詩的幻境〉（同年9月10日、11日）兩篇文章，而後引發詩壇熱烈的反映；但震撼文壇的是唐文標連續發表的四篇文章：

1973年7月

〈什麼時代什麼地方什麼人〉 《龍族》九期評論專號 1973年7月 頁217-228

〈僵斃的現代詩〉 《中外文學》二卷三期 1973年8月 頁18-20

〈詩的沒落〉 《文季》一期 1973年8月 頁12-42

〈日之夕矣──《平原極目》序〉 《中外文學》二卷四期 1973年9月 頁86-98

這四篇文章像一顆炸彈，落在已經爭爭吵吵的詩壇；顏元叔稱之為「唐文標事件」（見1973年10月《中外文學》二卷五期）。這一回，與其說是一場現代詩的論戰，不如當它是對現代文學的本質與意義的考察。

（二）報導文學

1975年，高信疆在他主編的中國時報「人間」副刊推出「現實的邊緣」專欄之後，「報導文學」這個名詞才開始出現在臺灣文壇；並且逐漸受到矚目，報導文學是從社會關懷出發的。

（三）鄉土文學論戰

大約開始於1976年前半期，一直到1979年底王拓和楊青矗雙雙因高雄事件被捕繫獄為止。其中，導火線的關鍵性文章是1977年5月，葉石濤在《夏潮》發表的〈臺灣鄉土文學史導論〉一文（1977年5月《夏潮》第十四期）。當時《大學雜誌》、《書評書目》、《中外文學》、《夏潮》等刊物，都先後展開有關臺灣文學傳統與特質的座談和討論，終至引爆了一場規模巨大的鄉土文學論戰。

就臺灣的兒童文學來說，此期的發展亦顯現政府、民間都努力在追求自我成長。如臺灣省教育廳國民學校教師研習會舉辦兒童讀物寫作班（1971）、洪建全教育文化基金會設立兒童文學創作獎（1974）與設立視聽圖書館（1975）、1979年各縣市開始籌建文化中心（大部分均附設有兒童圖書室）等，正反映出此時期臺灣兒童文學界在追求自我成長。尤其是70年代所形成的兒童詩創作熱潮，可說臺灣兒童文學最早較具「軍容」者。

70年代的臺灣兒童文學，最值得重視的是二次大戰後在臺灣受完整教育的年輕一代，開始成為兒童文學創作、編輯的第一線尖兵，他們不但是現代臺灣兒童文學的開拓者，同時也是臺灣新文化的傳遞者。此時期新創刊的《兒童月刊》、《小讀者》，就都是由新生代所編輯、經營的刊物，它們不論在行銷、編排都展現充分的創新，是70年代臺灣兒童文學發展最具代表性的兩份兒童刊物。其中《兒童月刊》更是由臺灣留美學生支持資助創刊。

總之，70年代的臺灣兒童文學，一如臺灣的經濟與社會，也開始有結構性的改變。在80年代則展現出爭鳴與分化的發展態勢，而它顯示在四方面：

（1）兒童文學社團紛紛成立。
（2）理論性刊物開始出現。
（3）幼兒文學呈現蓬勃氣象。
（4）民間專業兒童劇團開始萌芽。

——見洪文瓊《臺灣兒童文學手冊》，頁57。

又下列兩項亦值得重視。

其一，是從1981年到1986年之間，各縣市陸續興建縣市文化中心。

其二，從1982年11月起，行政院新聞局第一次推行「優良中小學生課外讀物清冊」，免費提供給全國中小學。

第二節　人物

林海音（1918-2001）

純文學出版社有限公司
1987年3月

本名林含音，臺灣省苗栗縣人，作家、編輯人、出版人。生於日本，長於北京，1948年底舉家回臺。先後服務於《國語日報》、《聯合報》副刊、《文星雜誌》，後成立純文學出版社。

60年代受聘為兒童讀物編輯小組首任文學類編輯，參與《中華兒童叢書》編輯工作。1968年成立「純文學出版社」，加入兒童讀物出版行列。70年代受聘擔任兒童讀物寫作研究班講師，為該寫作班八位「核心講師」之一， 以「母雞帶小雞」、「大作家帶小作家」的方式，指導學員寫作。

本身實際參與6、70年代臺灣兒童文學發展的重大指標事件，被文壇尊稱為「文學的引渡者」。重要代表作《城南舊事》被譯成日、英、法、德、義等國語言，其翻譯外國兒童文學作品達20餘種，著作30餘本。

潘人木（1919-2005）

信誼基金出版社，1985年1月

本名潘佛彬，遼寧省法庫縣人，作家、編輯人。1949年舉家遷臺，60年代與林海音同時進「兒童讀物編輯小組」，擔任健康類編輯，後繼彭震球出任「兒童讀物編輯小組」總編輯，長達17年餘。接任總編輯之初，也受聘擔任兒童讀物寫作研究班講師，與林海音同為該研究班八位「核心講師」之一。其在任內總計編輯出版4百餘本《中華兒童叢書》，11本《中華幼兒叢書》，並策劃主編《中華兒童百科全書》，此為國人自製的第1 套兒童百科全書。離開編輯小組後，曾主持翻譯臺英社的《世界親子圖書館》，並從事兒歌創作與翻譯外國圖畫書。其著作多達一百餘本，譯作二十餘本，以幼兒讀物居多。重要作品有《冒氣的元寶》、《小胖小》《老手杖直溜溜》等。

被推崇為臺灣最資深、最有貢獻的兒童讀物編輯，也被尊稱為臺灣兒童文學的掌燈者。

陳千武（1922-2012）

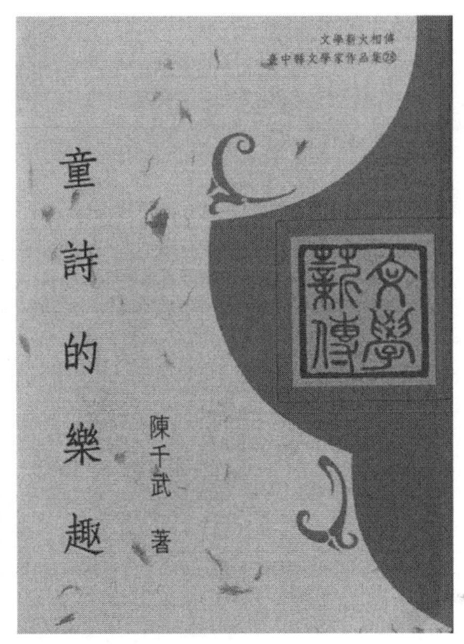

臺中縣立文化中心
1993年6月

本名陳武雄，南投縣名間鄉人、詩人。日治末期就在《臺灣新民報》以日文發表兒童詩作品，為臺灣兒童詩寫作的前行代。

戰後，於1964年與趙天儀、詹冰、林亨泰等成立本土色彩濃厚的「笠詩社」，為《笠》詩刊發起人之一，該刊於70年代為臺灣兒童詩推展的重鎮之一，陳千武於1977年12月任臺中市首任文化中心主任、臺灣筆會會長，後轉任文英館館長，籌組「臺灣省兒童文學協會」並任理事長。兒童文學作品主要為故事及小說等。曾獲中華文化復興運動推行委員會銀盤獎與國家文藝獎等。

陳千武從70年代開始以迄千禧年，在中部臺灣推廣兒童詩、於報刊發表兒童詩論，主編《臺灣日報》兒童版，以及主辦臺中市「兒童詩畫」競賽等兒童文化活動，為中部臺灣推廣兒童文學的舵手。曾參與光復書局《世界兒童傳記文學全集》改寫，兒童文學作品以童詩、故事、小說為主，主要作品有《臺灣民間故事》（入選臺灣1945-1998兒童文學100）、《擦拭的旅行：檳榔大王遷徙記》（該書被翻譯成日文，由東京かど書房出版）、《童詩的樂趣》（論述）。

陳梅生（1923-2004）

陳梅生，浙江省諸暨縣人，教育家，一生對兒童讀物寫作與兒童文學推廣始終非常重視。無論是60年代的臺灣省政府教育廳第四科科長任內，成立「兒童讀物編輯小組」；或是70年代的臺灣省教育廳國民學校教師研習會主任任內，成立「兒童讀物寫作研究班」；或是80年代高雄市教育局長任內，成立全國第一個兒童文學團體──「高雄市兒童文學寫作學會」等。每一件都是影響臺灣兒童文學發展的重大指標事件。

在適當的時機，作最適當的決定；一經做出決定，就放手讓人去做，陳梅生就是具有這種生命特質的教育家。雖然他不是個兒童讀物編輯者，但是卻能夠促成兒童文學作家與插畫家的大結合，如「兒童讀物編輯小組」的成立；雖然他不是個兒童文學工作者，但是卻能夠為兒童文學工作者創造一個閱讀與書寫的環境，如「兒童讀物寫作研究班」的成立；雖然他不是個組織工作者，卻能夠促成臺灣第一個兒童文學社團的成立，如「高雄市兒童文學寫作學會」的成立。

陳梅生是一個為臺灣兒童文學點燈的人，從60年代到80年代臺灣兒童文學發展的重大指標事件，都與陳梅生息息相關。

林　良（1924-）

臺灣省國語推行委員會主編
寶島出版社發行版本

作家、編輯人、媒體人，福建省同安縣人。1946年，考進國語推行委員會，隻身來臺。1948年進國語日報附設出版部工作，以迄80年代中期，歷任國語日報兒童版編輯、出版部編譯主任、出版部經理等職，並曾主編《小學生半月刊》與《小學生畫刊》。也曾擔任「兒童讀物寫作研究班」講師，為該研究班八位核心講師之一。其後歷任國語日報社長、發行人、董事長等職，2005年退休。

自50年代中期以後開始從事兒童讀物寫作，其兒童文學作品遍及散文、兒歌、童詩、故事、翻譯、論述等文類，創作作品多達一百餘本，改寫三十餘本，翻譯百餘本，可謂著作等身。得獎無數。兒童文學論述《淺語的藝術》被視為研究兒童文學的基本入門之一。1984年出任中華民國兒童文學學會首任理事長，及至今日，依然筆耕不輟，被視為臺灣當代重要兒童文學作家之一，也被尊為兒童文學界的常青樹。

鄭明進（1932-）

插畫家、圖畫書作家、兒童美術教育家，臺北市人。臺北師範學校藝術科畢業，50年代中期與同好共同發起成立「今日兒童美術教育研究會」後，致力於推展兒童美術教育，鄭氏體認圖畫書的推薦為推廣兒童美育不可或缺的重點所在。1966年1月編著《世界兒童畫專集》，被列為《小學生畫刊》第310期，1968年10月第一本圖畫書《十兄弟》（王子出版社股份有限公司）出版起，即以推廣與重視本土性圖畫書為職志。

至80年代初期止，工作內容始終與兒童畫、插畫、兒童讀物編輯關係密切，為提倡兒童美育，遂大量引薦並推廣世界各國著名的兒童圖畫書，同時在《國語日報》兒童文學周刊大量介紹有關世界兒童圖畫書的相關訊息，其熱誠數十年來未減反熾。1977年自臺北市西門國小退休，歷任《兒童日報》、《雄獅美術》等多家出版社編輯顧問，極力引薦世界各國優良圖畫書，諸如《漢聲精選世界最佳兒童圖畫書》以及臺英社《世界親子圖書館》等。

鄭氏在臺灣兒童圖畫書發展史中，扮演「引領」與「推動」的重要角色，除引進外國優良兒童圖畫書之外，同時也呼籲重視兒童繪畫的重要性。主張文字思考與圖畫感受是相輔相成的，也就是文字閱讀與圖像閱讀相互之間，就如同牡丹綠葉，具有相襯的互補效果。

鄭氏不僅是臺灣當代重要的圖畫書作家之一，兒童文學作品涵蓋故事、圖畫書、理論與翻譯，多達百餘本，以圖畫書為大宗。他也是兒童讀物插畫的前行者，更是兒童美術教育的重要推手。

第三節　事件

一　兒童雜誌

（一）《王子》半月刊

創刊於1966年12月16日，創辦人蔡焜霖出身於《東方少年》編輯，後為漫畫出版社「文昌」總編輯。集資仿日本的中小學生綜合刊物，創辦《王子》半月刊。因其本身曾是政治犯，故由其岳父楊明發出任發行人，自己擔任總經理。第68期以後，趙堡繼任發行人。她的體驗是：「教育和傳播文化，重於營利性，但必須把握著趣味性和益智性才能達到這個目的」。

《王子》半月刊可分為兩個階段，1970年10月以前，無論就編輯手法或內容取向，多半以日本為師，東洋味濃。1970年10月以後，易主經營，逐漸轉型為校園刊物，以「校園小記者」為主軸，《王子》半月刊於1983年10月1日發行400期後停刊，計發行17年。《王子》半月刊是60年代代表性兒童雜誌。

(二)《兒童月刊》

此為一份由海內外追求理想與實現的大孩子，以「募捐方式」集資創辦的兒童綜合刊物，於1972年2月該刊發行「第○期」試刊樣

本，意味著一切「從零開始」。該試版性的「第〇期」出版後，共印一萬份，分送各小學，並徵求各小學老師們的意見，以便在正式出版時改進。同年5月1日正式創刊。《兒童月刊》發行《第〇期》「試版性」的做法，已經開啟臺灣兒童刊物創刊的先例。它的先期作業包括發行一份對內的「通訊」；蒐集國內外兒童書刊，分析內容；蒐集國內國小教科書，統計各學年用過的辭彙等。這也是當年代兒童刊物創刊前聞所未聞的作業方式。至1982年8月停刊，共計發行10年3個月，發行期數達123期。為70年代代表性的兒童刊物之一。

經常於《兒童月刊》發表作品者計有：林鍾隆、徐紹林、藍祥雲、羅欽城、劉正盛、康子瑛、曾金木、黃基博、褚乃瑛、陸百烈、黃郁文、張彥勳、楊素娟、邱傑、曾信雄、傅林統與范姜春枝等省籍作家，他們絕大部分都是「兒童讀物寫作研究班」學員。《兒童月刊》堪稱為寫作班的學員提供發表兒童文學作品的平臺。

李南衡、黃海、顏炳耀先後擔任過《兒童月刊》主編。

（三）《小讀者》

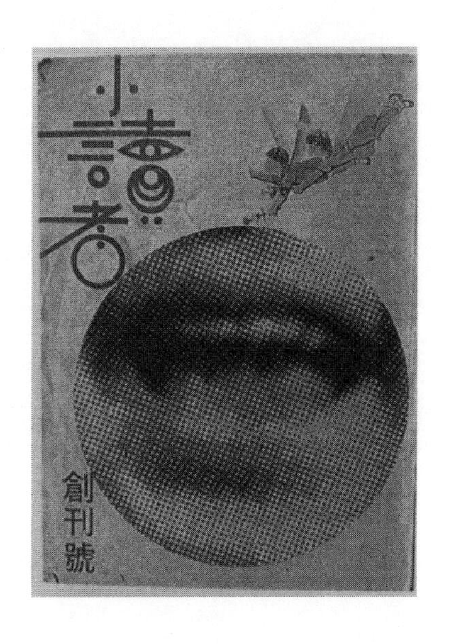

為雜誌人張任飛創辦的兒童雜誌，與《兒童月刊》於1972年5月同時創刊。將《小讀者》創造成一本課本以外的良好讀物，始終是張任飛的「理想」，他希望對兒童文學有興趣的人能夠合力支持這份雜誌。

就整個內容而論，顯然《小讀者》是以文學的形式介紹科學常識的作品，佔有較大的篇幅。就這一點而言，在當時重視科學的世界，和正在大力提倡科學教育的現實環境，張任飛深深以為「可以說正適時地提供了切需而理想的讀物」。

旅居美國的女作家謝冰瑩每月給讀者寫的信，把在國外所見所聞所感，通過洋溢的熱情與愛心，傳達給國內的小讀者。

《小讀者》歷任主編為黃曉露、李家萍、謝蜀芬與張思瑜等。曾出版兒童文學作品集，也是70年代相當引人注目的兩份兒童雜誌之一。該刊物自1972年5月創刊，期間一度休刊，1983年8月停刊，共發行10年10個月，期數達130期。

（四）《幼獅少年》

為幼獅文化事業公司專為國中生辦的青少年刊物，有別於其他為國小學生所辦的兒童刊物。

1976年10月31日創刊的《幼獅少年》，在70年代可說是青少年兒童刊物的生力軍。小說家鄭清文將在該刊發表的童話作品集結成書，書名《燕心果》（1985年3月，號角出版社），後出版日文版，改題為《阿里山の神木》。

《幼獅少年》前後任主編分別是周浩正與孫小英。尤其是孫小英在80年代四度榮獲行政院新聞局雜誌主編金鼎獎（1981、1984、1985、1986），《幼獅少年》則兩度榮獲雜誌出版金鼎獎（1985、1986），尤其是1985與1986兩年，雜誌與主編雙料獲獎，足見這份具有本國性、創作性與時代性的刊物是如何受到肯定與重視。及至今日，發行不輟，也顯見其「永續經營」的決心和毅力。

（五）《月光光》兒童詩集

為70年代創刊的臺灣第一份兒童詩同仁刊物，由林鍾隆於1977年4月創辦的，即使在創刊時希望《月光光》成為大眾性刊物，卻自始至終都是小眾刊物。創刊初期原為雙月刊，後改為月刊。曾舉辦「月光光童詩獎」與《彭桂枝兒童詩指導獎》。雖屬小眾刊物，林鍾隆始終樂在其中，至少《月光光》不但給他，也給其他從事童詩寫作與教學的同好發表有關兒童詩的詩觀與詩論的專屬舞臺。

《月光光》不單只是國內兒童詩作的發表園地，更是臺灣與日本兒童詩壇交流的重要窗口。透過這個窗口，林鍾隆一方面進行「外國兒童詩選譯」；一方面和日本兒童文學界，特別是兒歌、童謠詩人的交流，甚至將他們的作品譯成中文發表在《月光光》，使林鍾隆和日本兒童文學界之間搭起一座溝通與交流的橋樑，林鍾隆以一己之力，長期默默地進行臺灣與日本兒童文學界的交流，也因此和日本兒童文學界建立起良好的友誼關係。這樣的文化交流，持續到林鍾隆辭世之前，未曾中輟過。

做為當代臺灣有史以來第一本「兒童詩刊」，在臺灣兒童文學發展，特別是兒童詩的發展，自有其一定的歷史定位與評價，唯一可惜的是《月光光》比較缺乏整體性的規劃，篇幅不定。在沒有雄厚財力支持下，能夠持續出刊，就憑個人對《月光光》的堅持，《月光光》在70年代的臺灣兒童文學，依然是一顆耀眼的「珍珠」。

林鍾隆與《月光光》對臺灣兒童文學最大的貢獻，主要在於他將宮 尾進主編的《童謠傑作選集》中，臺灣學童的童謠作品譯成中文，陸續刊載在《月光光》，更名為「臺灣童謠選集」。使得臺灣兒童文學的探源終於可以上溯到日治時期。為研究日治時期的臺灣兒童文學點燃另一線曙光。

繼《月光光》之後，林鍾隆再接再厲，於1991年3月易名為《臺灣兒童文學》季刊，依舊不離「小眾刊物」的氛圍。

（六）《布穀鳥兒童詩學》

由詩人舒蘭、林煥彰發起，於1980年兒童節創刊，屬季刊，發行人舒蘭，社長龔建軍，總編輯林煥彰。是一份以提倡兒童詩創作、理論、批評與教學研究為宗旨的兒童詩刊。該刊曾舉辦三屆「布穀鳥紀念楊喚兒童詩獎」。

《布穀鳥》以「詩學」為刊名，雖然也刊登創作，惟大量的評論文章卻是一大特色。創刊初期，評論多於創作，其後迭有改善，創作多於評論。第15期更策劃「童詩教學、研究專輯」，該刊對「詩學」的執著與熱心，有目共睹。曾出版9種叢書，其中以林煥彰編選的海寶國小學生詩集《海寶的秘密》（1981年2月）最受好評。

《布穀鳥》前後發行15期，於1983年10月停刊，其助長一陣兒童「詩學」風氣是其對兒童詩評論的貢獻。

（七）《兒童圖書與教育雜誌》

該刊是臺灣第一本以兒童圖書與兒童教育為主題的專業性雜誌，1981年7月率先於80年代初期登場。

如何提昇兒童讀物出版水平，如何保障兒童圖書消費者利益，始終是該刊刊行的基本態度。如何保障兒童福利，如何促進兒童教育素質，也始終是該刊的注目焦點。

《兒童圖書與教育雜誌》在80年代眾多與兒童有關的期刊中是一份特殊的刊物，這也是洪文瓊個人將他對兒童圖書與兒童教育的關注，轉化為媒體力量，透過雜誌的發行，將個人的理念傳輸給每一個接觸到該刊物的讀者。

發行人兼總編輯的洪文瓊為《兒童圖書與教育雜誌》盡心盡力，銳力經營；儘管大學教授、兒童文學工作者都鼎力支持，終究還是擺脫不了「曲高和寡」、「叫好不叫座」的宿命，在發行13期（1982年7月）後即告停刊。

（八）《海洋兒童文學季刊》

該季刊為繼《兒童圖書與教育雜誌》之後，第二份專業性兒童文學理論雜誌（1983年4月4日），由林文寶、吳當等幾位臺東兒童文學工作者發起的，發行人兼社長林文寶，總編輯吳當。

該季刊在提倡兒童文學理論研究與建立兒童文學批評方向，著力甚多。其目的為讓不同觀點的理論與見解能夠兼容並蓄。

遺憾的是《海洋兒童文學季刊》在1987年4月發行第13期後，遭遇到和《兒童圖書與教育雜誌》同樣面臨「停刊」的際遇。

兒童文學理論專刊經營之不易，《兒童圖書與教育雜誌》與《海洋兒童文學季刊》的先後停刊，就是最好的示例。

二　獎項：洪建全兒童文學創作獎

書評書目出版社，1976年4月

書評書目出版社，1979年7月
本書為第四屆童話組第一名

洪建全兒童文學創作獎是企業家洪建全出資設立的，由洪建全教育文化基金會與書評書目雜誌社合辦的。基金會基於從民族情感出發，讓孩子從小就認同自己的文化，建立民族自尊心，遂於1974年2月通過提案，舉辦「兒童文學創作獎」徵稿，更於兒童節當天，正式將這項徵稿定名為「洪建全兒童文學創作獎」。

這個來自民間，有關兒童文學的「獎」，意義深遠。其一：它意味著經營有成的民間企業家願意以實際行動每年捐款獎勵優良的兒童文學創作；其二：它也鼓舞已經或即將在兒童文學創作上努力的作家和準作家們。易而言之，這個獎，讓已成名、剛成名、未成名以及默默無名的作家紛紛投入兒童文學的創作行列。

由於洪建全兒童文學創作獎的創辦，使得有才華、有創作力的新作家紛紛脫穎而出，他們的出線，儼然一支來自民間企業資助的兒童文學寫作陣容悄然成形。這是臺灣第一個由私人企業所屬的基金會設置的兒童文學創作獎，具有特殊的歷史意義。一來開創臺灣知名民間企業資助兒童文化活動的先河，二來掀起臺灣兒童文學的創作熱潮，三來鼓舞社會大眾對兒童文學的重視。

由洪建全教育文化基金會本身舉辦的徵獎活動幾乎集中在本時期，共計18屆（至1991年止），十三年來，幾乎等同於臺灣兒童文學寫作的「代名詞」。不僅因為它帶動兒童文學的寫作熱潮，發掘諸多具有潛力的寫作新秀；而且提供諸多創作面向，豐富兒童讀物出版內容，帶動創作濃厚鄉土色彩的作品創作。

洪建全兒童文學創作獎的存在，一方面意味著臺灣兒童文學在70年代是件劃時代的創舉；一方面也是大規模造就兒童文學寫作人才的文學風潮的表徵。

從該獎出身的作家目前大都是臺灣兒童文學寫作陣容的代表性作家。

三　交流：美國與韓國兒童文學工作者的來訪

威廉・費士卓（William A. Fitz Gerald, 1906-1988）

60年代初期，師範學校逐年改制為師專，於是在語文組中有了兒童文學的課程。基於客觀事實的需要，邀請外籍專家來華訓練各師專教師研究兒童文學（讀物）的編寫、插圖等的專業知識，俾便在各校設置兒童文學等課程。

其實，1956年有費士卓（William A. FitzGerald, 1906-1988）應美國安全總署駐華分署圖書館顧問之聘來臺。在短期間除協助當時中央圖書館臺灣分館建立制度外，並遍訪各大專院校，以了解我國高校教育與圖書館設施，以及兒童文學與兒童教育。司琦（見《兒童讀物研究》，王振鵠序）林守為（見《兒童文學析賞》，自序）均受其感召。司琦於1960年赴美畢保德師範學院研究國民教育。費士卓於1984年5月又應教育部之邀來華。

而後，有孟羅．里夫（Monro Leaf）、海倫．石德萊（Helen R. Sattley）來訪。

孟羅．里夫（Monro Leaf, 1905-1976）

孟羅．里夫撰文、羅拔．勞生繪圖
國語日報社，1963年3月

1964年4月12日美國兒童文學家兼兒童讀物插畫家——孟羅・里夫應美國國務院邀請前來東南亞各國考察兒童讀物出版狀況，抵臺訪問。

孟羅・里夫的來訪，揭開了臺灣兒童文學界與外國兒童文學界接觸的序幕。訪臺期間，除參加教育部安排的座談會，上臺視「藝文夜談」節目（4月18日）外，還經由陳梅生（臺灣省教育廳第四科科長）安排，並於4月28日對臺中師專全體師生，暨附屬小學四、五年級部分學生作一次演講，也可以說是示範教學。

孟羅・里夫訪臺期間，除介紹美國兒童文學外，似乎更著重在兒童讀物插畫上。他本身就是傑出兒童讀物插畫家，同行作家有瑪霞・勃朗（Marcia Brown）女士，他的作品曾獲美國最高榮譽兒童讀物凱迪克獎（Caldecott Medal）。儘管停留短暫，他曾建議將半版插畫、半版文字的兒童讀物，其插畫部份可製作成幻燈片或是八厘米影片，可有電影效果的新觀念；以及從一個國家兒童讀物出版情形，就可以看出這個國家的前途如何的肺腑之言。

儘管孟羅・里夫在臺時間很是短暫，至少他帶來一些新觀念，提供給本地的兒童文學工作者。這些觀念包括第一：我們深信一位兒童讀物插畫家所付出的心血並不亞於文字作家本身；第二：唯有內容（文字）與插畫相輔相成，使小朋友在閱讀充滿「童趣」的作品之餘，同時也能欣賞充滿「童心」的插畫，進而增益其所不能。相信這些觀念也是任何一位兒童文學作家與兒童讀物插畫家長久以來共同秉持的信念。

海倫・史德萊（Helen R. Sattley, 1908-1999）

海倫・史德萊1957年的著作

1966年8月應美國亞洲協會之邀前來遠東各國訪問並介紹美國兒童文學的海倫・史德萊，曾經表示如果臺灣願意負擔往返機票，她很樂意就近來臺介紹兒童文學。時任臺灣省教育廳第四科科長的陳梅生從美國亞洲協會友人處得知此一訊息，海倫・史德萊遂在此因緣際會下，成為繼孟羅・里夫之後，來臺訪問的美國兒童文學家。

海倫・史德萊是兒童文學家，也是圖書館學專家。臺灣省教育廳在其訪臺期間，於8月13日特地在臺中師專設立「兒童讀物研究班」。該研究班的講習為期4週，各縣市教育局督學、各師專擔任「兒童文學」一科的教學老師，皆為召訓對象。海倫・史德萊講解的是「兒童閱讀心理研究」與「兒童文學研究」兩個課題。當時擔任臺中師專校長的朱匯森、臺南師專教授林守為、臺中師專副教授鄭蕤等師專相關學系的老師及馬景賢皆曾與會聽講，計有文化教育界和國小教師一百多人參加，並於8月19日於臺北市自由之家舉行兒童文學座談會（北部七縣市國小校長、教師代表參加）。

講解內容經師校教師及國語輔導人員研習會收錄於研習叢刊第3集《國語及兒童文學研究》（1966年12月，臺中師專）一書。

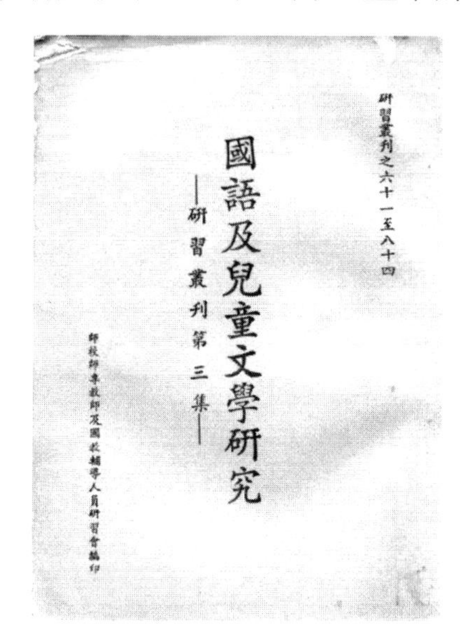

在中央及地方教育主管機關全力推展兒童文學的節骨眼上，孟羅・里夫與海倫・史德萊兩位美國兒童文學工作者的來訪，不啻使60年代臺灣兒童文學的推展工作向前邁出一大走。

宣勇（1942-）

本照片由林煥彰先生提供

自60年代孟羅·里夫與海倫·史德萊兩位美國兒童文學工作者的來訪之後，直到80年代中期，中華民國兒童文學學會成立，基於主客觀環境的需要，遂積極從事和外國兒童文學界的境外交流活動。

1984年12月2日，中華民國兒童文學學會正式成立，此一學會的成立，象徵著臺灣兒童文學工作者的大結合，同時也意味著境外兒童文學交流的腳步已經越來越近。

1985年1月，韓國《兒童文藝》月刊主編宣勇首度來臺，揭開80年代起臺灣與外國兒童文學交流的序幕，意義非凡。此舉顯示臺灣自60年代以還，沉寂20餘年的境外交流再度興起，使臺灣不致孤立於世界兒童文學，甚至亞洲兒童文學之外。

四　臺灣省政府教育廳兒童讀物編輯小組

1965年9月

聯合國兒童基金會提供美金50萬資助並協助臺灣執行兒童讀物出版計畫，承辦該計畫的是臺灣省政府教育廳負責國民教育的第四科，科長陳梅生遂網羅臺灣師範大學彭震球教授出任總編輯，下分文學、科學、健康與美術四類，分別由林海音、柯泰、潘人木、曾謀賢擔任各類編輯。臺灣省政府教育廳兒童讀物編輯小組於1964年6月正式成立，分期分年分批出版《中華兒童叢書》。

該編輯小組成員自總編輯以至各類編輯，俱為一時之選。總編輯彭震球主編《學友》，與《小學生》、《東方少年》鼎足而立，締造臺灣兒童刊物第一個黃金時期。文學類編輯林海音與健康類編輯潘人木都是名作家，科學類編輯柯泰是甫自美援會科學教育組退休的翻譯者，美術類編輯曾謀賢則是以畫馬著稱的畫家。這樣的編輯陣容，不啻是黃金組合。60年代由於教育廳兒童讀物編輯小組的成立，突顯出官方系統對臺灣兒童文學發展，真正具有火車頭帶動作用。

潘人木於1969年接任兒童讀物編輯小組總編輯，曹俊彥與趙國宗同時為《中華兒童叢書》畫插畫，曹氏後來接替曾謀賢成為編輯小組第二任美術編輯，作品充滿民俗風，既是臺灣兒童讀物插畫的前行者，也是很資深的兒童讀物美術編輯。《中華兒童叢書》內容包括科學、兒童文學、營養與健康三大類，每一大類都分低中高三個年段，內容完全適合小朋友閱讀。採分期分年編印計畫，首批12本於1965年9月推出。

《中華兒童叢書》的出版，對臺灣兒童讀物的編印，的確有大幅度的提昇。《中華兒童叢書》的出版，也代表著西方美式文化從此開始對臺灣兒童文學界展開影響的歷史意義。本時期的《中華兒童叢書》已經出版到第四期，第一期165種，第二期135種，第三期100種，第四期100種，共計出版500種。除此之外，本時期也出版《中華幼兒叢書》與《中華兒童百科全書》。

五　兒童讀物問題座談會

在60年代中期，為讓各方學者專家對兒童讀物問題進行意見交換，並讓政府相關方面重視這個問題，使有利於教育文化的發展與推動，省立臺北圖書館於1964年4月11日上午假該館會議室舉辦「兒童讀物問題座談會」。是政府遷臺以來，首次針對攸關教育文化的兒童讀物問題舉行座談，歷史意義重大。有鑒於該座談會所做的結論與希望，對往後臺灣兒童文學發展及兒童讀物推廣，都直接或間接產生深遠的影響，未嘗不可將其視為影響臺灣兒童文學發展的重要指標之一，而做成結論與希望的正是列席指導的陳梅生。

座談會由館長王省吾主持，教育部國民教育司幫辦司琦和臺灣省教育廳第四科科長陳梅生列席指導。與會者游彌堅（東方出版社創辦人）、陳約文（中央日報兒童週刊主編）、王玉川（作家）、徐增淵（小學生雜誌社社長）、黃得時（臺大中文系教授）、林良（國語日報兒童版主編）、蘇尚耀（作家）、朱傳譽（作家）等29人，最後由陳梅生做成九項結論：

1. 希望王玉川將其意見寫出來發表刊載。
2. 此類會議以後繼續籌畫舉辦。
3. 希望政府獎勵出版。
4. 教育家、文學家、科學家彼此合作。
5. 鼓勵寫作，政府應有專款。
6. 組織介紹機構出版兒童刊物；組織評選委員會，介紹新書。
7. 插畫形式均應注意。
8. 組織兒童讀物出版顧問委員會。
9. 公開徵稿培植人才出頭。

與六點希望：

1. 希望培植青年作家。
2. 動員作家畫家。
3. 不應與出版家衝突。
4. 希望國民學校有錢買書。
5. 希望組織機構推薦優良兒童書。
6. 希望刺激作家、畫家、出版家。

——見劉安然《現行臺灣兒童讀物研究：附錄（一）兒童讀物問題座談會》，頁88-89。

陳梅生的九項結論與六點希望，被視為是兒童文學的希望工程。就當時的環境而言，九項結論即是政策；而六點希望無疑的是可期待的，而且是具體可行。

六　兒童讀物寫作研究班

國語日報社，1972年9月

70年代在臺灣兒童文學發展歷程上，不僅是關鍵性時期，也是臺灣兒童文學從茁壯進展到蓬勃發展的初期階段。攸關臺灣兒童文學發展的諸多指標事件，都出現在本年代，對往後兒童文學寫作人才的培養以及兒童文學普遍推廣都具有決定性影響。

1971年5月3日臺灣省國民學校教師研習會第136期（即俗稱的第1期）舉行「兒童讀物寫作研究班」開訓典禮，這一天，具有特殊的紀念意義。從這一天起，是政府有計畫、有目的培植兒童讀物寫作人才的開始；從這一天起，象徵臺灣兒童文學發展正面臨新的轉折點，從單兵作業轉為群體作業。

該寫作班能夠如期開辦，歸功於幕後催生的徐正平，他透過北部（顏炳耀）、中部（鄭仰貴）、南部（黃基博）三位老師的協助，提供經常在報章雜誌發表作品的小學老師資料，再經研習會行文各縣市教育局徵調，最後如期報到的就是第1期的27位學員。

「母雞帶小雞」、「大作家帶小作家」的教學方式，讓學員印象深刻，獲益匪淺。課程分一般及專業兩種，內容一為寫作技巧的理論介紹，二為閱讀及名著評鑑，三為寫作練習。每位學員結訓前必須完成50-100篇心得評論及一件作品。

兒童讀物寫作研究班自1971年5月3日到1983年8月6日止，共舉辦11期，受訓學員達403人次，由於其中多人參加多次，諸如林武憲、許漢章、陳正治、張彥勳、曾信雄、謝新福、范姜春枝、馮俊明、曾金木、張水金、李國耀、葉日松、陳宗顯、黃郁文、羅枝土、張清池、姜義鎮十餘位等是，故不以「人」計，改以「人次」計。

由於兒童讀物寫作班的開辦，使它成為培養兒童讀物寫作人才以及兒童文學推廣人才的搖籃；由於兒童讀物寫作研究班的開辦，是政府教育部門有計畫、有組織為臺灣培育兒童讀物寫作人才的具體作為，更是陳梅生長期從希望、計畫到實行的精神的體現。

兒童讀物寫作研究班曾將學員期末作品集結成《兒童文學創作》，如下表。

書名	編者	篇數	作品內容	出版年月
兒童文學創作第一輯	陳梅生	61	童話、童詩、少年小說、散文	1977.6
兒童文學創作第二輯	崔劍奇	51	童話、散文、少年小說	1978.6
兒童文學創作第三輯	崔劍奇	61	童話、童詩、散文、少年小說	1980.6
兒童文學創作第四輯	崔劍奇	52	童話、童詩、散文、少年小說	1980.8
兒童文學創作第五輯	崔劍奇	51	童話、童詩、散文、少年小說	1982.2
兒童文學創作第六輯	崔劍奇	40	童話、散文、少年小說	1982.2
兒童文學創作第七輯	歐用生	139	童話、童詩、兒歌、散文、少年小說	1994.8

兒童讀物寫作研究班的開辦與洪建全兒童文學創作獎的設置，是70年代在臺灣兒童文學發展歷程上兩件非常重要的指標事件，是政府教育部門與民間企業公司雙雙為培植兒童讀物寫作人才所進行的努力，畢竟它是開花結果的。

出身該寫作班的學員，自70年代起，開始在相關的兒童期刊如《小讀者》、《兒童月刊》、《月光光》或是《國語日報》「兒童文學周刊」等發表作品或是論述。易而言之，當時的兒童文學界，有一大部分的兒童文學作品都是出自於這些人之手。他們的作品集結成《兒童文學創作選集》（10冊）、《蓬萊米》（創作文集）等。

兒童讀物寫作研究班歷屆概況表

界次	期別	研習期間	週數	人數	學員舉例
1	136	1971.5.3～971.5.29	4	27	徐正平、藍祥雲、黃郁文傅林統、許漢章、陳正治等

界次	期別	研習期間	週數	人數	學員舉例
2	141	1971.11.15～1971.12.12	4	27	曾信雄、顏炳耀、林武憲等
進階	171	1975.8.25～1975.8.30	1	34	徐正平、陳正治、羅枝土等
3	177	1976.3.8～1976.4.3	4	35	范姜春枝、馮輝岳、曾妙容 張水金、王萬清、廖明進等
4	183	1977.1.10～1977.2.5	4	42	吳家勳、馮菊枝、許細妹 蕭奇元、張健盟、馮喜秀等
5	198	1978.2.19～1978.3.19	4	39	洪醒夫、洪中周、江連雙 詹國榮、柯錦鋒、沈蓬光等
6	209	1978.12.17～1979.1.4	4	47	杜榮琛、李國耀、朱錫林 朱秀芳、黃雙春、劉秀男等
7	214	1979.5.13～1979.6.10	4	37	吳燈山、陳清枝、林仙龍 廖進安、謝新福、曾　春等
8	225	1980.5.4～1980.6.1	4	37	陳木城、蔡清波、林美娥等
9	238	1981.5.10～1981.6.7	4	37	呂紹澄、黃登漢、毛威麟 翁翠芝、黃東永、龔顯男等
10	263	1983.7.11～1983.8.6	4	27	羅欽城
11	380	1989.10.02～1989.10.28	4	40	蔡金涼、張清池、許丕石等

資料來源：吳常青碩士論文《「兒童讀物寫作班」研究（1971-1989）》，頁18-19。

至於所謂的八位核心講師是：林良、林海音、趙友培、楊思諶、潘人木、馬景賢、林鍾隆與趙天儀。（同上，頁71-83。）

七 《國語日報》「兒童文學周刊」

兒童讀物的取材

介紹這個新周刊
——代發刊詞

兒童文學

1972年4月2日《國語日報》「兒童文學周刊」創刊，首任主編馬景賢。剛接任國語日報出版部經理的林良在〈介紹這個新周刊——代發刊詞〉中表示：

> 但是……兒童文學還有一個更值得注意的含義，指的是「為兒童寫作的一般技巧」。這是所有兒童讀物作家所應該講求的。……這個周刊的第一個目標，是闢出一個園地，讓所有兒童讀物工作者共同討論為兒童寫作的種種技巧。

至於有關國內外兒童讀物動態、兒童書市、書評、兒童文學論述、兒童讀物作家畫家介紹、寫作經驗與理解等文章，都是周刊刊載內容。由於該周刊的創刊，讓當時及往後的兒童讀物作家、畫家、理論研究者、翻譯者、史料工作者等可以有一個進行經驗分享與交流的園地。事實上，「兒童文學周刊」的創刊，所有的兒童文學工作者對它充滿「歡欣與期待」。

由於該刊的創刊，讓兒童讀物的寫作者與評論者共同擁有一個可以「互相交集」的常態性園地。這個園地不僅讓兒童文學工作者共同擁有一個表現觀念與思想的舞臺，它更造就出不少的兒童文學評論者。就因為有「兒童文學周刊」，造就了許義宗、陳正治、傅林統等的兒童文學理論研究世界；開創了鄭明進介紹外國傑出圖畫書作家、插畫家等的繪畫天地。

馬景賢主編「兒童文學周刊」期間，內容豐富多元，的確善盡了「資訊傳輸」的媒體角色。他肯定「兒童文學周刊」是五四以來第一個專門討論兒童文學的報紙型刊物，就這個面向而言，自有其歷史意義。

八　慈恩兒童文學研習營

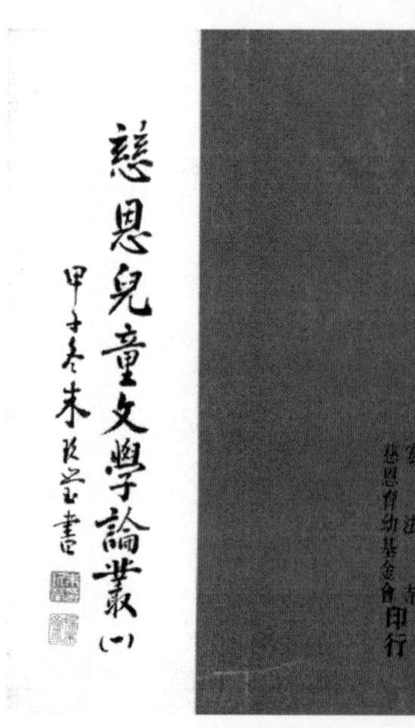

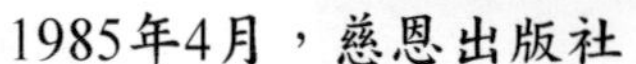
1985年4月，慈恩出版社

研習日期：1983年8月17-22日

高雄市宏法寺開證法師創設的「佛教慈恩育幼基金會」（1978年設立）為國內佛教團體從事兒童文學推廣與兒童讀物出版的前行者。該基金會自1981年暑假起，連續六年，年年舉辦一期「慈恩兒童文學研習營」，營主任林世敏，總幹事洪文瓊，實為負責整個研習活動的靈魂人物。除第六年在7月20日舉辦外，其他五年都定在8月17日。

除第1期為綜合營外，第2期起，開始改為專題式。如第2期童話營，第3期念唱兒童文學營，第4期少年小說營，第5期兒童讀物插畫營，第6期圖書雜誌編輯營等。「慈恩兒童文學研習營」自開辦起，研習主題由綜合性進入童話、兒歌、童詩、少年小說、兒童讀物插畫與圖書雜誌編輯等各個專題領域，研習範圍遍及兒童文學各個重要領域。洪文瓊在〈影響臺灣近半世紀兒童文學發展的十五樁大事〉一文中說：

> ……「專科研習」這是連板橋教師研習會「兒童讀物寫作班」也少有的。這六期是民間唯一真正有計畫在辦的兒童文學研習活動，可說是板橋教師研習會「兒童讀物寫作班」之外，提供另一條進修管道。從參加過的學員對研習會的感恩贊許，以及他們在兒童文學界逐漸嶄露頭角看來，它的確對臺灣兒童文學人才的培育有所貢獻。此外，慈恩育幼基金會也藉著兒童文學研習營，結合了眾多臺灣優秀的兒童文學作家、插畫家，協助編印了二十本佛教兒童叢書。它的內容與版本裝訂，迄今仍是佛教兒童叢書的翹楚。
>
> ——見《臺灣兒童文學手冊》，頁77。

佛教慈恩育幼基金會也資助出版4本兒童文學理論叢書，其中《我國兒童讀物市場之調查分析》（楊孝濚撰）與《三十年來我國兒童讀物出版量之研究》（余淑姬撰）二書，是有關兒童讀物市場與兒童讀物出版量相關研究的前行者。至於《改寫本西遊記研究——情節取捨與標題製作之探討》（洪文珍撰）與《從發展觀點論少年小說的適切性與教育應用》（吳英長撰）二書，就西遊記與少年小說兩個面向進行深入的探討，也是該方面研究的開創者。

九　童詩指導：北海寶．南仙吉

在80年代中期以前，童詩教學蔚成風氣，除了《布穀鳥兒童詩學雜誌》公開發行的兒童詩刊外，還有在校園流通的兒童詩刊，諸如：《大雨》、《風箏童詩刊》、《含羞草》、《鈴鐺兒童詩刊》、《童心》、《青草島》、《快樂島》等。其中的《含羞草》是海寶國小的杜榮琛主編，《風箏童詩刊》是仙吉國小的林加春主編。在眾多指導學生寫作的學校是以「北海寶」、「南仙吉」最為馳名。

北海寶：杜榮琛（1955-）

杜榮琛（左）

臺灣省政府教育廳，1983年6月

布穀出版社 1981年2月

杜榮琛，苗栗縣後龍鎮人，1975年畢業於新竹師專，分發至苗栗縣後龍鎮海寶國小教書，1979年參加第六期的兒童讀物寫作班後，嘗試兒童詩寫作與指導，後來洪志明、劉丁財亦開始指導學生寫詩。那年暑假，在好友黃雙春慫恿下，以〈雨花〉和〈山谷〉兩首作品入選第二屆洪建全兒童文學創作獎兒童詩組，從此投入兒童文學園地耕耘的行列。

二十餘年來，杜榮琛在海寶國小，一面指導學生寫詩，一面研究兒童文學。其指導學生寫作，先後出版《含羞草》（1980年4月）、《海寶的秘密》（1981年2月）、《小龍兒》（1984年1月）、《大海的孩子：海寶國小童詩選集》等學生詩畫集。其中的《海寶的秘密》係由布穀鳥兒童詩學雜誌社出版，引發評介與回響，除被譯成泰文在曼谷發行，1982年1月的《讀者文摘》也轉載12首學生作品予以發表。其中的《大海的孩子：海寶國小童詩選集》是與謝武彰合編的，業強出版社出版。

杜榮琛指導兒童寫詩，大多是先從童詩的欣賞裡培養興趣，再由興趣中引發學習寫詩的動機，進而從模仿、嘗試裡漸漸走入創作。

黃基博：南仙吉（1935-）

太陽城出版社，1977年11月

1988年4月再版

黃基博，屏東縣人，1954年畢業於屏東師範，1958年調到仙吉國小服務。在70年代諸多兒童文學指標事件相繼上場的同時，臺灣童詩寫作前行者之一的黃基博，已經在仙吉國小悄悄地開始推動童詩教學。1970年9月，在臺灣童詩教學史上，黃基博在仙吉國小吹起第一聲號角，仙吉國小就此成為黃基博指導兒童寫詩的大本營。1971年10月《笠》詩刊第45期開闢「兒童詩園」專欄，首先刊登的就是黃基博老師的學生的作品。彼時，《國語日報》「兒童文學周刊」尚未創刊。

兩年後，《怎樣指導兒童寫詩》堂堂問世，當時適逢《國語日報》「兒童文學周刊」第29期刊出「徵求兒童詩」啟事後不久，足見黃基博在童詩指導寫作上可說是開風氣之先。

黃基博在〈兒童詩的批改研究〉一文中開宗明義的指出：

> 詩的修改，是比一般「作文」不容易的。因為，除了文字的明白、達意之外，更主要的，是詩意、詩情的問題。批改，就是順著兒童的本意，設法使他的作品詩味更濃些，詩情更美些，或者使沒有詩味的產生詩味。
>
> ……
>
> 我想批改的說明，可以供兒童反省，使他們對詩了解得更多，想得更深些，對以後的創作會有很大的幫助，所以，我認為單改是沒有多大用處的，因為教師所以改的道理，兒童不易體會。
>
> 如果能共同欣賞，或交換欣賞，一己的經驗，可以供大家參考，兒童對詩的知識，經驗的增加，教學效果也大。
>
> ——見1972年11月《怎樣指導兒童寫詩》，頁29-35。

看完這段短文，將可明白何以黃基博在指導兒童寫詩上能夠領先群倫，「南仙吉」不是浪得虛名，而是其來有自。見微知著，無怪乎林武憲會以為「屏東是出產兒童詩最多、最好的地方」。甚至有人說：「屏東新園的仙吉國小是兒童詩的原鄉」。

黃基博編選的仙吉國小兒童詩集：

號次	書名	出版年月
1	兒歌大家唱	1987.4
2	圖象詩	1984.11
3	猜猜我是誰	1985.6
4	開心果	1987.10
5	花和草	1990.2
6	兩個我	1991.1
7	兒歌大家唱	1993.12
8	仙吉兒童詩畫集	1994.10
9	母親花	1996.5
10	花樹童詩百首	1999

十　兒童讀物

《世界兒童文學名著》

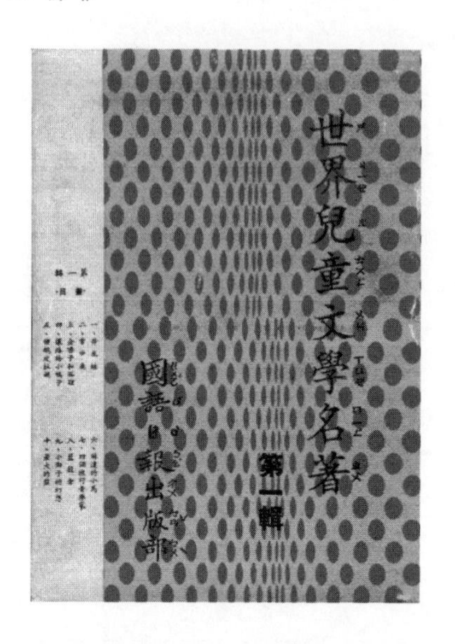

這是國內第1套有系統翻譯的外國兒童文學繪本作品。1965年國語日報出版部在總主筆夏承楹（何凡）主持下，開始有計畫的編譯歐美兒童讀物，用意有二，一為讓有心從事兒童讀物編寫的人能夠吸收到一些新的寫作觀念與技巧，二為提昇國內兒童讀物的寫作水準。

《世界兒童文學名著》第1輯就在此種情況下應運而生。執筆者皆為大陸來臺女作家，計有林海音《井底蛙》、潘人木《藍穀倉》、張秀亞《金嗓子和狐狸》、謝冰瑩《小獅子的幻想》、嚴友梅《最大的熊》、琦君《傻鵝皮杜妮》、畢璞《讓路給小鴨子》、華嚴《琳達的小馬》、咸思《雪中鹿》與蓉子《四個旅行音樂家》等10冊。

具有優美的文學性，以及頗具藝術感的插畫，是國語日報之所以選譯這套書的道理所在。該套書直到1969年前後出版12輯，共120冊，全部附加注音符號。為18開本，每一本皆有本書簡介、作者、繪圖者與譯者的介紹及照片。由於原著非常精彩，參與翻譯者又皆為當時從事兒童文學寫作的佼佼者，遂成為60年代相當受歡迎的一套兒童文學作品。

60年代的兒童文學讀物，基本上還是外國兒童讀物的天下，翻譯或編譯的多，創作或改寫的少，相形之下，以外國傑出兒童文學作家的優秀作品為號召，結合國內知名的女作家共同翻譯，國語日報這一計畫性的出版，的確帶給小讀者非常豐富的兒童文學盛筵。

《中華幼兒叢書》

1970年臺灣省社會處委託教育廳兒童讀物編輯小組為農忙時期全省托兒所編輯一套適合托兒所及幼稚園小朋友閱讀的幼兒讀物，自1973年6月至1974年11月，陸續出版《中華幼兒叢書》，共計10冊。除《那裡來》取材自第2期《中華兒童叢書》文學類低年級叢書，經改變版型大小，再編成幼兒叢書外，其餘全新編印。

本叢書版式為12開正方大小，採全彩印刷，色彩鮮明醒目，以70年代的兒童讀物編輯出版條件而言，無論就內容取材、形式設計、創作表現，堪稱早期本土幼兒圖畫書的代表，為第1套國人創作，專為幼兒編繪的幼兒圖畫書。

《中華幼兒叢書》書目

編號	書名	作者	繪者	出版年月
1	那裡來	唐茵	曾謀賢	1973.6
2	小蝌蚪找媽媽	白淑	王碩	1973.6
3	跟爸爸一樣	華霞菱	江義輝	1973.6
4	一條繩子	子敏	曾謀賢	1973.6
5	小野鼠和小野鴨	羅淑芳	廖末林	1973.12
6	小紅鞋	林良	趙國宗、瓊綢	1973.12

編號	書名	作者	繪者	出版年月
7	好好看	馬曼怡	曾謀賢	1973.12
8	你會我也會	唐茵	趙國宗	1973.12
9	家	林良	邱清剛	1974.8
10	數數兒	曼怡	陳永勝	1974.9
11	五樣好寶貝	華霞菱	呂游銘	1974.11

上述作者中的唐茵、白淑、羅淑芳、馬曼怡、曼怡皆為潘人木的筆名。林良難得以「子敏」為兒童寫書，華霞菱為幼兒讀物寫作的前行者。在繪者方面，王碩為曹俊彥的筆名，編輯小組前後任美編曾謀賢與曹俊彥都參與其中。這套《中華幼兒叢書》，從作者、繪者到整套叢書的包裝均屬上乘。

《新一代兒童益智叢書》

這是一套結合國內兒童文學作家與插畫家的兒童叢書，由將軍出版社（後改名為將軍出版公司）策畫出版。分文學、科學、史地、美育四大類，分六批出書，至1976年兒童節前夕全部出齊。

第一批於1975年10月25日出版，包括文學類16冊，科學類12冊，史地類8冊，美育類4冊，共40冊。該叢書與《金魚一號、金魚二號》、《彩色兒童科學叢書》、《洪建全兒童文學創作集》等同獲行政院新聞局第一屆圖書出版金鼎獎。

該叢書除了文學類中的《外國名家童詩選》、《外國兒童詩畫選》、《寓言選集》、《神話選集》等4書外，其餘都是國人自己撰文、插畫、編輯、印製的。將軍出版公司還於1976年青年節假國立中央圖書館臺灣分館舉辦「新一代兒童書畫展」，展出國內100種、國外120種優良兒童讀物；國內40種、國外21種兒童期刊。並展出編輯、印製過程及世界兒童畫共36國100件。這其中的「展出編輯、印製過程」指的就是《新一代兒童益智叢書》。

《新一代兒童益智叢書》具有六大特色，一是製作態度嚴謹慎重；二是編輯、作者、插畫者陣容堅強，學有專精；三是兒童美術教育家鄭明進與蘇振明從美術編輯的角度，在「印刷與插圖」上力求呈現「美育」的效果；四是富有啟發性；五是大部分多是創作；六是定價低廉。

與純翻譯的國語日報《世界兒童文學名著選譯》相較之下，將軍出版社絕大部分純自製的《新一代兒童益智叢書》，顯然並不遜色。況且，出版社利用舉辦展覽活動帶動行銷，這樣的間接促銷模式，也比較少見。

十一　兒童文學社團

高雄市兒童文學寫作學會

顧名思義，高雄市兒童文學寫作學會是以兒童文學寫作為主。1980年，原臺灣省國民學校教師研習會主任陳梅生接掌高雄市改制後的首任教育局局長，即和該市河濱國小許漢章校長共同商議成立兒童文學社團，許漢章曾參加第1期的兒童讀物寫作研究班，與陳梅生局長原係舊識。

5月30日許漢章承辦高雄市兒童文學研究會，會中提議申請設立「高雄市兒童文學寫作學會」。同年11月19日假河濱國小召開籌備會，推舉許漢章、陳梅生、林仙龍、陳玉珠、黃炎生、陳傳銘、黃瑞田等七人為籌備委員，12月10日假河濱國小召開會員大會，由陳梅生出任首任理事長，總幹事許漢章。學會會員來自臺南縣市、高雄縣市與屏東縣等南部五縣市。

自1945年以迄1980年，雖然臺灣從事兒童文學寫作的人所在皆有，卻始終未能蔚然成軍。直到高雄市兒童文學寫作學會的成立，方才宣告臺灣兒童文學寫作隊伍的正式成軍，也意謂著臺灣兒童文學社團成立的濫觴。雖然該會只是區域性的兒童文學社團，卻是臺灣第一個正式成立的兒童文學社團。

該會為鼓勵會員從事兒童文學創作，自1981年起設立「兒童文學創作柔蘭獎」，由於巫水生中醫師的善緣設獎。

中華民國兒童文學學會

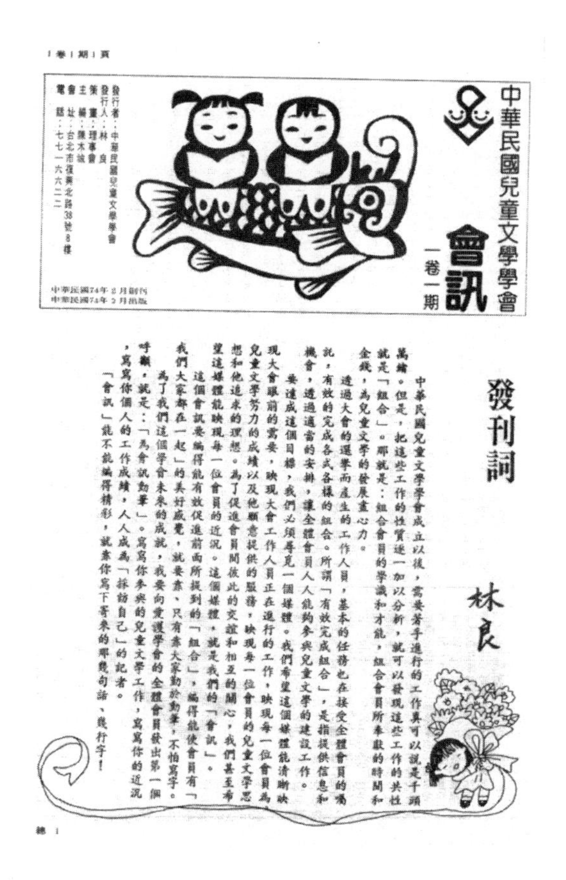
1卷1期1頁

中華民國兒童文學學會
會訊
一卷一期

發行者：中華民國兒童文學學會
發行人：林良
策畫：理事會
主編：陳木城
會址：台北市復興北路38號8樓
電話：七七一六六二二

中華民國74年2月創刊
中華民國74年2月出版

發刊詞

林良

中華民國兒童文學學會成立以後，需要著手進行的工作真可以說是千頭萬緒。但是，把這些工作的性質逐一加以分析，就可以發現這些工作的共性就是「組合」。那就是：組合會員的學識和才能，組合會員所奉獻的時間和金錢，為兒童文學的發展盡心力。

透過大會的選舉而產生的工作人員，基本的任務也在接受全體會員的囑託，有效的完成各式各樣的組合。所謂「有效完成組合」，是指提供信息和機會，透過適當的安排，讓全體會員人人能夠參與兒童文學的建設工作。

要達成這個目標，我們必須尋覓一個媒體。我們希望這個媒體能清晰映現大會眼前的需要，映現大會工作人員正在進行的工作，映現每一位會員為兒童文學努力的成績以及他願意提供的服務，映現每一位會員的兒童文學思想和他追求的理想。為了促進會員間彼此的交誼和相互的關心，我們甚至希望這媒體能映現每一位會員的近況。這個媒體，就是我們的「會訊」。

這個會訊要編得能有效促進前面所提到的「組合」，編得能使會員有「我們大家都在一起」的美好感覺，就要靠、只有靠大家勤於動筆，不怕寫字。

為了我們這個學會未來的成就，我要向愛護學會的全體會員發出第一個呼籲，就是：「為會訊動筆」。寫寫你參與的兒童文學工作，寫寫你的近況，寫寫你個人的工作成績，人人成為「採訪自己」的記者。

「會訊」能不能編得精彩，就靠你寫下寄來的那幾句話、幾行字！

總 1

既然冠以「中華民國」，當知中華民國兒童文學學會係一全國性兒童文學社團。該會以結合兒童文學工作者為目標，以發展兒童文學為宗旨，成立於臺北市。1984年11月9日假光復書局召開發起人會議，推舉林良、林春輝、馬景賢、楊孝濚、謝瑞智、戴書訓、鄭明進、曹俊彥、徐正平、邱阿塗、蔡尚志、黃郁文、許漢章、李雀美、張水金等15位為籌備委員。同年12月23日正式成立，首任理事長林良，秘書長林煥彰。

該會自成立以來，始終朝多元目標努力，成員來自從事兒童詩、童話、少年小說、圖畫故事、兒童戲劇、兒童文學史料、兒童讀物出版與編輯、兒童圖書館員等不同寫作領域或是不同工作屬性的兒童文學工作者。

該會成立以迄本時期，接受委託辦理過3屆（16-18屆）的「洪建全兒童文學創作獎」，13屆的「中華兒童文學獎」以及9屆的「陳國政兒童文學新人獎」等3 種兒童文學徵獎。最後都在「因人設事，因人廢事」的情況下遭遇停辦的宿命。在被動式接受委託辦理上述的兒童文學徵獎之外，該會在完全主動的情況下，為鼓勵優良兒童讀物出版品，讓兒童都能夠閱讀優良兒童文學作品，自1989年起，連續3年舉辦「年度優良兒童圖書金龍獎」，分圖畫故事書、故事體、詩歌散文、工具書與人文科學知識等5類。

優良兒童圖書金龍獎歷屆得獎作品如下：

類別	書名	屆次	出版者
圖畫故事書	起床啦！皇帝	第1屆	信誼基金出版社
	神鳥西雷克	第2屆	遠流出版公司
	千心鳥	第2屆	東華書局
	達達長大了、小老鼠普普、逛街	第3屆	信誼基金出版社
	鹿港百工圖	第3屆	遠流出版公司
故事體	再見天人菊	第1屆	書評書目出版社
	雪的故事	第2屆	聯經出版公司
	蔬菜水果的故事	第3屆	聯經出版公司
	快樂山林	第3屆	省教育廳

類別	書名	屆次	出版者
詩歌散文	心中的信	第1屆	書評書目出版社
	為你開一扇窗	第2屆	聯經出版公司
	山	第3屆	省教育廳
工具書	自然圖鑑系列	第1屆	光復書局
人文科學知識	古代科學家的故事	第1屆	適用文化公司
	臺灣四季小百科	第2屆	東方出版社
	色彩色世界4	第2屆	信誼基金出版社
	吳姐姐講歷史故事	第3屆	中華日報出版部
	臺灣的火車	第3屆	省教育廳

自成立以來，該會始終重視境外兒童文學的交流，除與菲律賓的「菲華兒童文學研究會」結為姊妹會外，也先後與韓國、香港、大陸等國家地區的兒童文學團體或個人進行兒童文學交流。更於1999年8月8日假臺北市立圖書館總館隆重舉辦「第五屆亞洲兒童文學大會」，李登輝總統應邀於開幕典禮致詞。

該會歷任理事長分別是林良、馬景賢、鄭雪玫、張湘君、林煥彰、楊孝濚、林文寶、馮季眉、陳木城等幾位。其會訊《中華民國兒童文學學會會訊》自1985年12月創刊，至23卷4期（2007年7月）起改推出電子版。

十二　中國戲劇藝術中心

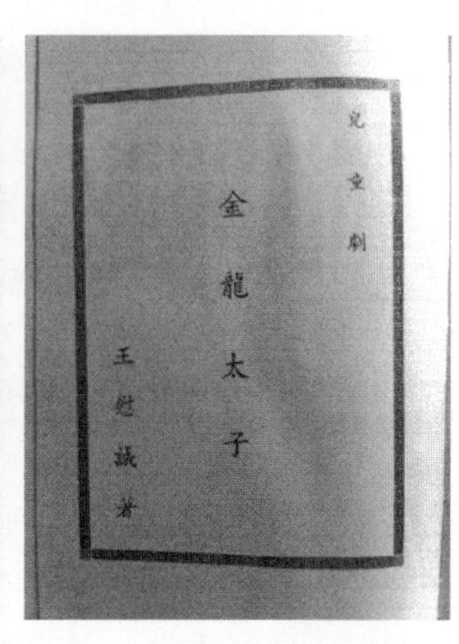

1960年代初期，有「中國戲劇導師」之稱的李曼瑰在臺灣推動「小劇場運動」，為響應中華文化復興運動，創建中華民族劇壇，於1967年發起成立民間組織「中國戲劇藝術中心」。

中國戲劇藝術中心以組織戲劇團體、出版書籍、聯絡及培訓人才為主要內容，並在李曼瑰的積極推動下，引進西方「創造性戲劇」的概念，舉辦青年劇展、世界劇展，推動兒童劇運、大專青年劇運、華僑劇運及宗教劇運，使臺灣的戲劇活動頓時風起雲湧，此股社會風潮也間接影響了1980年代後的臺灣劇壇。

而在此中心之下相繼成立的組織則有：李聖質先生夫人宗教劇徵選委員會（1968）、兒童戲劇推行委員會（1969）、兒童教育劇團（1969）、海外劇藝推行委員會（1970）、華僑青年劇團（1971）、兒童劇徵選委員會（1972）及中國青年劇團（1973）。

臺灣省國民學校教師研習會於1973年154期設「兒童劇寫作研習班」，徵調應徵與參加函授班教師四十人，於1973年2月12日前往板橋受訓，以培養教師為兒童劇本創作人才，提升臺灣兒童劇本的寫作能量為目標。研習班課程由劇藝中心安排，聘請教授個別指導、修改劇本。幾經修繕、更改、重寫後再由李曼瑰逐字細閱，至年底始選出二十五部劇本作品，分四冊出版，總題為《中華兒童戲劇集》。

1978年，中國藝術戲劇中心二度登報徵選劇本，並將徵選出的十部優良劇本，集結出版為《中華兒童戲劇集第二輯》。但後來劇藝中心於1980年9月遭受祝融之災，歷年珍存的文物資料與兒童劇作品皆付之一炬，實之可惜。

中國戲劇藝術中心出版的兒童劇本

出版年份	劇本名稱	作者	收錄
1970.5	金龍太子	王慰誠	中華戲劇集
	仙瓶	黃幼蘭	
	黃帝	吳青萍	
	小冬遇險記	文　泉	
1973.12	快樂公主	周　麗	中華兒童戲劇集第一集第一輯
	審大樹	簡志雄	
	溫情	田富雄	
	森林惡霸	劉臺痕	
	出入意表	王勝仁	
	擒兇記	張明玉	
	月缺月圓	徐純智	中華兒童戲劇集第一集第二輯
	點金術	鄭　頻	
	一片孝心	成執權	
	王子與獵人	郭茂山	
	父親離家時	黃洪賓	
	再生	范　珧	

出版年份	劇本名稱	作者	收錄
	三個小人兒	陳愛鳳	
	國父少年的故事	張文良	中華兒童戲劇集第一集第三輯
	十二位太子	陳介生	
	父子神偷	陳淑女	
	天倫夢回	柯碧花	
	合力除暴	徐水波	
	小英雄	陳美慧	
	江河戀	陳光覺	
	日月潭的故事	詹益川	中華兒童戲劇集第一集第四輯
	隱情	曾信雄	
	金銀笛	吳乾宏	
	再試一下	王蓮芬	
	重逢	王文山	
1978.3	海王星歷險記	丁洪哲	中華兒童戲劇集第二輯之一
	金蘋果	姜龍昭	中華兒童戲劇集第二輯之二
	小花鹿尋父記	黃　藍	中華兒童戲劇集第二輯之三
	擒賊記	張鳳琴	中華兒童戲劇集第二輯之四
	爸爸回家時	蘇偉貞	中華兒童戲劇集第二輯之五
	回生水	胡華芝	中華兒童戲劇集第二輯之六
	山村魅影	白明華	中華兒童戲劇集第二輯之七
	孤兒努力記	林清泉	中華兒童戲劇集第二輯之八
	智擒野狼	許永代	中華兒童戲劇集第二輯之九
	彩虹泉	陳亞南	中華兒童戲劇集第二輯之十

第四節　作家與作品

華霞菱（1918-2015）

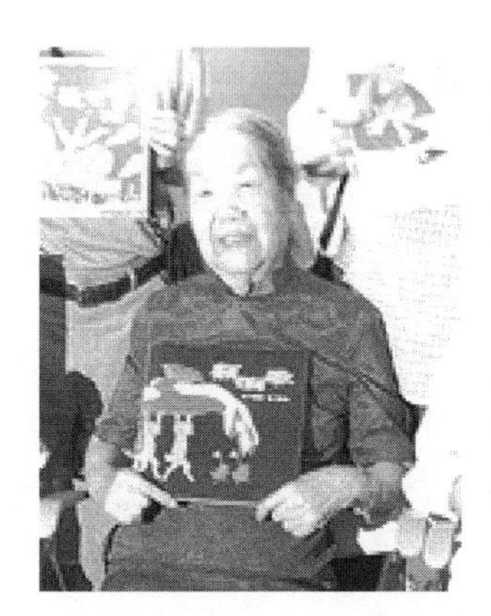

臺灣省教育廳，1970年5月

作家，河北省天津市人，出身於北平香山慈幼院第三校幼稚師範初中部，1948年8月來臺後，追隨幼教宗師張雪門繼續從事幼教工作，曾任新竹師專附屬幼稚園主任達12年。

在從事幼教工作期間，受知於彭震球、林海音與潘人木等的指導，開始從事兒童讀物寫作，教育廳兒童讀物編輯小組編印的第一批《中華兒童叢書》12冊，其中就有華霞菱的《老公公的花園》與《一毛錢》。其對幼兒讀物著力甚深，重要作品有《小糊塗》、《五彩狗》、《顛倒歌》等。

自1983年1月31日起，華霞菱開始在《國語日報》「兒童文學周刊」撰寫「幼稚園兒童讀物精選」，時間長達兩年八個月，共計挑選20本書配合幼稚園教學單元加以介紹，諸如：以《小蝌蚪找媽媽》配合「蝌蚪變青蛙」單元；以《風會跟我玩兒》配合「風」單元等。一償散播張雪門先生「行為課程教學法」種子的夙願。

華霞菱是臺灣幼兒讀物寫作的前行者，從60年代中期到80年代末期，其有關故事、兒歌、童話、圖畫書的出版多達20餘冊。主要論述有《幼稚園兒童讀物精選》（1985年12月，《國語日報》）。

嚴友梅（1925-2007）

作家，出版人，河北省信陽縣人。1949年5月來臺，1952年開始從事兒童文學研究與寫作，翌年，先後於《中華日報》、《中央日報》、《學友》等報刊雜誌發表童話作品，處女作《湖中王子》於1957年10月（人文出版社）出版，為童話創作的前行者之一。在80年代以前，其有關童話作品的出版多達20餘冊，環視當時，無人可出其右。

1965年8月5日，童話作品《小仙人》在《小學生雜誌》第299期開始連載，至308期止，後結集出書。被中國廣播公司選為「廣播故事」，每星期日在兒童節目時間內播出，很受兒童歡迎。

《小仙人》這本長篇童話創作是嚴友梅在60年代出版的所有作品中最成功的一部。曾被德國作家卡拉．史汀柏格譯為德文在德國發表由電臺廣播。韓國作家權熙哲也曾譯為韓文發表於《少年韓報》。1985年韓國兒童文學家宣勇再度譯成韓文，並於1987年出版單行本。

林鍾隆（1930-2008）

全才型作家，編輯人，桃園縣龍潭鄉人，著作等身。成名代表作《阿輝的心》，為臺灣少年小說經典之作。該書在後《小學生雜誌》時代，自1964年12月《小學生雜誌》第285期起開始連載，至302期止，後結集出版單行本（1965年12月）。

該書是以臺灣農村為背景，以臺灣兒童為主角的少年小說創作，60年代的臺灣兒童讀物還是以翻譯和改寫居多，是以，林良認為林鍾隆《阿輝的心》可算是兒童讀物工作者走上創作之路的一個真正開始。鍾梅音則認為林鍾隆以一位優秀的散文兼小說家而從事兒童文學工作，為少年小說的創作豎立一座里程碑。

可以肯定的是：《阿輝的心》的寫作與出版，的確為臺灣的少年小說創作點燃了一盞明燈，更多的人公認本書是臺灣少年小說的經典之作。

林鍾隆無論在現代文學或兒童文學都有優越的表現，其在兒童文學領域既博且精，無論是少年小說、童話、童詩、理論研究都有所表現。曾於1977年4月1日創辦臺灣第一份兒童詩專刊──《月光光》，透過《月光光》，開始與日本兒童文學界展開文化交流，數十年如一日。

黃郁文（1930-）

1982年1月

1983年1月

科普作家，花蓮縣人。先後畢業於臺北師範與花蓮師專，自參加第1期「兒童讀物寫作研究班」後，才下定決心要為兒童文學貢獻一份心力。當其下定決心時，實際上已經開始行動。1972年2月4日，假國語日報「家庭版」發表第一篇兒童文學作品〈哭小黑〉，同年7月，《花蓮青年》開始連載其〈兒童文學研究〉。

1979年起，擔任花蓮縣壽豐鄉平和國小校長期間，與郭儀老師致力於推廣童詩創作，將學生童詩作品集結為《小雲雀》；學生作文結集為《春天》，至1988年止，共出5集。

80年代以前，作品以少年小說為主，代表作《吉蘭島》（1979年12月，成文出版社）。童話作品《金蝶與小蜜蜂》（1973年12月）收錄於國語日報出版、曾信雄主編的《兒童文學創作選集》。其科普作品多在90年代出版。

林武憲（1944-）

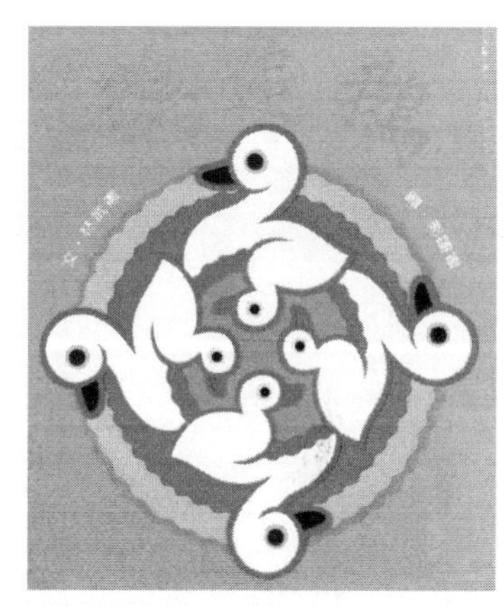

臺灣省政府教育廳
1990年4月

作家，彰化縣伸港鄉人。嘉義師範畢業。擅長兒歌與童詩創作，致力於語文教學、兒童讀物與兒童文學研究、評論。為「兒童讀物寫作研究班」第2、3期學員。1972年底處女作《怪東西》（省教育廳）出版後，正式踏上兒童文學創作之途。

重要作品有《我愛ㄅㄆㄇ》、《安安上學》（後改題為《新安安上學》）等。曾奉調教育廳兒童讀物編輯小組為《中華兒童百科全書》特約校對，國立編譯館國語教科書編審委員。作品曾編入國小國語課本、海外中國兒童補充讀物、《美洲華語》等，或由作曲家譜曲傳唱達20餘首。

除兒童文學的創作與推廣，主要論著有《兒童讀物與兒童文學的探索》（1993年6月，彰化縣立文化中心）。

謝武彰（1950-）

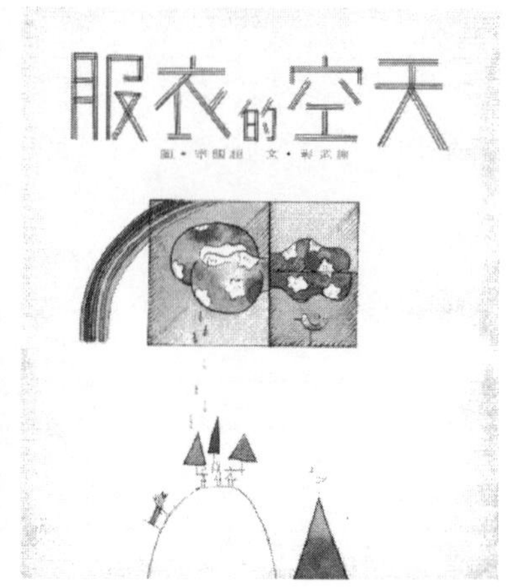

臺灣省教育廳，1976年8月

作家，編輯人，臺南縣將軍鄉人，1972年服役期間，開始嘗試寫作。1974年童詩作品〈春〉與黃基博並列第1屆洪建全兒童文學創作獎兒童詩歌組第1名，正式開始接觸兒童文學。1982年以《大家來唱ㄅㄆㄇ》（1981年8月，啟元文化事業股份有限公司）與董大山合得第七屆國家文藝獎兒童文學類，成為該獎首位兒童文學類得主。1984年起，專事寫作，為臺灣兒童文學界專業作家之一。

在80年代結束以前，從1975年4月到1987年3月，謝武彰無論在創作或改寫上，創作出版多達30餘冊，改寫出版將近10冊。作品內容創作部分涵蓋童詩、兒歌、圖畫書、童話、散文等，惟以童詩、圖畫書為大宗；改寫部分以童話、寓言為主。

這位被文友稱為「金頭腦」的兒童文學作家，基於「創作永遠得不到滿分」的自我鞭策，反映到後來著作等身的創作佳績上。

第五節　論述

國語日報附設出版部　1976年7月　　1974年11月　　1974年12月

臺灣兒童文學論述的出現，緣自於1960年師範改制為師專。當時，劉錫蘭、林守為等人因教學需要而研究，但是有關兒童文學論著的成書出版，都是1964年以後之事（劉錫蘭除外）。也因此，60年代中期以後至80年代止，兒童文學論述要皆以師專教師為主。其間，林良《淺語的藝術》最為卓立。至於論述選集除前述《兒童讀物研究》、《兒童讀物研究　第2輯》外，有中國語文月刊社印行的《兒童文學研究　第一集》（1974年11月）與《兒童文學研究　第二集》（1974年12月）。

司琦（1920-?）

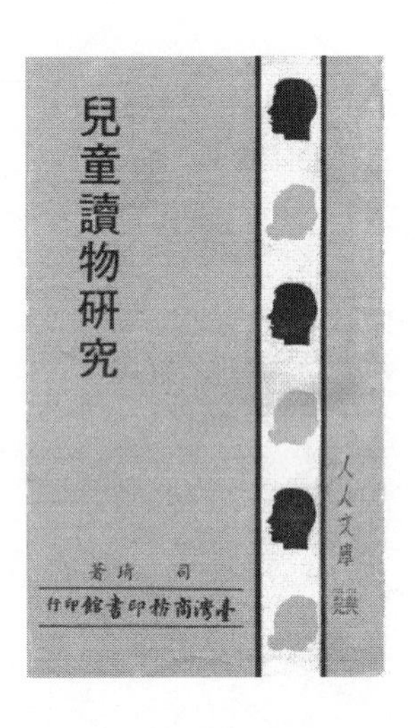

教育家，江蘇省鹽城縣人，1920年生，國立暨南大學教育學系畢業，美國范登堡大學畢保德師範學院碩士。曾任教育部國民教育司副司長、教育部人文及社會學科指導委員會委員。

司琦曾為中華兒童教育社主編《新中國兒童文庫》（正中書局出版）、為復興書局主編《復興兒童文庫》（當時教育部服務，主編人請書局總編輯葉桐具名），為當時國內兒童讀物出版的一大創舉。後於1960年赴美畢保德師範學院研究國民教育，於該校圖書館學研究所選修「兒童讀物」與「兒童圖書館」，就中美兒童文學作比較分析；曾撰述「有關中國的美國兒童讀物之研究」論文，介紹48種以中國為題材的美國兒童讀物。

司琦回國後有感於兒童讀物對於國民教育之重要性，乃大力提倡秉持儒家精神編印我國的兒童讀物，鼓勵出版界出版兒童專用的工具書，並宣揚兒童圖書館的功能。《兒童讀物研究》即為司琦從60年代初期開始在各報刊發表的論著彙編印行的，1983年10月由臺灣商務印書館出版。

該書係依兒童讀物應「兒童化」及「教育化」的觀點，闡述：兒童讀物的意義、重要和領域，兒童工具書特色，兒童字彙及詞彙研究，教科用書及兒童文學名著評介，兒童讀物、小學圖書館與教學之間的關係，為80年代研討臺灣兒童讀物發展及小學圖書館功能的文集。

許義宗（1944-）

自印本，1977年

黎明文化事業股份有限公司，1983年10月

作家，兒童文學理論研究者。桃園縣人，1944年生。國立臺灣師範大學三民主義研究所畢業，曾任國小教師、臺北市立師專講師、圖書館主任。主編過《小鴿子》、《桃縣兒童》等兒童雜誌。

自1963年起開始從事兒童文學創作與研究，至80年代初期止，10餘年間在理論研究與名著賞析上迭有所成。重要論著有《兒童文學論》、《兒童文學名著賞析》。

1 《兒童文學論》

《兒童文學論》共分十章，首論兒童文學內涵，並予分類研究（第一～第五章），次則論製作與實施（第六～第八章），終則論我國兒童文學的展望（第九～第十章）。

據作者表示本書各章初稿早於1970年即已完成，並陸續發表於《中央日報》「副刊」、《國語日報》「兒童文學周刊」、臺北市立師專《國教月刊》等報章雜誌，出版付梓前，加以整編重寫，以求符合體系。

繼《兒童文學論》之後，許義宗持續耕耘兒童文學的論述，先後出版《兒童閱讀研究》（1977）、《西洋兒童文學史》（1978）、《兒童詩理論與發展》（1979）、《各國兒童文學研究導論》（1981）等書，可見其用功之深，涉獵之廣，出版之快。

2 《兒童文學名著賞析》

許義宗於1983年10月出版的《兒童文學名著賞析》，全書共分「英國篇」、「美國篇」、「德國篇」、「法國篇」、「北歐篇」與「南歐篇」等六大區塊。收錄各國兒童文學作品計有「英國篇」包括《魯賓遜漂流記》等26本書，「美國篇」包括《李柏大夢》等25本書，「德國篇」包括《吹牛男爵歷險記》等16本書，「法國篇」包括《列那狐故事》等20本書，「北歐篇」包括《安徒生童話集》等8本書，「南歐篇」包括《伊索寓言》等7本書，全書共搜羅102部世界名著。

本書體例完整，每部作品皆分為「故事梗概」，「欣賞分析」、「作者簡介」等三部分。

第六節　小結

本時期在整個臺灣兒童文學發展過程中，實居於相當重要的關鍵地位，有關影響臺灣兒童文學發展的重要指標事件，諸如：60年代的教育廳兒童讀物編輯小組的成立，師範學校改制；70年代的兒童讀物寫作研究班的成立，洪建全兒童文學創作獎的創辦，《國語日報》「兒童文學周刊」的創刊，「慈恩兒童文學研習營」的興辦，上述任何一種指標事件都對臺灣兒童文學的階段性發展產生重大且深遠的影響。

由於諸多重要指標事件的產生，對兒童文學寫作人才的養成，的確產生相當的推動力量。無論是官方的兒童讀物寫作研究班或是民間的洪建全兒童文學創作獎，一個是在既有的基礎上更上層樓，一個是鼓勵更多人投入兒童文學創作行列。尤其是洪建全兒童文學創作獎，更是產生相當多兒童文學寫作的明日之星，這些當年的明日之星，如今都是兒童文學界的熠熠之星。

更有意義的是，兒童讀物寫作研究班第8期以前的學員中，很多是洪建全兒童文學創作獎的獲獎者，事實見證於兒童讀物寫作研究班與洪建全兒童文學創作獎這兩件重大指標事件相互之間關係的綿密，以及其後對臺灣兒童文學所產生的影響之深遠。（請參閱下表）顯而易見的，在這個時期，無論是政府教育部門，或是民間基金會，他們積極為臺灣兒童文學的發展所作的一切努力不僅有跡可循而且是有目共睹的。這也難怪何以80年代會是臺灣兒童文學發展的黃金時期，的確是其來有自。

兒童讀物寫作研究班學員在洪建全兒童文學創作獎的獲獎紀錄

受訓屆次	學員	得獎屆次	得獎文類	得獎名次	附註
3	曾妙容	1	兒童詩歌組	佳作	共四名
		3	少年小說組	第一名	共兩名
		3	兒童詩組	佳作	共取二十首
		4	童話組	第一名	共兩名
		5	少年小說組	第一名	一名
6	黃雙春	1	兒童詩歌組	佳作	共四名
	風美村	2	兒童詩組	第一名	一名

受訓屆次	學員	得獎屆次	得獎文類	得獎名次	附註
3	張水金	3 3 5 5	兒童詩組 童話組 童話組 兒童詩組	第一名 佳作 佳作 第一名	共十首 一名 共三名 共取十首
6	李國耀	3 5 6 10 11	兒童詩組 兒童詩組 兒童詩組 兒童詩歌組 兒童詩歌組	佳作 佳作 入選 佳作 佳作	共取二十首 共取二十首 童詩五首 共兩名 共兩名
1	馮俊民	3 5	兒童詩組 兒童詩組	佳作 佳作	共取二十首 共取二十首
2	林武憲	3 4	兒童詩組 兒童詩組	佳作 第一名	共取二十首 共取十首
3	尤增輝	4	兒童詩組	第一名	共取十首
1	傅林統	4	少年小說組	佳作	共兩名
3	謝新福	4	童話組	佳作	共兩名
3	鄭石棟	3	少年小說組	佳作	一名
3	廖木坤	3 4	兒童詩組 兒童詩組	佳作 佳作	共取二十首 共取二十首
3	馮輝岳	5 7 12 14	兒童詩組 兒歌 兒童詩歌組 兒歌組	第一名 佳作 佳作 首獎	共取十首 一名 共四名 一名
6	朱秀芳	5 10 10 12	兒童詩組 童話組 少年小說組 少年小說組	佳作 第一名 佳作 佳作	共取二十首 一名 共兩名 共兩名
6	杜榮琛	5	兒童詩組	佳作	共取二十首

受訓屆次	學員	得獎屆次	得獎文類	得獎名次	附註
7	劉正盛	4 5 5 6 12	兒童詩組 兒童詩組 兒童詩組 兒童詩組 兒童詩組	佳作 第一名 佳作 入選 佳作	共取二十首 共取十首 共取二十首 童詩七首 共四名
8	林美娥	4 6	兒童詩組 兒童詩組	第一名 入選	共取十首 童詩三首
4	蕭奇元	7	兒童劇本	佳作	一名
4	許細妹	8 9 10	少年小說組 童話組 童話組	佳作 佳作 佳作	共兩名 共兩名 共兩名
9	毛威麟	8 9	少年小說組 童話組	佳作 佳作	共兩名 共兩名
9	呂紹澄	9 11 14	童話組 童話組 童話組	第一名 佳作 優等獎	一名 共四名 一名
9	黃登漢	12 13	童話組 兒童詩歌組	佳作 佳作	共三名 一名
8	王和義	12	兒童詩歌組	第一名	陳木城筆名
6	鄭文山	14	兒童詩組	首獎	一名

本時期開始，植根於現實的需要，臺灣兒童文學界開始與外國兒童文學界產生交流，這時的交流是外國兒童文學家應邀來臺，如海倫·史德萊與孟羅·李夫等是，而非實質的境外交流。

至於臺灣省政府教育廳兒童讀物編輯小組的成立以及《中華兒童叢書》的出版，是政府有計畫、有系統的「企劃編輯」作業，具體而為的體現。分期分年分批分級出版，供應全國各國民小學學生的閱讀，既有文學性，又有知識性，豐富學童的文學欣賞，也充實學童的知識涵養。除了官方的《中華兒童叢書》，行政院新聞局於1976開始設置圖書出版金鼎獎以來，民間出版社也紛紛出版精緻、盒裝的彩色兒童讀物，如光復的《學童的樂園》、《幼兒的樂園》；文化的《卡通故事集》、《兒童故事集》；童年的《幼兒新故事》等蔚為風潮。

此外，國語日報出版的《兒童文學創作選集》，為10位教師作家的創作集，1973年12月出版。這10位作家有一半以上是臺灣省國民學校教師研習會兒童讀物寫作研究班的第一期學員。光復書局也於1977年出版一套25冊的《彩色世界兒童文學全集》，菊八開，全部彩色精裝，率先將臺灣的兒童讀物帶入彩色精裝的世界。該套書是臺灣兒童讀物出版業界第一套向外國出版社購買中文版權，它的問世，象徵智慧財產權意識的萌芽，也是臺灣第一套取得國際版中文本的兒童讀物，自有其不同的歷史意義存在。

有關兒童讀物寫作研究班另有一事值得一提，那就是參加寫作研究班的學員，結訓之後大都成為各該縣市推廣兒童文學的尖兵，諸如宜蘭縣的藍祥雲，桃園縣的徐正平、傅林統，花蓮縣的黃郁文，高雄市的許漢章，彰化縣的林武憲等。他們在各該縣市舉辦兒童文學研習活動，擔任講師，讓兒童文學的種子在全臺各地生根發芽。臺灣兒童文學發展實有賴這些推廣尖兵以「鴨子划水」的精神，默默地耕耘，終至開花結果滿園香。

至於《國語日報》「兒童文學周刊」的創刊，在馬景賢擔任主編期間，無論就提供世界兒童文學資訊、國內兒童文學作品評賞、兒童刊物評介、兒童文學理論研究等諸多面向，無疑的，它都是一個理想的發表平臺。

宗教界關心兒童文學，舉辦兒童文學研習，出版宗教兒童叢書、出版兒童文學論叢，慈恩育幼基金會的行誼可圈可點，實為宗教與兒童文學結合，建立了最佳典範。

自《月光光》兒童詩刊創刊、《國語日報》「兒童文學周刊」第29期刊登「徵求兒童詩」啟事、《笠》詩刊推出「兒童詩園」專欄以後，國內掀起一陣童詩寫作與指導寫作的風潮，校園童詩刊物盛行。在指導學生童詩寫作上，各方都有不錯的表現，其中，最為人稱道的是屏東新園仙吉國小的黃基博老師，以及苗栗通宵海寶國小的杜榮琛老師兩位，故有「北海寶」、「南仙吉」的美譽。

有些國小教師雖未曾參加兒童讀物寫作研究班，依然在兒童讀物寫作上獨創佳績，例如陳玉珠、黃基博等人，在兒童文學可說是擁有自己的一片創作天地。至於在兒童文學推廣及兒童閱讀指導上成效卓著的例如邱阿塗，其在宜蘭縣推廣兒童文學研習可說是戮力以赴，與藍祥雲合力將宜蘭縣兒童文學研習活動辦得有聲有色，使該縣的兒童文學推廣遙遙領先其他各縣市之上，有目共睹，有口皆碑。《南門河上的橋——兒童文學推手邱阿塗》（邱少頤著，2007年12月，宜蘭縣政府文化局）一書就是邱阿塗的最佳寫照。而邱阿塗與藍祥雲兩位，無疑的，是推動宜蘭縣兒童文學蓬勃發展的重要舵手。藍祥雲更是帶動宜蘭縣各國小老師從事集體改寫或翻譯外國兒童文學作品的先鋒旗手。

參考書目

一

司　琦　《兒童讀物研究》　臺北市　臺灣商務印書館　1983年10月

吳常青撰　《兒童讀物寫作班研究》（1971-1989）　臺東市　臺東大學兒童文學研究所碩師論文　2006年7月

林文寶主編　《兒童文學工作者訪問稿》　臺北市　萬卷樓圖書股份有限公司　2001年6月

林文寶・趙秀金　《兒童讀物編輯小組的歷史與身影》　臺東市　臺東大學兒童文學研究所2003年10月

林武憲　《兒童文學與兒童讀物的探索》　彰化縣　彰化縣立文化中心　1993年6月

邱少頤　《南門河上的橋——兒童文學推手邱阿圖》　宜蘭縣　宜蘭縣文化局　2007年12月

邱各容　《兒童文學史料初稿　1945-1989》　臺北市　富春文化事業股份有限公司　1990年8月

邱各容　《播種希望的人們——臺灣兒童文學工作者群像》　臺北市　富春文化事業股份有限公司　2002年8月

邱各容　《臺灣兒童文學史》　臺北市　五南圖書出版股份有限公司　2005年6月
邱各容　《臺灣兒童文學年表》　臺北市　五南圖書出版股份有限公司　2007年6月
邱各容　《臺灣兒童文學作家及作品論》　臺北市　富春文化事業股份有限公司出版　2008年8月
洪文瓊策劃主編　《兒童文學大事紀要　1945-1990》　臺北市　中華民國兒童文學學會　1991年6月
洪文瓊編著　《臺灣兒童文學手冊》　臺北市　傳文文化事業有限公司出版　1999年8月
許義宗　《兒童文學論》　自費出版　1977年
許義宗　《西洋文學名著賞析》　臺北市　黎明文化事業股份有限公司　1983年10月
劉安然　《現行臺灣兒童讀物之研究》　文化學院　家政研究所　1965年6月

二

司　琦　〈新中國兒童文庫的特色和影響〉　《兒童讀物研究》　頁166-170　1983年10月
林　良　《國語日報》「兒童文學周刊」第29期　1972年10月15日　第3版
洪文瓊　〈佛教慈恩育幼基金會創辦「慈恩兒童文學研習營」〉，《兒童文學手冊》　頁77　1999年8月1日
黃基博　〈兒童詩的批改研究〉　《國語日報》「兒童文學周刊」第45期　1973年11月18日　第三版

第五章
1987-1996（解嚴到兒文所通過籌備設置前）

第一節　時代背景

始於解嚴，1987年7月15日零時起宣布解除戒嚴，實施國安法。10月15日內政部公布〈赴大陸探親實施細則〉，12月1日宣布明年元月一日接受新報紙之登記，解除了36年的報禁，止於臺東師院通過籌備設置兒童文學研究所之前。

1987年8月，九師專改制為師院。其中初教、幼教、語文、數理、社教等學系，兒童文學列為必修。隔年，5月27日，由臺中師院承辦九所師院兒童文學學術研討會，由此展開師院的兒童文學熱潮。1989年改由臺東師院語教系承辦，而臺東師院語教系也因此以兒童文學作為系發展的主軸，於是乎從1994年起有了「師院生兒童文學獎」（共計辦理九屆）。

靜宜大學因趙天儀，亦於1992年1月14、15日舉辦第一屆兒童文學語兒童語言學術研討會。

中華民國兒童文學學會，在第二屆（1987年12月至1990年12月）的理事長與秘書長洪文瓊的努力，出版了系列的兒童文學史料叢刊。

1988年9月1日，《兒童日報》創刊；1989年1月1日，《小鷹日報》創刊。

1988年10月1日，秦賢次、應鳳凰、吳興文、邱各容等前往上海參加由中國社科院文學研究所、上海社科院文學研究所合辦「中華文學史料學研討會」，並與大陸兒童文學界胡從經、洪汛濤會面。隔年5月21日，以兩岸交流的「楊喚兒童文學獎」舉行第一屆頒獎；8月11日大陸兒童文學研究會成員林煥彰、謝武彰、曾西霸、陳木城、杜榮琛、方素珍及李潼等人應安徽兒童文學交流會之邀，前往大陸參加交流。

1989年4月17日，徐素霞以《水牛和稻草人》首度入選義大利波隆納國際圖畫書原作展。

1994年5月12日，馬景賢主編《兒童日報：兒童文學花園版》（1994年5月12日-1998年2月）。9月14日世界華文兒童文學資料館於國語日報社正式成立。

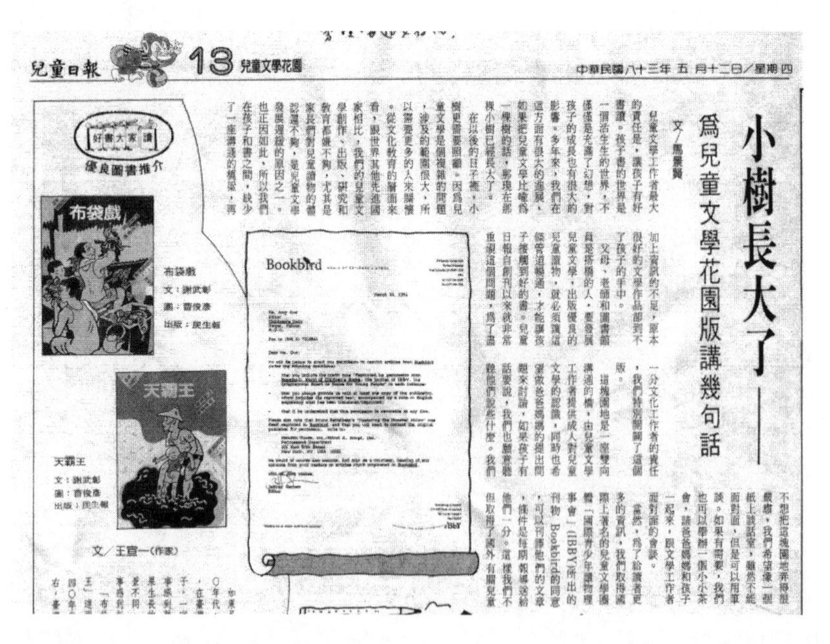
兒童日報　13　兒童文學花園　中華民國八十三年五月十二日／星期四

小樹長大了——
為兒童文學花園版講幾句話
文／馬景賢

兒童文學工作者最大的責任是，讓孩子有好書讀。孩子們的世界是一個活生生的世界，不僅僅是充滿了幻想，對孩子的成長也有很大的影響。多年來，我們在這方面有很大的進展，如果把兒童文學比喻為一棵樹的話，那現在那棵小樹已經長大了。

在以後的日子裏，小樹更需要照顧。因為兒童文學是個複雜的問題，涉及的範圍很大，所以需要更多的人來關懷。從文化教育的層面來看，跟世界其他先進國家相比，我們的兒童文學創作、出版、研究和教育都還不夠，尤其是家長們對兒童讀物的體認還不夠，是兒童文學發展遲緩的原因之一。也正因如此，所以我們在孩子和書之間，缺少了一座溝通的橋梁，再加上資訊的不足，原本很好的文學作品都到不了孩子的手中。

父母、老師和圖書館員是搭橋的人，要發展兒童文學，出版優良的兒童讀物，就必須讓這條管道暢通，才能讓孩子接觸到好的書。兒童日報自創刊以來就非常重視這個問題，為了盡一分文化工作者的責任，我們特別開闢了這個版。

這塊園地是一座雙向溝通的橋，由兒童文學工作者提供成人對兒童文學的認識，同時也希望做爸爸媽媽的提出問題來討論，如果孩子有話要說，我們也願意聽聽他們說些什麼。我們不想把這塊園地弄得很嚴肅，我們希望像一個紙上談話室，雖然不能面對面，但是可以用筆談。如果有需要，我們也可以舉辦一個小小茶會，請爸爸媽媽和孩子一起來，跟文學工作者面對面的會談。

當然，為了給讀者更多的資訊，我們取得國際上著名的兒童文學團體「國際青少年讀物理事會」(IBBY)所出的刊物 Bookbird的同意，可以刊登他們的文章，條件是每期報導給他們一分。這樣我們不但取得了國外有關兒童

好書大家讀
優良圖書推介

布袋戲
文：謝武彰
圖：曹俊彥
出版：民生報

天霸王
文：謝武彰
圖：曹俊彥
出版：民生報

文／王宣一（作家）

這個時期，可視為臺灣正式告別舊社會，也是社會體制重構的時代。對兒童文學而言，似乎是多元共生與眾聲喧嘩的時期。洪文瓊解讀是：

> 一九八七年臺灣解除戒嚴並開放大陸探親，一九八八年報禁解除，以及一九九〇年由本土人士李登輝當總統，可以說是臺灣正式告別舊社會的里程碑。由於時序正好是九〇年代的開始，因此，九〇年代對臺灣來說，其實是社會體制重構的時代。舊制度的解體，新價值體系建立，當然不是短期間的事。臺灣舊體制解體與新價值重建，基本上可以從內外兩方面來觀察。在內部，它意謂威權時代結束，民主政治獲得更穩健發展，不但促使結社（包括組政黨）、出版自由進一步落實，而且促成經濟鬆綁、教育鬆綁，以及環保意識、本土文化意識、原住民文化意識抬頭，使得社會呈現多元價值奔騰競逐的局面；對外方面，臺灣正式放棄以往「漢賊不兩立」的僵硬政策，不但跟中國大陸展開交流、接觸，也跟其他共產國家積極來往，使「國際化」成為臺灣重要的基底政策之一。這些內外環境的改變，需要新的價值體系以為適應，同時也影響到文化出版的走向。九O年代中後期，臺灣童書出版展現出多元化、分工化、國際化、本土化、視聽化與學術化的色彩，基本上即是受到臺灣內外社會大環境的影響。而多元化、分工化、國際化、本土化、視聽化與學術化也正是本崢嶸期臺灣兒童文學所反映的特色。
>
> ——見《臺灣兒童文學手冊》，頁59-60。

總之，臺灣至1987年解除戒嚴至1990年李登輝當選民選總統，威權時代結束，臺灣正式告別舊社會的里程碑。

進入90年代，政治民主，出版自由，經濟開放，教育鬆綁，社會進入多元價值，求新求變的階段，新價值體系慢慢建立。

第二節　人物

趙天儀（1935-）

富春文化事業股份有限公司
1992年10月

詩人、詩評家、學者，臺灣省臺中市人，出身於臺灣大學哲學研究所，歷任臺大哲學系代理系主任、所長；靜宜大學中文系教授、靜宜大學文學院院長、講座教授；臺灣省兒童文學協會理事長、臺灣兒童文學學會理事長。

從文學少年到文學青年到參與臺灣第一份定期出刊的詩誌《笠》的創刊，對年近30的趙天儀而言，是其文學生命的一大轉折。1964年6月創刊的《笠》，是一份以本土為重，較具自主性的文學刊物。《笠》與兒童詩的關係匪淺，1971年10月第45期首度推出童詩專輯「兒童詩園」，並刊登黃基博指導的學生詩作6首，正式揭開臺灣童詩創作的新風潮，也是臺灣兒童詩興起的重要指標事件之一，而《笠》的主編正是趙天儀。

翌年8月，身為主編的趙天儀開始在《笠》「卷頭語」以「兒童詩的開拓」為題發表兒童詩論。緊接著分別在1975年2月第65期、同年6月第67期再以〈兒童詩的創作〉、〈兒童詩的現代化〉為「卷頭語」予以強調，這幾篇短論，意在表明《笠》對推動兒童詩的堅定立場。

除了《笠》詩刊之外，趙天儀也在《國語日報》「兒童文學周刊」發表有關兒童詩的文章。這時期可分為三個階段，第一個階段從1975年3月至1977年12月止，共計發表1篇兒童詩論與12篇兒童詩評，詩評絕大部份針對現代詩人作品，認為適合兒童閱讀欣賞的詩作。第二階段從1978年3月到1979年7月計5篇。此一階段，兒童詩評主要集中於兒童詩評鑑，且都是板橋教師研習會兒童讀物寫作研究班兒童詩組的作品。第三階段從1980年3月到1981年8月計6篇，兒童詩評轉向針對作家的詩集為主要評論標的。

由上述可知，趙天儀在不同階段有不同的兒童詩評對象。諸如：在200～300期，兒童詩評主要集中在現代詩人所寫的單篇詩作；300～400期，兒童詩評主要集中在兒童讀物寫作研究班兒童詩組的詩作合集；400～500期，兒童詩評主要集中在詩人的童詩集。

趙天儀是70～80年代，《國語日報》「兒童文學周刊」主要的兒童詩評者之一。

趙天儀除了從事兒童詩評論之外，其對兒童文學推廣也不遺餘力。他與中部兒童文學的舵手陳千武合力推動兒童文學研習活動，也先後擔任臺灣省兒童文學協會理事長。前後假日月潭青年活動中心、靜宜大學舉辦過數次兒童文學研習營，負責籌劃的是趙天儀。其對臺灣兒童文學最為重視的是兒童文學學術研究水平的提昇。在靜宜十餘年，主要授課內容以兒童文學為主，是年輕學子心目中的兒童文學知識寶庫。

主要著作有《兒童詩初探》、《兒童文學與美感教育》、《臺灣兒童文學的出發》等書及《小麻雀的遊戲》（童詩集）、《一棵永不凋謝的小樹》（少年詩集）。

林煥彰（1939-）

光啟出版社，1976年4月

詩人、兒童文學作家、宜蘭縣礁溪鄉人，原係詩人，1974年，當洪建全教育文化基金會與書評書目雜誌社合辦「洪建全兒童文學創作獎」時，吸引許許多多已成名、剛成名以及未成名的作家一起投入這股臺灣兒童文學史上的兒童文學創作熱潮，林煥彰適逢其時，以一首〈妹妹的紅雨鞋〉得第1屆「洪建全兒童文學創作獎」兒童詩歌組佳作，自此與兒童文學結下不解之緣。

1978年11月以《童年的夢》與《妹妹的紅雨鞋》獲中山文藝兒童文學類。

1980年兒童節與舒蘭、龔建軍等人發行《布穀鳥》兒童詩學季刊。

1983年12月23日，由林煥彰具名函邀關心兒童文學人士籌組中華民國兒童文學學會，學會隔年同日正式成立，林煥彰功不可沒，並任首任秘書長。

而後，於1988年成立「大陸兒童文學研究會」。
1989年與親親文化公司設立「楊喚兒童文學獎」。
1989年8月組團進行海峽兩岸兒童文學破冰之旅。
1991年創辦《兒童文學家》季刊。
1992年，大陸兒童文學研究會擴大成為中國海峽兩岸兒童文學研究會，當選為首任理事長。
1994年9月，成立世界華文兒童文學資料館，並被推舉為館長。
1997年12月當選中華民國兒童文學學會第五任理事長，任內承辦第五屆亞洲兒童文學大會，是亞洲兒童文學大會首度在臺北市舉行。
從1984年到1997年這十餘年間，對林煥彰而言，在兒童文學方面如日中天。代表作有《妹妹的紅雨鞋》、《童年的夢》、《我愛青蛙呱呱呱》等書。

兒童文學作品著作等身的林煥彰，創作之餘，也熱衷於境外兒童文學交流，與韓國、或香港、菲律賓、馬來西亞等國家地區的華文兒童文學界或進行參訪、或受邀擔任兒童文學徵獎評審或作品出版等。曾受邀出席第一屆亞洲兒童文學大會（韓國首爾）。作品曾獲大陸第8屆陳伯吹兒童文學獎等。

洪文瓊（1944-）

傳文文化事業有限公司
2004年11月

兒童文化關心者、編輯人、學者，高雄縣路竹鄉人。出身於淡江大學美國文化研究所，嘗以「文化工作者」自我定位。

80年代初期，曾創辦臺灣第一份以兒童圖書與兒童教育為主題的專業性雜誌──《兒童圖書與教育雜誌》，該雜誌於1981年7月問世，洪文瓊出任發行人兼總編輯。同年暑假，佛教慈恩育幼基金會開始舉辦「慈恩兒童文學研習營」，持續六年，每年舉辦一次專題研習營（第一屆除外），而負責總理其事的總幹事就是洪文瓊，他是整個研習活動的靈魂人物。

1985年4月策劃主編的《慈恩兒童文學論叢》（一），為國內相關論叢出版的先行者。1988年起，與兒童文學的關係越來越密切。首先於該年被光復書局延聘出任該公司投資創辦的《兒童日報》創報總編輯，該報於1988年9月1日正式創刊，從整體規劃到企劃編輯，無不卯足全勁，讓《兒童日報》成為當時足以和老字號的《國語日報》分庭抗禮的童報。

林文寶在〈洪文瓊老師與我〉一文提到：

> 《兒童日報》對臺灣兒童文學發展有指標性的意義，主要是它為兒童文學界帶來創新。《兒童日報》是臺灣首家以嚴謹態度規畫而創辦的報紙。……創臺灣兒童刊物出版的紀錄。而它採行的「兒童文化」編輯政策，更是一新臺灣兒童圖書出版業界的耳目。它的工作人員，除了總編輯外，一律招考聘用剛畢業的新手，它聘請兒童心理、兒童教育及大眾傳播、印刷出版等各領域的專家學者為顧問，為報社員工作在職訓練。它設有比臺灣任何報社都完整而能發揮真正支援編輯、採訪作業的資料室。它的字體、字距、行距以及版面的規畫成為兒童圖書出版業者參考的對象。……然而《兒童日報》對臺灣兒童文學界影響最大的，應是它為臺灣兒童文學界培養出一批具有兒童文化理念的新秀。現今在臺灣兒童文學界嶄露頭角的，即不乏第一代《兒童日報》的工作者。
>
> ——見《閱讀與寫作教學的新趨勢》，頁224。

洪文瓊因為受聘出任《兒童日報》創報總編輯，接受光復書局董事長林春輝贈與的創報策劃費新臺幣一百萬元。1989年9月1日，將該筆策劃費捐贈給中華民國兒童文學學會，做為創設「大專院校兒童文學研修獎助金」基金，義舉可風，此舉對年輕學子從事兒童文學研究風氣的提昇，不啻是一大助力，也可看出洪文瓊對國內兒童文學學術研究的關注與期盼。

1989年7月出版《兒童文學童話選集》，這是他參與林文寶為幼獅文化事業公司策劃的兒童文學選集所主編的。同年負責中華民國兒童文學學會兒童文學史料叢書的策劃，於該年12月出版該套叢書的第一本《中華民國臺灣地區兒童期刊目錄彙編》，本彙編蒐集1949到1989年臺灣地區所發行的兒童期刊200多種，除記錄有關兒童期刊的基本資料，並附有期刊封面的書影和發刊詞，以及相關資料和統計圖表。

第二年，再接再勵策劃主編中華民國兒童文學學會兒童文學史料叢書第二種——《兒童文學大事紀要 1945～1990》。從〈編後記〉可看出洪文瓊治事的態度嚴謹，以及強調偏重學術性訊息可說是該大事記要的最大特色，同時也表示中華民國兒童文學學會重視學術活動的立場。

繼《兒童文學大事紀要 1945～1990》後，緊接著又策劃主編中華民國兒童文學學會兒童文學史料叢書第三種——《華文兒童文學小史 1945～1990》。馬景賢在〈序《華文兒童文學小史》〉文中提到，「這本《華文兒童文學小史》原來是學會編輯《兒童文學大事紀要》規劃中的一部分，因為合在一起出版太厚，這才另編成冊。」洪文瓊則表示可將本書視為《兒童文學大事紀要》的副冊。

洪文瓊在1993年11月策劃主編《美加兒童文學博士論文提要》，列為中華民國兒童文學學會研究參考資料第一本。該「提要」從規劃譯介到正式出版，前後歷時四年，中間一度停擱，可見整個過程極為艱辛。這是國內有關外國兒童文學博士論文編輯提要的先河。

洪文瓊從總編輯《兒童圖書與教育雜誌》、中華民國兒童文學學會秘書長、《兒童日報》創報總編輯、慈恩兒童文學研習營總幹事、主編《國語日報》兒童文學周刊、策劃主編中華民國兒童文學學會「兒童文學史料叢刊」、臺東師院兒童讀物研究中心主任到臺東大學語文教育系，每一種工作都與兒童文學不無關係。

重要學術著作有《臺灣兒童文學史》與《臺灣圖畫書發展史》二

書，它們係以「出版立史」，有別於邱各容《臺灣兒童文學史》的以「史料立史」。

桂文亞（1949-）

民生報社，1988年12月

作家，編輯人，安徽省貴池縣人，生於臺北市。世界新專（世新大學前身）編輯採訪科畢業。在臺灣兒童文學界能夠集作家、編輯、出版於一身，而又能數十年如一日的，前有林海音、嚴友梅、潘人木等，後有桂文亞。林海音為純文學出版社發行人，嚴友梅為大作出版社發行人；潘人木依止在教育廳兒童讀物編輯小組，桂文亞依止在民生報系。

1981年秋，原任《民生報》副刊記者的桂文亞自蔣家語手中接任「兒童版」主編，一接就是二十餘年。而《民生報》「兒童版」成為桂文亞由現代文學轉入兒童文學的踏板，1984年起，逐漸由成人報導文學轉入兒童文學散文創作，並從事兒童讀物編輯工作。透過這樣的因緣，桂文亞始得以在往後的期間，在臺灣兒童文學發光發熱。

在《民生報》「兒童版」服務期間，陸續編寫、主編與創作兒童文學作品，其作品以散文見長，重要作品有《思想貓》、《班長下臺》、《長著翅膀遊英國》、《美麗眼睛看天下》與《二郎橋那個野丫頭》等書。其作品甚受海峽兩岸兒童文學界的重視，得獎無數，為臺灣中生代代表性的兒童散文作家之一。

海峽兩岸兒童文學交流到桂文亞時進入第二階段，她在一場「兩岸兒童文學座談會」上，以客觀、嚴謹的態度表示她對兩岸文化交流的態度：

> 我們認為雙方的交流應該是開放的，互動的，而且是相互尊重的，互補的，不是「一言堂」的，也不是「只知有我，不知有對方的」。特別是目前雙方的政治僵局都還存在，如果我們能夠透過文化交流，促進雙方的了解，當然是有重要的意義。可是如果我們不能以這種態度來面對兩岸文化的交流，最後的結果，就是把文化領域淪為另一個政治鬥爭的場所，本來，兒童文學是不為政治服務的，可是如果走到這個個步，那將是非常不幸的。
>
> ——見1991年10月《中華民國兒童文學學會會訊》7卷5期，頁32。

這個時期主要以兒童文學作品出版交流為主。1990年5月首屆「世界華文兒童文學大會」假中國大陸湖南長沙召開，與會的桂文亞會後攜回大陸兒童文學作家作品，開始著手推動兩岸兒童文學的交流工作。由此觀之，民生報在兩岸兒童文學交流的確是搶得先機，開創契機。自1991年至1995年止，共計出版大陸作家兒童文學作品或作品集近30種，居各家出版社之冠。如下表所示：

出版年	出版社	出版量	累計
1991	民生報社	2	2
	國際少年村出版社	1	1
1992	民生報社	2	4
	國際少年村出版社	3	4
	天衛文化圖書公司	1	1
	九歌出版社	1	1
	信誼基金出版社	1	1
1993	民生報社	11	15
	國際少年村出版社	6	10
	天衛文化圖書公司	7	8
	九歌出版社	1	2
1994	民生報社	8	23
	國際少年村出版社	4	14
	天衛文化圖書公司	7	15
	九歌出版社	2	4
	信誼基金出版社	4	4
	愛智圖書公司	5	5
	國語日報社	4	4
1995	民生報社	7	30
	國際少年村出版社	1	15
	天衛文化圖書公司	4	19
	九歌出版社	2	6
	信誼基金出版社	3	7
	國語日報社	1	5
	時報文化出版公司	4	4

資料來源：參考《兩岸兒童文學交流回顧與展望專輯P159-166》

由上表可知截至1995年，民生報社的出版量遠遠超過其他出版同業。幕後重要推手就是桂文亞。

桂文亞對臺灣兒童文學推廣最大的貢獻莫過於「好書大家讀」的執行力，她是這項閱讀推廣計畫的靈魂人物。從一開始她就積極參與其事，使得「好書大家讀」成為全國中小學校閱讀課外優良讀物的重要參考窗口，也成為中小學校圖書館採購圖書的最佳參考書目。

第三節　事件

一　師專改制為師院

1987年7月1日，臺灣省九所師範專科學校改制為師範學院，至1991年止，專科部與學院部同時並存，專科部原有「兒童文學研究及習作」，一學年四學分，列在四年級語文組選修科目中。學院部依教育部規定，「兒童文學及習作」一門，是全院各系學生必修的（音樂教育學系、美勞教育學系、體育學系、特殊教育學系為選修）。易言之，今後所有師院生必須修習兒童文學課程，始得畢業。此一課程，列在三年級下學期，為一學期二學分的科目。此外，在語文教育系四年級下學期，列有選修科目「中國兒童文學名著選讀」與「英文兒童文學名著選讀」各二學分，各學院可視實際情形而設。

此一改制，就兒童文學而論，相異處有三：第一，課程由「兒童文學研究及習作」改為「兒童文學及習作」；第二，兒童文學在改制前，只是列在四年級語文組選修科目中，一學年四學分；改制後是所有師院生必修的課程，提前於三年級下學期，一學期二學分。第三，改制後增設「中國兒童文學名著選讀」與「英文兒童文名著選讀」。

自76學年度起，各師院均設有「進修部」，由省立臺北師範學院擬定的進修部課程草案中，語文教育系列有「兒童文學專題研究」，一學期三學分必修；另有「英文兒童文名著選讀」一學期二學分選修。

馬景賢曾對師專改制發表對從事兒童教育的老師的期許以及對兒童文學課程的看法：

> 一位從事兒童教育的老師，他不一定要成為兒童文學作家，但他卻不能不懂得兒童文學。他不必去當兒童圖書館員，但他卻不能不懂得如何選擇兒童讀物。他不是一個兒童文學批評家，但他卻不能不會鑑賞優美的兒童文學作品。因為要充分發揮教育上的功能，一個國小老師，不論將來擔任哪一種課程，都不能不了解兒童文學。所以要提高小學老師的素質，絕對不能忽視師院中的兒童文學課程，必須要好好設計，不能再把它當成是課表上的陪襯。
>
> 我們重視師院的兒童文學課程，不但可以發揮它在教育上的功能，對教育有助益，對兒童文學發展，也會有很大的影響。
>
> ——見1988年2月《中華民國兒童文學學會通訊》4卷1期，頁3。

在本年代九所師院及其他大學相關學系擔任兒童文學課程教學的計有：

學院或大學	課程教學
臺北師院	王秀芝、林政華
臺北市立師院	許義宗、陳正治
新竹師院	康榮吉、李麗霞
臺中師院	鄭蕤
嘉義師院	蔡尚志、蔡勝德、宋筱惠
臺南師院	張清榮
屏東師院	徐守濤、李慕如

學院或大學	課程教學
臺東師院	林文寶、洪文珍、何三本
花蓮師院	陳侃、杜淑貞
臺大圖書館系	鄭雪玫
文化大學兒童福利系	葉詠琍
淡江大學日文系	陳明臺
淡江大學德文系	梁景峰
淡江大學教育資料科學系	許義宗、高錦雪
輔仁大學圖書館系	鄭雪玫

上述各校兒童文學課程教學者，除臺北市立師院的陳正治與臺南師院的張清榮兩位，本身又是兒童文學作家之外，其餘大都是兒童文學理論研究者，著重在研究兒童文學理論以及兒童文學作品評析。

二　各種兒童文學獎設立

兒童文學創作柔蘭獎

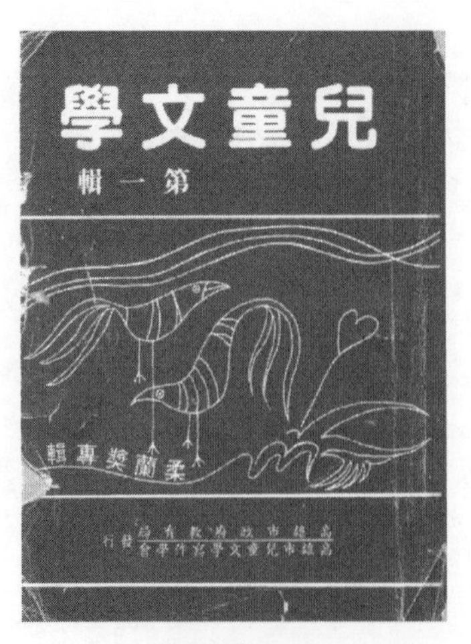

1982年3月

高雄市兒童文學寫作學會甫創之初，蒙楠梓區後勁達生中醫診所巫水生中醫師慨捐新臺幣二十萬元設置基金，以其妻林柔蘭之名，自1981年起設置「兒童文學創作柔蘭獎」。此獎的設置，對南臺灣從事兒童文學創作的該會會員，無疑的是一大福音。第二年3月，即出版得獎作品專輯《兒童文學第一輯・柔蘭獎專輯》，誠如許漢章在該書〈編者的話〉表示：「這一本兒童文學專輯刊物，是我們第一次的工作紀錄」，的確，每辦一次兒童文學獎，就是一次的工作紀錄，問題在於這樣的工作紀錄，究竟能持續多久？

該學會於1992年獲前高雄縣長余登發侄子余吉春捐款，以其名舉辦「余吉春童詩創作獎」，鼓勵高小（國小後三年）及初小（國小前三年）學童寫詩，開創一個學會舉辦兩個兒童文學獎的先例。

截至2003年止，該專集已出版十二輯，雖非年年出版，也委實不易。該獎係除洪建全兒童文學創作獎之外，第二個由民間捐款設置的兒童文學獎，為80年代相繼設置的各類型兒童文學獎正式揭開序幕，也為本年代風起雲湧的兒童文化活動敲下第一聲鐘響。

信誼幼兒文學獎

財團法人信誼學前教育基金會基於為幼兒文學定位，幼兒需要從我們自己的生活和文化中生長出來的作品；並基於獎勵本土幼兒文學創作及培育幼兒文學創作人才，提昇幼兒文學創作品質與欣賞水平，乃於1987年1月31日宣布創設「信誼幼兒文學獎」，分圖畫書獎、文字創作獎兩項，每年舉辦一次，到1996年，已舉辦9屆（2013年已舉辦至第25屆）。該會執行長為張杏如。

信誼幼兒文學獎的確造就不少兒童文學界新秀，像第一屆得獎的郝廣才，後來在臺灣繪本書的企劃與出版大放異彩，將臺灣圖畫書推向世界繪本的舞臺，也成為義大利波隆納兒童插畫展首位來自亞洲最年輕的評審委員。也是第一屆獲獎的孫晴峰，其後在童話寫作上成就不凡。該獎也同時造就了陳璐茜、陳志賢、施政廷、王金選、林宗賢等兒童讀物繪畫新秀。

由於信誼幼兒文學獎的創設，為臺灣培育了一批幼兒圖畫故事書的創作新血，為本土創作的幼兒圖畫故事書帶來新的氣象，從而改變幼兒文學依附在兒童文學的現象，讓家長及幼教老師體會及早閱讀的重要性。

該獎與其他兒童文學獎相異處有二，第一：透過大師級的工作坊，邀請國內外專家學者，舉辦企劃、編輯、插畫、說故事等工作坊，藉以推廣幼兒文學的理念，進而提昇國人的創作品質與欣賞水平。第二：頒贈特別貢獻獎給國內兒童文學工作者。

歷屆受邀來臺的外籍專家，如下表：

屆次	外籍專家	國籍	專長
第1屆	安野光雅	日本	知名圖畫書作家兼畫家
第2屆	蘿拉・西姆斯（Ms. Laura Simms）	美國	專業說故事表演藝術教育家
第3屆	珍妮絲・湯姆森（Ms. Janice Thomson）	英國	英國安德森出版公司主編
第4屆	無		
第5屆	史提凡・查吾爾（Mr. Stepan Zavrel）	捷克	國際知名插畫家
第6屆	卡洛琳・鮑爾（Dr. Caroline Bauer）	美國	知名說故事專家
第7屆	派翠西亞・李・高許（Ms. Patricia Lee Gauch）	英國	美國出版公司副總裁兼總編輯
第8屆	大衛・麥考利（David Macauly）	英國	國際知名插畫家

獲頒特別貢獻獎的計有：潘人木（第3屆）、鄭明進（第5屆）、林良（第6屆）、曹俊彥（第8屆）、桂文亞、張湘君（第10屆）、林文寶（第12屆）、臺中縣政府（張壯熙副縣長代表領獎）、沙鹿鎮立深波圖書館陳錫冬先生、神岡鄉立圖書館郭信志先生（第18屆）。

東方少年小說獎

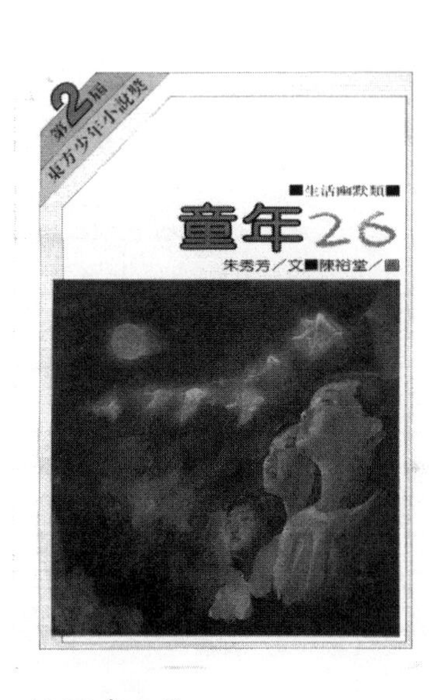

東方出版社，1988年7月　　1989年9月

東方出版社為紀念創辦人游彌堅對文化事業的貢獻，並鼓勵從事少年文學的創作，特別和游彌堅的子嗣游復熙創設的游彌堅文化獎助金管理委員會聯合設立「東方少年小說獎」。該獎與信誼幼兒文學獎相似性有二，第一：同為1987年1月設獎，第二：定位清楚，東方少年小說獎以「少年小說」為主，信誼幼兒文學獎以「幼兒文學」為主，是開國內以單項文類為獎項的兒童文學獎的先河。原則上，該獎的頒獎典禮定在每年12月12日，是日為游彌堅逝世紀念日。

該獎主要分為生活幽默、偵探推理與科學幻想三類，林海音、林鍾隆、黃海等都曾受聘為評審委員。可惜該獎只辦4屆即告停辦，即便如此，拜兩岸兒童文學交流之賜，大陸作家作品已經在東方少年小說獎脫穎而出，其獲獎的年度，遙遙領先其他各獎之上。也就是說，當兩岸開始進行文化交流之初，林煥彰推動成立的大陸兒童文學研究會於1989年8月首度進行兒童文學團體的「破冰之旅」的同一年，大陸兒童文學作家周銳已經默默地搶得先機，在臺灣的兒童文學徵獎活動中拔得頭籌，開始進行個人參加兒童文學徵獎的「破冰之旅」。易而言之，兩岸的兒童文學交流，基本上是同時進行的，差別在「團體」與「個人」之分。儘管「東方少年小說獎」只辦4屆，卻有兩屆頒給大陸作家。是以，東方出版社與「東方少年小說獎」在海峽兩岸兒童文學交流上，自有其特殊的歷史意義。

東方少年小說獎歷屆得獎作家及作品如下：

屆次	得獎作家	年份	得獎作品	得獎類別	獎次	附註
第1屆	木子	1987	阿黃的尾巴	生活幽默類	第一名	
	黃海		地球逃亡	科學幻想類	第一名	
	李淑真		瘋狂山		特別獎	
第2屆	朱秀芳	1988	童年26	生活幽默類	第一名	科學幻想類與偵探推理類從缺
	李迺澔		朱邦龍探案		鼓勵獎	
第3屆	邱傑	1989	地球人與魚	科學幻想類	首獎	
	陳肇宜		胡蘿蔔的誘惑	生活幽默類	優選	
	常星兒		款冬季	生活幽默類	優選	大陸作家
	張修彥		睡槍	偵探推理類	優選	大陸作家
第4屆	周銳	1990	千年夢	幽默生活類	優選	大陸作家
	邱傑		劃克斯——人	科學幻想類	優選	

中華兒童文學獎

小魯文化事業股份有限公司
1998年5月

幼獅文化事業公司
1990年2月

財團法人鄭彥棻文教基金會為提昇兒童文學水準，促進兒童文學發展，獎勵優秀兒童文學工作者及作品，每年撥付新臺幣10萬元補助中華民國兒童文學學會舉辦兒童文學獎，該獎於1988年5月設立，定名為「中華兒童文學獎」，分文學與美術兩類。此獎的設立，實得力於該基金會董事鄭雪玫的極力爭取，她也是當任的中華民國兒童文學學會理事長。就該獎受獎的作家或畫家而論，純係表彰他們在兒童文學上的成就，本質上是「成就獎」。自第11屆起，改為單項給獎，共計舉辦14屆。

中華兒童文學獎歷屆得獎作家如下：

屆次	年份	得獎者	類別	得獎作品
第1屆	1988	林武憲 何雲姿	文學類 美術類	我愛一二三、三隻老駱駝

屆次	年份	得獎者	類別	得獎作品
第2屆	1989	黃海 劉宗銘	文學類 美術類	航向未來 小福、大福
第3屆	1990	陳玉珠 徐素霞	文學類 美術類	無鹽歲月 水牛和稻草人
第4屆	1991	李潼 曹俊彥	文學類 美術類	藍天燈塔 紅龜粿、上元、特別通行證
第5屆	1992	管家琪 張義文	文學類 美術類	小婉心、口水龍 親親自然雜誌（攝影）
第6屆	1993	馬景賢 陳璐茜	文學類 美術類	小英雄與老郵差 小螞蟻丁丁、小豬農場等
第7屆	1994	謝武彰 劉伯樂	文學類 美術類	天霸王 黑白村莊
第8屆	1995	桂文亞 邱承宗	文學類 美術類	美麗眼睛看世界 昆蟲家族
第9屆	1996	馮輝岳 賴　馬	文學類 美術類	逗趣兒歌我會唸
第10屆	1997	王淑芬 劉建志	文學類 美術類	我是白癡
第11屆	1998	洪志明	文學類	星星樹、一分鐘寓言
第12屆	1999	張又然	美術類	奧莉薇的好朋友、愛作夢的巴比、多媒體城堡遊記、網路歷險記
第13屆	2000	張嘉驊	文學類	長了韻腳的馬、我愛藍樹林
第14屆	2001	仉桂芳	美術類	漁港的小孩、夢想的翅膀

從歷屆得獎的作家與畫家視之，他們在兒童文學或是藝術創作上的努力，顯然是受到肯定的，因為該獎的精神就在肯定得獎者的成就。

楊喚兒童文學獎

以出版幼兒讀物的親親文化公司將詩人楊喚的作品——《夏夜》、《水果們的晚會》二書的版稅做基金，於1988年10月為紀念楊喚對兒童文學的貢獻而設立。委由林煥彰與謝武彰等多位童詩作家組成「楊喚兒童文學獎基金管理委員會」主其事，主任委員林煥彰。給獎對象不限臺灣本土兒童文學工作者，而是針對兒童文學創作作品傑出者，或是對華文兒童文學有特殊貢獻者給獎。該獎前後舉辦12屆，自2000年起停辦。

楊喚兒童文學獎歷屆得獎作家如下：

屆次	年份	文學獎	特殊貢獻獎
第1屆	1989	李潼《再見天人菊》◎	洪汛濤《神筆馬良》
第2屆	1990	周銳《特別通行證》	王泉根《中國現代兒童文學文論選》
第3屆	1991	陳玉珠《無鹽歲月》◎	
第4屆	1992	沈石溪《狼王夢》	金波《在我和你之間》

屆次	年份	文學獎	特殊貢獻獎
第5屆	1993	秦文君《秦文君中篇兒童小說選》	樊發稼《蘭蘭歷險記》
第6屆	1994	張秋生《來自樺樹的蒙面大盜》	韋葦 葛競《肉肉狗》☆
第7屆	1995	劉伯樂《黑白山莊》◎	郭風
第8屆	1996	戎林《采石大戰》	林良◎
第9屆	1997	吳然《我的小馬》	任溶溶
第10屆	1998	斑馬（沒勁）	孫幼軍
第11屆	1999	王金選《點心攤》◎	蔣風
第12屆	2000	林芳萍《屋簷上的秘密》◎	潘人木◎

附註：有◎者為臺灣作家，有☆者為評審委員獎

雖然該獎以在兒童文學創作作品傑出者，或是對華文兒童文學有特殊貢獻者為給獎對象，但從上表可以看出，該獎給獎對象顯然是以大陸作家為主。12屆當中，文學獎有7次，特殊貢獻獎高達9次（1991年未給獎），其中第2、4、5、6、9、10等6屆的文學獎與特殊貢獻獎完全頒給大陸作家。該獎設獎之初，適逢海峽兩岸兒童文學交流正值方興未艾之際，有這樣的給獎傾向，其實也無可厚非。

民生報社，1998年11月

臺灣省兒童文學創作獎

此為官方首次完全針對兒童文學所辦的兒童文學創作獎，由臺灣省教育廳主辦，省立臺中圖書館承辦。該獎於1987年成立，旨在為兒

童出版具有教育性的好書。每年選定童話或少年小說一項徵獎，按慣例每兩年更換一次。第1屆徵獎對象為社會人士及中小學生，自第2屆起限定為大專以上學生、各級學校教師及社會人士。自第3屆起，增設首獎一名。自第13屆起，因精省（1999年）之故，改由文建會中部辦公室主辦，翌年停辦。

該獎自設獎以來，與洪建全兒童文學獎設獎之初引發寫作兒童文學熱潮的情況如出一轍，寫作新秀與成名作家同臺競技，這些崛起於「臺灣省兒童文學創作獎」的寫作新秀，如今在童話與少年小說創作領域各自擁有一片天。值得注意的是每年得獎作品都集結編成專輯出書。

臺灣省兒童文學創作獎歷屆得獎創作專輯如下：

臺灣省政府教育廳，1989年5月

屆次	年度	專輯名稱	類別
第1屆	1987	冬瓜郎	童話
第2屆	1988	瑪莉與神童	童話
第3屆	1989	帶爺爺回家	少年小說
第4屆	1990	畫眉鳥風波	少年小說
第5屆	1991	捉拿古奇颱風	童話
第6屆	1992	賴瑞．莫德與黑皮	童話
第7屆	1993	旋風阿達	少年小說
第8屆	1994	沖天砲大使	少年小說
第9屆	1995	一九九五水鴨旅行	童話
第10屆	1996	過山蝦要回家	童話
第11屆	1997	一半親情	少年小說
第12屆	1998	兩個獸皮袋	少年小說
第13屆	1999	小耳（上、中、下）	童話

九歌現代少兒文學獎

九歌現代少兒文學獎是臺灣唯一的少年小說徵文獎項，以適合十歲至十五歲兒童及少年閱讀為書寫範疇，鼓勵海內外華人作家寫出屬於自己的少兒閱讀作品，同時亦希望藉閱讀啟發臺灣兒童及少年的創意，並培養他們開闊的胸襟及視野，以及對社會人生之關懷。

1992年，經營九歌出版社的蔡文甫先生以退休金與個人儲蓄，創辦了九歌文教基金會。蔡文甫說，九歌出版文學作品，擁有的社會資源也大都與學界有關，既有餘力還是辦一些文學活動，贊助文學刊物最好。所以，基金會固定每年舉辦九歌兒童文學獎（於2002年改為九歌現代少兒文學獎），自1992 年開始設立，至2013年已歷二十一屆。

基金會二十多年來漸漸走出自己的風格，另從歷屆得獎資料顯示，國內作家參與九歌現代少兒文學獎以來，對少年小說創作水準的提昇大有助益。該獎自設獎以來，的確為臺灣造就若干少年小說寫作的明日之星，也為有心從事少年小說寫作者開啟一扇用功之門。

陳國政兒童文學新人獎

1993年，臺灣英文雜誌社董事長陳嘉男為紀念父親陳國政先生，並鼓勵兒童文學創作人才校園紮根的計畫，因而設立「陳國政先生兒童文學新人獎」，委由中華民國兒童文學學會辦理。

1993年設獎之初，分童話、童詩和圖畫故事三類。參賽者資格設定為就讀高中、高職、大專院校、研究所具中華民國國籍之在校學生，是專供在校學生一展長才的兒童文學獎項園地，也符應中華民國兒童文學學會為此獎定下「發掘兒童文學創作新秀、提倡並獎勵青年學生創作兒童文學」的宗旨

自1996年，第四屆起，更名為「陳國政兒童文學獎」，同時修訂徵獎類別，「圖畫故事」類維持不變，但將「童話」、「童詩」類刪除，並增設「兒童散文」類。參賽者資格也擴及社會人士。

「陳國政兒童文學獎」從1993年6月開始辦理到2001年8月辦理最後一屆，共計舉辦九屆，自2002年起停辦，走入歷史。此獎的設立雖僅有短短九年，不過，卻提供新人大展身手發揮創意的機會，也提昇國內兒童文學創作人才的素養。它的拋磚引玉讓社會大眾關注兒童文學的創作、讓眾人投入兒童文學創作的行列。

教育部師院生兒童文學創作獎

國立臺東師院語文教育學系，1984年6月

由於當時臺東師院語教系主任林文寶的建議，於是教育部有鑒於兒童文學與師院生關係密切，為鼓勵國內九所師範學院的師院生創作兒童文學，以培養兒童文學創作新秀，從1994年起，設立「師院生兒童文學創作獎」，由臺東師院語教系承辦，自第四屆委由各師範學院輪流承辦。其徵獎對象為各師範學院日間部在校生與師資班學生，惟自第三屆起不包括研究生在內。

此獎係繼「臺灣省兒童文學創作獎」後，第2個由政府主辦的兒童文學獎，只是該獎徵獎對象限定於某一群特定對象——「師院生」。該獎自設獎以來，讓師院生在兒童文學創作方面擁有更多揮灑空間。第一：他們一方面在校接受兒童文學理論的灌輸，藉以奠定學術理論研究的基礎；第二：他們一方面從事兒童文學的寫作，參與徵獎，接受評定，對創作水平的提昇，具有一定程度的催化作用；第三：對引領更多在校師院生投入兒童文學創作行列，參加校內校外各種兒童文學徵獎比賽，不無推波助瀾之效。

此獎每兩屆為同一徵獎類別，第一、二屆為童話，第三屆起增為兩類，故第三、四屆為童詩和兒歌，第五屆為兒童故事和寓言，第六屆為童話和童詩，第七屆為兒歌和童話。

歷屆得獎的師院生以臺北市立師院和臺南師院兩校的比例最高，尤其是由陳正治和張清榮這兩位語文教育系教授指導的學生，無論就得獎人數或是得獎名次總在伯仲之間，不相上下。之所以如此，和兩位指導老師本身也是兒童文學作家不無關係。臺灣兒童文學界，不僅對童詩指導卓著的「北海寶」、「南仙吉」有這樣的稱譽；其實在師範學院領域也有「北陳」、「南張」的稱謂，不僅是他們的學養豐富，而且也指他們指導師院生參加「師院生兒童文學創作獎」都獲得亮麗的成績而論。

國語日報兒童文學牧笛獎

財團法人國語日報社於本時期最後一年（1995年）也加入兒童文學獎的徵獎行列，是90年代第4個設立的兒童文學獎。國語日報於1948年臺灣光復節創刊，歷經半個多世紀，才創設「國語日報兒童文學牧笛獎」，成為國內最新、最年輕的一個兒童文學獎，該年正好是社長林良出任該報董事長兼發行人，意義非凡。

國語日報兒童文學牧笛獎分童話與圖畫故事兩項，每兩年舉辦一次，為集中獎勵資源，自第八屆起，停辦圖畫故事獎項，轉型為一年一度的童話獎，希望扮演臺灣「童話夢工廠」的角色。

國語日報社自1995年創辦兒童文學牧笛獎以來，每一屆選後都請參與者、評審委員以及兒童文學界朋友給予批評和建議，這些善意的「批評和建議」，促成往後每屆的徵文辦法精益求精，也讓每一屆得獎人都在兒童文學園地上耕耘出燦爛的花朵。

自信誼幼兒童文學獎、九歌現代少兒文學獎以迄國語日報兒童文學牧笛獎，他們的得獎作品往往成為得力的出版品的重要來源，這些得獎作品也往往成為各該出版社的招牌出版品。辦徵獎，出好書，則成為舉辦兒童文學徵獎的「標準模式」。「以獎養書」，也成為尋求優良兒童讀物出版的重要途徑之一。信誼基金出版社如此，九歌出版社如此，國語日報社何嘗不是如此。

三　兒童文學社團

臺北市兒童文學教育學會

顧名思義，該學會標榜以兒童文學「教育」為宗旨，就如同高雄市兒童文學寫作學會高舉「寫作」為標的。1987年10月假臺北市雙溪國小召開發起人會議，選出王天福、吳年年、蘇月英、吳蕙芳、唐秀俐、顏燕如、黃振華等7人為籌備委員。同年，10月17日正式成立，首任理事長王天福，總幹事夏婉雲。王天福與高雄市兒童文學寫作學會第二任理事長許漢章都是出身於臺灣省國民學校教師研習會兒童讀物寫作研究班的學員，許漢章第1屆，王天福第4屆。顯然的，他們經過70年代兒童讀物寫作研究班的薰習，已經開始在80年代成立的兒童文學社團擔當起領導者的角色。

該會的成立，是因為有鑒於臺北市國語實小每年暑假都舉辦兒童文學研習，十餘年間，培育不少對兒童文學有興趣或專長的教師，他們散佈在臺北市各國小，努力從事語文教學工作，將兒童文學的精神融化在國語教學中，以提昇語文教學品質。倘若能夠組織像「高雄市兒童文學寫作學會」的人民團體，彼此切磋，匯聚力量，更有助於兒童文學教育水準的提高。而王天福則為該會主要的催生者。

該會成員大多是臺北市的中小學教師，對內刊物《臺北市兒童文學教育學會通訊》（雙月刊），1990年11月設「臺北市兒童文學獎」，獎勵推動兒童文學有功者，以及創作優良兒童文學的成人或少年兒童。

該會歷任理事長分別為王天福、鍾國樑、謝馥安、夏婉雲。

中國海峽兩岸兒童文學研究會

1987年政府正式開放探親，兩岸文化交流也隨之展開，兒童文學界當然也不例外。林煥彰、謝武彰、陳木城、陳信元、杜榮琛等，率先於1988年9月11日成立「大陸兒童文學研究會」，林煥彰出任第一屆理事長，以促進兩岸兒童文學交流研究為宗旨。並於1989年3月發行《大陸兒童文學研究會會刊》，創刊宗旨是希望透過這塊園地，更積極更激勵兒童文學家從事兒童文學的創作和研究，能使讀者得於從中正確了解兩岸兒童文學的現況，以及過去和未來發展的情形。

1989年5月，舉辦「中國現代童話」座談會，揭開臺灣談論大陸現代兒童文學作品的序幕。

林煥彰繼《大陸兒童文學研究會會刊》之後，更努力要達成臺灣兒童文學要提升、兩岸兒童文學要交流、世界華文兒童文學要推展三方面的目標，復於1991年元月創辦《兒童文學家》季刊雜誌，發行迄今。

基於階段性任務完成，「大陸兒童文學研究會」後來於1992年6月在臺北擴大成立，改名為「中國海峽兩岸兒童文學研究會」，林煥彰為首任理事長，繼續推展兩岸兒童文學的交流活動。

臺灣省兒童文學協會

這是繼「高雄市兒童文學寫作學會」、「臺北市兒童文學教育學會」之後，第3個成立的區域性兒童文學團體，是臺灣中部地區主要的兒童文學團體，成員大多來自中部的臺中縣市、彰化縣與南投縣等縣市。其軸心成員都是兒童詩的愛好者，主要催生者陳千武與洪中周，他們結合現代詩與兒童文學，於1989年12月17日假臺中市天主教社會服務研究院舉行成立大會，首任理事長陳千武，總幹事洪中周。

該會自成立後，多次接受中華文化復興委員會臺灣省分會以及臺灣省文化處委辦兒童文學夏令營或徵文比賽，諸如「臺灣省縣市長兒童文學獎」、「亞哥花園兒童文學四季創作獎」等。此外，並於每年寒暑假舉辦兒童文學研習，地點多半設在靜宜大學。該會還與中部地區的文化中心、天主教會與大學維持密切互動，儘量或充分運用所能掌握的社會資源，以推廣兒童文學。

原由洪中周創辦的《滿天星》兒童文學季刊自第11期開始，為配合「臺灣省兒童文學協會」的成立，改變編輯方向，由兒童詩刊改為綜合性兒童文學刊物，並從季刊改為雙月刊。自第15期開始改變同仁性質，同時轉由臺灣省兒童文學協會負責發行。

該會自成立以來，陸續出版《兒童寫給母親的信》、《我心中的爸爸》與《臺灣兒童詩選集》等童詩集。在陳千武理事長任內，先後於1990、1992、1995這三年與日本的保坂登志子、安田學合作編譯3冊《海流——臺灣日本兒童詩對譯選集》，藉以促進臺日兒童詩的文化交流。

嚴振興（岩上）與趙天儀繼陳千武之後，分別出任臺灣省兒童文學協會理事長，持續在中部地區推廣兒童文學。使該會成為繼中華民國兒童文學學會之後，第2個比較有計畫執行推展兒童文學的各項文化活動。

趙天儀等後又於2006年改組成立「臺灣兒童文學學會」，並將《滿天星》58期視為革新號，以示再出發，現任理事長岩上。

四　兒童報紙

1987年政府宣布臺灣地區解除戒嚴，緊接著，隔年元旦，解除長達近四十的報禁，新聞出版也進入一個全新的時代。其中最為突出的是報社數量的激增，1988年開放報紙登記的前半年，登記的新報紙就將近60家，截至1989年年底，臺灣登記的報紙已經高達196家。在這些紛紛出籠的新報紙當中，「童報」自然也在其中。易而言之，以兒童為對象的專業報紙相繼出刊。

就市場供需而論，當時臺灣的兒童人口總數在350萬左右，報禁解除前，《國語日報》雖是一枝獨秀，惟僅爭取到22萬的訂戶，約佔兒童人口總數的15分之1。報禁解除後，令有志者躍躍欲試，覺得「童報」的市場仍然極為寬廣，先後於1988年年中與1989年年初一口氣出現四家。相繼在1988年發刊的「童報」，依次是：《國語時報》、《兒童日報》、《兒童時報》與《小鷹日報》。

這些新創的童報，無論就內容、印刷與排版各方面，無不力求精美與豐富；使得《國語日報》過去獨佔市場的局面一時改觀，不若以往能夠輕易坐穩以兒童為對象的報業市場。

《國語時報》

《國語時報》是報禁解除後，率先創刊的第一家童報，於1988年5月1日發刊。該報與《國語日報》僅一字之差，創刊之初，容易讓人誤以為是《國語日報》的姊妹報。該報發行人翁嘉宏，社長翁嘉龍。

《國語時報》訴求對象不限於兒童，還包括家長與老師。該報希望與現有的國文教材進度結合，並以兒童最能接受的漫畫方式，引導兒童溫習與理解課程內容。翁嘉宏發行人認為大量的漫畫，不但能使兒童吸收得快，也讓版面更顯兒童化。

在版面規劃上，計有：資訊廣場、說古道今、焦點新聞、文教新聞、視聽櫥窗、輔導課程、功文學園、萬象世界、漫畫大觀、創作園地、家庭生活、寓言集錦、文化走廊、習作教室與自然百科等內容。這些內容，基本上大致扣緊該報的創刊希望。

《兒童日報》

《兒童日報》是由資深出版人林春輝投資創辦的童報，延聘資深編輯人洪文瓊出任創報總編輯。洪文瓊從《兒童日報》的整體規劃到局部的編輯企劃，兢兢業業，卯足全勁，讓《兒童日報》成為當時惟一足以和老字號的《國語日報》分庭抗禮的童報。由於《兒童日報》的異軍突起，使得《國語日報》一改本來消極應付的態度，決定面對現實迎接同業的挑戰，並且仿效《兒童日報》的做法，放大字體，調整版面。

《兒童日報》正式創刊之前，曾於6月20日發行「試刊號」，就這點而言，足可媲美70年代引領風騷的《兒童月刊》。該刊在正式發刊前，也曾發行「第零期」的試刊樣本，這樣別出心裁的做法，在70年代被視為「創舉」。無獨有偶，《兒童日報》在80年代末期也發行「試刊號」，《兒童月刊》與《兒童日報》訴求對象同樣是兒童，只是屬性各異，一為月刊，一為日報。《兒童日報》正式創刊為1988年9月1日，發行人林宏田，社長林宏龍，總編輯洪文瓊。

《兒童日報》在創報總編輯洪文瓊精心策劃下，一度為該報的發展勾勒出美好的願景。但在「叫好不叫座」的情況下，歷經創報的洪文瓊與繼任的王華榮、高建榮等三位總編輯，於1998年2月28日宣布停刊，並自3月6日改題為《童報週刊》，主編汪淑玲。

雖然《兒童日報》從創刊到停刊，前後雖然僅只維持8年，但較之一年內即告夭折的《兒童時報》與《小鷹日報》，必有其可看之處。8年的《兒童日報》適逢政府採取宣布解嚴、開放探親與報禁解除等一連串影響深遠的措施。在兩岸兒童文學交流上，能夠積極的和《民生報》、《國語日報》一起發揮媒體應有的「橋樑角色」，該報「兒童文學花園版」與「文藝版」成為大陸兒童文學作家在臺灣發表兒童文學作品的第三個板塊。

《兒童日報》的「兒童文學花園版」與「文藝版」就如同《國語日報》的《兒童文學周刊》與「兒童版．少年版」，除了提供給大陸兒童文學作家之外，更是臺灣兒童文學作家作品發表的場域。讓作家作品有更多發表作品的園地和機會，對兒童文學資訊的提供與兒童文學觀念的表達，兒童文學作品的賞析，都能夠善盡「媒體人」的角色與責任。就此一面向而言，《兒童日報》與《國語日報》的努力應該受肯定與祝福。

雖然由於諸多因素使《兒童日報》無法持續經營，但已經在臺灣兒童文學發展歷程中，如同《兒童月刊》等完成階段性任務，卻也譜出了民間出版公司經營「童報」的甘苦樂章。

洪文瓊在總編輯《兒童日報》期間做了兩大貢獻，第一，該報是臺灣解除報禁後第一份真正兒童專屬的日報，具有歷史意義。第二，該報對臺灣的兒童文學發展具有「指標性的意義」。

在版面規劃上，計有：焦點新聞、綜合新聞、地方新聞、新知新聞、國際新聞、自然科學、現代科技、小文苑、史地、生活、文藝、幼兒、漫畫、消遣、人物、藝術等內容。從焦點新聞到國際新聞等五個新聞版面，由是觀之，顯然「新聞」是該報的重點版面。

《兒童時報》

《兒童時報》設於高雄市，也是四份童報中，唯一不在臺北市的。1988年11月21日創刊，發行人劉國興，社長劉文均，總編輯劉國平。以小學三年級至六年級學生為主要閱讀層。

該報著眼於兒童保護、兒童醫療、學前教育與國際兒童交流等四大方向。從該報就催生兒童福利法、尋求兒童醫療保護、追蹤兒童保護案例，檢討當前學童教育，關注學前教育，提供國小教職員一個溝通的平臺等的種種思維而論，該報固然以小學三到六年級的中高學生為主要閱讀層，但顯然更重視於兒童保護、兒童醫療與學前教育。

在版面規劃上，計有：新聞時事、專題報導、大千世界、故事集錦、文教櫥窗、課程輔導、創作園地、連環圖畫、幼兒天地、親子園與自然科學等內容。

《小鷹日報》

《小鷹日報》為四份童報最後創刊的，發行人張琰，總經理蔡浪涯。1989年元旦甫一創刊，即宣告與大陸北京《兒童文學》、上海《少年文藝》等大陸少兒雜誌社合辦第一屆「中華兒童文學創作獎」，該獎分兩大類，第一類四組，為小學在校學生作品，分小說、兒童散文、兒童詩歌、兒童童話等四組。第二類兩組，為成人寫給少兒看的作品。該獎雖非海峽兩岸兒童文學作家同臺競技的第一個兒童文學獎，卻是兩岸小作家同臺競技的第一個兒童文學獎。

同年，3月底截稿，6月初徵獎結果揭曉，小學生小說組冠軍為大陸北京市海淀區立新小學葛競〈買貓〉，其他四組冠軍從缺。兒童散文組亞軍為臺灣謝家宜〈亦中同學〉、兒童詩歌組亞軍為臺灣謝宜樺〈啊！中國〉、兒童童話組第三名為林其逵〈孝順的熊寶寶〉。得獎作品則選刊在《民生報》「兒童天地板」。

《小鷹日報》一創刊，就風風光光舉辦兩岸兒童文學徵獎活動，同年，6月舉辦盛大頒獎典禮，7月，即告停刊。它的創刊，宛如就為了舉辦一屆的「中華兒童文學創作獎」；它的創刊，就像是曇花一現。

五　兒童雜誌

《滿天星》

《滿天星》是兒童詩刊，原為個人經營的刊物，由致力於兒童詩創作與教學的洪中周以有限的資金，結合中部若干對兒童文學創作有興趣的兒童文學工作者共8人而創辦的，於1987年9月1日創刊。洪中周在〈《滿天星》發行緣起與未來的走向〉一文中說：

> 結合對兒童詩教熱誠人士參與研究指導，共同推展兒童詩創作與欣賞風氣；引導兒童抒發情感，呈現兒童心理與文學趣味；並提高兒童詩品質，培養優秀寫詩人才。
>
> 過去國內曾發行過好幾種童詩刊物，但大都時起時歇，無論壽命長短，對國內童詩的推展都有階段性的成就與功效。《滿天星》除了稟承前行者的熱誠與理想之外，發行的內容和方式將略為調整，希望能展現成長之後的時代意義和社會需求。（見1988年1月3日《國語日報：兒童文學週刊》）

上一段係指該刊的發行旨趣，在於推廣兒童詩創作與欣賞，以及提高兒童詩品質，培養優秀寫詩人才。下一段為創辦人洪中周的自我期許。有鑒於成員中以教師居多，故推廣兒童詩教，鼓勵兒童寫詩，遂成為《滿天星》努力從事的重點。

自第11期（1990年2月）開始，為配合「臺灣省兒童文學協會」的成立，《滿天星》改變編輯方向，第一：由單純的兒童詩刊轉型為綜合性的兒童文學刊物──《滿天星兒童文學雜誌》；第二：由季刊改為雙月刊。自第15期開始，由同仁性質轉由臺灣省兒童文學協會發行。雖然《滿天星》創辦人洪中周自此功成身退，但也完成階段性推廣兒童詩教的使命。

自創刊迄今，《滿天星》歷經洪中周時期、臺灣省兒童文學協會時期、臺灣兒童文學學會時期等三個階段，儘管隸屬三個不同的組織，儘管跨越80年代、90年代、千禧年代等三個不同的年代，但卻是迄今依然存在的兒童文學刊物，誠屬不易。

《小朋友巧連智》

70年代幼兒專屬的刊物開始竄起，先後有外來的《紅蘋果》與本土的《小樹苗》於1977年同年創刊。80年代初，財團法人信誼基金會學前教育中心創辦《小袋鼠》幼兒期刊，《小袋鼠》創刊於1981年4月4日兒童節。這份刊物被洪文瓊列為影響臺灣近半世紀兒童文學發展的十三樁大事之一，足見洪氏對該刊物的重視。

> 《小袋鼠》則不但版本獨特（大九開本），內容更是走獨立開發創作路線，全部彩色印刷，版面大膽留白。《小袋鼠》之後，臺灣的幼兒刊物全面進入大版本全彩色時代，而兒童讀物出版界也開始重視幼兒圖畫書的開發（漢聲的精選世界最佳兒童圖畫書是在民73年1月開始推出）。民七〇年代幼兒圖畫書成為臺灣兒童讀物出版的主流，《小袋鼠》創刊是具有其重大影響與導引作用的。（見《臺灣兒童文學史》，頁30）

無獨有偶的，在80年代末期，日本書店或出版業者開始登陸臺灣，1987、88年間，日本紀伊國屋書店來臺創設書店；緊接著，福武書店來臺創辦中文版《小朋友巧連智》兒童月刊，日本東販來臺以合資方式成立出版公司。這些日本書店或出版公司之所以來臺，第一：重視臺灣的文化消費能力，第二：重視臺灣兒童讀物市場的發展潛力。

> 如果說信誼基金會創刊《小袋鼠》是為臺灣幼兒讀物時代揭開序幕，則日本福武書店在臺灣創刊幼兒期刊《小朋友巧連智》

> 中文版，應是臺灣幼兒讀物出版進入戰國時代的開始。九〇年代將是臺灣幼兒讀物出版整合的時代，也是幼兒文學發展最為蓬勃的時代，幼兒文學取代童詩成為臺灣當代兒童文學的新顯學。
>
> 然而巧連智創刊的意義，不只意謂臺灣幼兒讀物市場競爭進入白熱化，它隱含的更積極意義是臺灣兒童讀物市場已成為國際兒童讀物市場的一環，它的發展潛力以足以吸引國際出版商的注意。（見《臺灣兒童文學史》，頁34）

洪氏上述前段旨在強調《小袋鼠》與《小朋友巧連智》這兩份幼兒期刊在幼兒讀物出版所扮演的重要角色；後段旨在說明臺灣兒童讀物市場與兒童讀物發展潛力兩個面向的重要性。

《小朋友巧連智》中文版創刊於1989年4月4日兒童節，同年，由臺灣英文雜誌社代理發行，臺灣英文雜誌社以直銷馳譽臺灣，福武書店與臺灣英文雜誌社的合作，無異如虎添翼。此外，該雜誌發行人兼總編輯高明美，執行編輯陳月文，兩位皆有豐富的雜誌編輯經驗。如此堅強的「鐵三角」，無怪乎會在90年代的臺灣兒童讀物戰國時代中先馳得點。

六　兒童讀物：《田園之春》叢書

出版緣起

《田園之春》叢書的整個編輯構想由任職於行政院農業委員會（簡稱農委會）圖書館的馬景賢向農委會農業推廣課提出，由農委會策劃補助，中華民國四健會協會承辦編印，主要走向係以臺灣的農村文化為主。以往作家、畫家所創作的圖書比較偏向文學類，幸好1990年起，中華民國四健會協會受託在9年內編輯發行《田園之春》叢書，使得本土科學類圖畫書增添不少科學類的好書，讓臺灣的孩童更能親近臺灣的農村、山川、大海、牧場、草原與身邊的動植物。

企劃編輯

《田園之春》叢書由鄭明進、曹俊彥、蘇振明（插畫組）、林良、馬景賢、陳木城（作家組）兩組鐵三角分任編輯委員。分別邀集國內相關農業專家、兒童文學作家、插畫家等聯合進行叢書的企劃、編輯、撰寫與繪圖等作業。內容以與農漁民生活息息相關者，且能配合當前臺灣農、林、漁、牧業發展之方針與施政計畫為主體。

叢書編輯採「圖畫書」的型式，以插畫及攝影為主，以簡明的文字解說為輔，藉以提高其可讀性。本叢書係以農林漁牧四項產業為主體，分生產、生活與生態三個方面。全套100本完全係以臺灣本體為內容，包括農村文化、農村產業與臺灣生態等。

編印宗旨

第一：以健康的田園生活及文化，促進城鄉交流，提振農村活力。

第二：以高科技的田園生產及活動，活潑現代國民生活內涵。

第三：以高品質的田園生產及服務，爭取國民對本土農業關懷與支持。

第四：以田園的懷舊，砥勵國民對農業之創新與進步的期許。

插畫家與作家

參與本叢書的插畫家與兒童文學作家皆為國內一時之選，可說是本土插畫家與兒童文學作家的大結合；此外，本叢書也結合專家與攝影家的專業，總計約五十餘人參與本叢書的製作，讓本叢書更具知識性，也是「科際整合」的最佳呈現。

參與者	姓名
作家	林　良、馬景賢、黃郁文、李南衡、陳正治、林武憲、馮輝岳 謝武彰、陳玉珠、陳啟淦、朱秀芳、蔣家語、李　潼、陳木城 黎芳玲、王文華、徐仁修、林智信、郭玉吉、王　蘭、薛　真 王　灝、王維梅、張秋臺、王玉鳳
插畫家 畫家	鄭明進、曹俊彥、蘇振民、洪義男、劉伯樂、徐素霞、劉宗銘 林傳宗、張哲銘、陳維霖、官月淑、鍾易真、何華仁、林純純 王金選、嚴凱信、張燈熛、李讚成、陳鳳觀、陳麗雅、林麗琪 蔡靜江、曾文忠、許朝欽、陳敏捷、許文綺、彭大維、李清雲 余進發、撒古流（排灣族）
專家	鄭元春、王煒昶、李遠欽、潘祈賢、趙榮臺
攝影	張義文、劉還月、劉克襄、陳月霞、郭智勇、柯明雄、關曉榮 張永仁、沈競辰

編印出版

《田園之春》叢書100本自1992年起至2000年止，逐年出版。1992年10冊，1993年15冊，1994年18冊，1995年12冊，1996年10冊，1997年10冊，1998年10冊，1999年8冊，2000年7冊。共計100冊。

價值意義

第一：本叢書為繼《中華兒童叢書》之後，國內插畫家與作家的第二度大結合。前者採分期分年分批方式出版，後者只採分年出版。

第二：本叢書以插圖和攝影為主，簡明文字說明為輔，顯然圖像閱讀的意義大於文字閱讀。

第三：叢書內容著眼於臺灣本體，絕大部分作家與插畫家都是臺灣人，對臺灣圖畫書作家及畫家的培育以及臺灣圖畫書朝本土化生根發展貢獻頗多。

七　兒童戲劇推廣與兒童劇團成立

兒童戲劇推廣

推廣兒童戲劇活動的核心是兒童劇團，它也是兒童戲劇得以永續經營的原動力。70年代由「兒童戲劇推行委員會」舉辦的「臺北市教師導演人員訓練班」及臺灣省訓團特設的「戲劇編導班」，這兩個由政府主導的訓練班和編導班，其成員都是而後推動兒童劇運的基本幹部。

至於民間兒童劇團則遲至80年代中期的1985年陳芳蘭「水芹菜兒童劇團」的成立，才揭開往後臺灣兒童劇團蓬勃發展的序幕。至於民間兒童劇團何以到了80年代才發展起來，主要是拜「市場需求」之賜。肇因於臺灣經濟環境與消費能力真正大幅改善正好也在80年代以後。易而言之，直到80年代，臺灣才具備較成熟的專業兒童劇團發展空間。於此之前，對於兒童戲劇的推動，政府始終扮演火車頭角色。80年代初期，行政院文化建設委員會（簡稱文建會）的成立，更是資助兒童劇團下鄉巡迴表演，將臺灣兒童戲劇的發展推向高潮。

陳芳蘭的「水芹菜」兒童劇團開啟公演列車，於1986年4月推出「木偶奇遇記」，此為臺灣民間兒童劇團的首次公演，具有歷史意義。翌年4月，該劇團又推出「眼睛夢遊記」。同年7月，「魔奇」兒童劇團推出「淘氣鳳凰七寶貝」。1988年4月，演出「爸爸的童年」兒童舞臺劇。5月，「水芹菜」演出「動物狂想曲」。8月，「九歌」兒童劇團的「兒童安全維他命」、「杯子」黑光劇團的「鏡裡奇遇記」陸續上演。1989年1月，「水芹菜」兒童劇團於臺北市社教館告別演出「西遊記・大鬧天宮」後即告解散。從創團到解散，不到三年光景，足見兒童劇團經營之不易。同年7月，「九歌」兒童劇團演出大型歌舞劇「頑皮大笨貓」，「杯子」黑光劇團演出黑光劇「白蛇傳」。8月，「魔奇」兒童劇團演出「巫婆不在家」，「蒲公英」劇團演出「湯姆歷險記」。

從各劇團演出的劇目看來，內容不外乎傳奇、冒險與神怪故事，具有很高的娛樂價值。惟以臺灣350萬的兒童人口而言，只有10餘個兒童劇團的「量」，顯然是不夠的，演出場次、劇場工作人員都嫌不足。

除了以上各民間兒童劇團的公演，臺灣省政府教育廳於1986年1月函請各縣市加強辦理兒童劇展，每一縣市以國中三校、國小七校為原則，並應巡迴公演，經費由教育廳補助。此外，臺北市政府教育局舉辦的74年度兒童劇本甄選，於3月揭曉。也就是說，無論是政府或是民間，其推廣兒童戲劇的時間點幾乎是同時並進的，都在1986年。

1987年7月4日，臺灣省政府教育廳主辦，中華民國兒童文學學會與益華文教基金會魔奇兒童劇團等的協辦下，假臺北縣秀山國小（中和市）舉辦「兒童戲劇研習營」為期5天，營省教育廳陳倬民廳長擔任營主任，謝瑞蘭、黃貴秋為執行長，講師群計有：司徒芝萍、謝瑞蘭、曾西霸、李永豐、李潼、李國修與杜紫楓。由於協辦單位的努力，促使文建會進一走委託「魔奇」兒童劇團做全省性的巡迴演出，此舉對兒童劇運的推廣委實助益匪淺。由於有文建會的大力支持與經費補助，臺灣兒童戲劇的推展也因此向前邁一大走。

隨著教育觀念的日趨開放，兒童劇團已經不再只是由兒童擔綱演出的舞臺劇，它已逐漸成為一種教育兒童的工具。同時，各劇團無不充分運用兒童戲劇，使臺灣兒童教育環境更為豐富多元。尤其自1995年以來，在各劇團努力策劃演出的熱烈情況下，使得兒童戲劇活動，蔚成真正可觀的風氣。

臺灣兒童戲劇，第一在文建會補助經費，第二在各縣市立文化中心提供場地演出的有力情況下，對兒童戲劇的推展不無助益。但是，劇團的經營管理，劇團的成就與推展，絕非一蹴可及；若非像陳芳蘭、謝瑞蘭、鄧志浩、李永豐等兒童劇運前行者的堅持，臺灣兒童戲劇就不會有今日如此的發展規模。

文建會對九〇年代的臺灣兒童戲劇發展，產生決定性的影響。首先從1992年起，每年提供一筆數額龐大的經費，安排若干兒童劇團假各縣市文化中心巡迴演出，很有「藝術下鄉」的實質功能。其次是針對表現卓著的兒童劇團出國表演，

諸如：「紙風車」之於美國、法國；「九歌」之於德國、瑞士、匈牙利與奧地利，都給予適度的扶植。

兒童劇團成立

臺灣民間兒童劇團資料如下：

單位名稱	成立時間	負責人	處女作	演出年
水芹菜兒童劇團	1985.7	陳芳蘭	木偶奇遇記	1986
魔奇兒童劇團	1986.4	吳玫芳	淘氣鳳凰七寶貝	1986
杯子兒童劇團	1986.9.28	董鳳酈	奇幻世界	1992
九歌兒童劇團	1987.9.28	朱曙明	小白兔歷險記	1992
鞋子兒童實驗劇團	1987.9	陳筠安	石寶兒	1992
一元布偶劇團	1987.11	郭城威	三隻小豬	1992
ㄚㄚ兒童劇團	1991.6	黃俊芳	阿里巴巴	1993
紙風車劇團	1992.11	李永豐	群牛大戰	1992
向日葵劇團	1992.9.1	鄭秀芬	何處是兒家	1992
童顏劇場	1994.3.3	張黎明	彩虹樂園	1996
信誼基金會小袋鼠說故事劇團	1994.4	劉書萍	骨頭博士找骨頭	1994

單位名稱	成立時間	負責人	處女作	演出年
小青蛙劇團	1994.10.6	李心民	小紅帽	1994
黃大魚兒童劇團	1994	黃春明	掛鈴噹	1995
牛古演劇團	1995.12	廖順約	快樂王國	2000
基隆市立文化中心島嶼劇團	1995			
小茶壺兒童劇團	1996.11	蔡勝德	國王的新衣	1997
童心劇團	1996			

資料來源：行政院文建會《表演藝術名錄》，1997年6月，頁266-269。

從上表可知，臺灣民間主要的兒童劇團大都成立90年代初期，他們的兒童劇處女作多從1992年起，亦即兒童劇團的兒童劇演出，1992年是一個指標性的時間點。

八　兒童文學研習

自1984年臺灣省國民學校教師研習會「兒童讀物寫作研究班」停辦以後，「兒童讀物寫作研究班」的光環從此不再。本時期的兒童文學研習活動，轉由各縣市政府以及部分文化中心利用寒暑假舉辦教師兒童文學研習會。本時期舉辦兒童文學研習的縣市計有：宜蘭縣、桃園縣、新竹市、臺南縣市、臺東縣、花蓮縣、臺北縣市、臺中縣市、苗栗縣、彰化縣、雲林縣、花蓮縣、屏東縣、高雄縣市等。可惜的是，未見基隆市、南投縣、嘉義縣市、澎湖縣、金門縣等六縣市的兒童文學研習的記錄。其中以宜蘭縣、臺北縣、桃園縣、苗栗縣、臺中市、臺北市及高雄市等活動力最強，也最有成效。研習內容多半以童話創作賞析、兒童詩教學・創作・賞析為重。易而言之，比較著重於寫作技巧的磨練與童詩教學的訓練，而輕於理論研究的探討。

80年代，區域性或全國性的兒童文學團體相繼成立，他們對兒童文學研習重視程度不一。中華民國兒童文學學會自1984年年底成立以來，年年舉辦兒童文學研習。諸如：1985年「兒童文學講座」（共12講），1986年「兒童插畫的認識與鑑賞」，1987年「少年小說研習班」，1988年「圖書雜誌編輯班」，1989年「童話研習班」等。自1990年起，研習改為研討，諸如：1990年「兒童詩創作與教學研討會」，1991年「兒歌討論會」，1992年「童話研討會」，1994年「兒童與電子媒體研討會」，1995年「圖畫書的創作與製作研習班」（與國語日報合辦，共12週）。

顯然，該學會無論是研習或研討，無論是自辦或合辦，幾乎顧及到兒童文學的各個領域，屬於全面性的探討。

至於中部的臺灣省兒童文學協會，自1989年成立後，也是年年舉辦兒同文學研習。諸如：1990年「兒童文學創作研究夏令營」（日月潭青年活動中心）、「秋季兒童文學研習」，1991年「79年度臺灣兒童文學創作研討會」（與臺中縣政府合辦）、「少年兒童文學夏令營」（東勢林場），1992年「81年度兒童文學創作研究夏令營」（靜宜大學），1993年「82年度兒童文學創作研究夏令營」（東海大學），1994年「83年度兒童文學創作研究夏令營」、「新詩童詩研討會」（上智社教研究院．12次）。

臺灣省兒童文學協會擅於運用當地可用資源，結合地方文教機構，舉辦夏令營，為繼中華民國兒童文學學會之後，第二個舉辦常態性兒童文學研習的社團。

至於高雄市兒童文學寫作學會與臺北市兒童文學教育學會自成立以後，較少舉辦類似兒童文學研習或研討之類的活動，殊為可惜。

九　境外交流

大陸兒童文學研究會

1987年政府正式開放探親，兩岸文化交流也隨之展開，兒童文學界當然也不例外。林煥彰、謝武彰、陳木城、陳信元、杜榮琛等，率先於1988年9月11日成立「大陸兒童文學研究會」，林煥彰出任第一屆理事長，以促進兩岸兒童文學交流研究為宗旨。並於1989年3月發行《大陸兒童文學研究會會刊》，創刊宗旨是希望透過這塊園地，更積極更激勵兒童文學家從事兒童文學的創作和研究，能使讀者得於從中正確了解兩岸兒童文學的現況，以及過去和未來發展的情形。

1989年5月，舉辦「中國現代童話」座談會，揭開臺灣談論大陸現代兒童文學作品的序幕。同年，8月11日，大陸兒童文學研究會在理事長林煥彰率領下，與該會成員謝武彰、陳木城、杜榮琛、方素珍、曾西霸、李潼一行7人應「皖臺兒童文學交流座談會」之邀，前往大陸進行文化交流，首站：安徽、上海、北京。這是兩岸兒童文學正式交流的「破冰之旅」，自有其歷史意義，也從此讓兩岸兒童文學交流開始進入第一階段——作家與作品的交流。

大陸兒童文學研究會與1989年設立的楊喚兒童文學獎，兩者之間關係密切。前者大陸兒童文學研究會的理事長擔任後者的基金管理委員會主任委員，往後該獎頒贈的文學獎與特殊貢獻獎絕大部分都頒給大陸作家，「頒獎」與「受獎」兩者本身就是很好的交流與互動，而大陸兒童文學研究會成員也順理成章的扮演起「橋樑」的角色。

林煥彰繼《大陸兒童文學研究會會刊》之後，更努力要達成臺灣兒童文學要提升、兩岸兒童文學要交流、世界華文兒童文學要推展三方面的目標，復於1991年元月創辦《兒童文學家》季刊雜誌，發行迄今，已經激發促進世界華文兒童文學的同步發展。

徐素霞〈水牛和稻草人〉入選義大利波隆納國際圖畫書原作展

臺灣省政府教育廳，1986年12月

1988年這一年，有兩件影響臺灣兒童文學發展的大事，第一是信誼基金會第一屆「幼兒文學獎」頒獎，第二是光復書局創辦《兒童日報》，這兩件都是影響臺灣兒童文學發展的大事。「幼兒文學獎」頒獎前一天，適逢該基金會「幼兒圖書館」開幕，1984年國際安徒生插畫獎得主──日籍國際插畫大師安野光雅應邀來臺，並發表「我的圖畫書」專題演講。此為臺灣兒童文學界首次與世界級插畫家的接觸，對臺灣幼兒圖畫書創作，掀起一陣「安野光雅旋風」。

安野光雅的魅力，在於自然淳樸的風格流露出全人類共通的興趣、感覺和幽默，故能夠跨越國界與文化，獲得世界各國讀者的歡迎。這或許就是安野光雅帶給臺灣年輕圖畫書作者或插畫家的啟示吧。

自1989年起，臺灣圖畫書插畫家徐素霞以五幅《水牛和稻草人》的插畫作品首次入選「義大利波隆納國際兒童書展插畫原畫展」（依規定五幅插畫作品必須同時出自同一本書的內容與表現），開創臺灣兒童讀物插畫進軍國際插畫舞臺的先河，也為臺灣兒童讀物插畫在通往國際兒童讀物插畫的途徑上，烙下第一道印記。在朝向國際化，拓展國際視野，徐素霞插畫作品的入選享譽國際的「義大利波隆納國際兒童書展插畫原畫展」，等於為臺灣年輕的插畫家打了一記強心劑。徐素霞的入選，使得臺灣插畫家在境外交流上拔得頭籌，率先與國際插畫界接軌。

自徐素霞之後，截至本時期為止，共有六位插畫家的作品入選「義大利波隆納國際兒童書展插畫原畫展」。

義大利波隆納國際兒童書展（Bologna Fieradel Libroper Ragazzi）

臺灣入選名單

年	畫家	作品	備註
1989	徐素霞	水牛和稻草人	臺灣首度入選「文學類」畫家
1991	陳志賢	長不大的小樟樹	
1992	段匀之	小桃子	
	王家珠	七兄弟	第一次入選文學類
1993	王 家珠	巨人和春天	第二次入選文學類
1994	王家珠	新天堂樂園	第三次入選文學類
	劉宗慧	元元的發財夢	
1995	武建華	王子和椅子	
1996	楊翠玉	兒子的大玩偶	
2000	邱承宗	蝴蝶	臺灣首度入選「非文學類」畫家
2001	王家珠	星星王子	第四次入選文學類
	張又然	春神跳舞的森林	
	龐雅文	小狗阿疤想變羊	
	閔玉貞	青春泉	
	吳月娥．王美玲	大比爾和小比利	
2002	崔永嬿	小罐頭	
2003	張哲銘	小鹿	張哲銘
	陳致元	小魚散步	陳致元
	張上祐	發現	張上祐

年	畫家	作品	備註
2004	官孟玄	關於這個男人	官孟玄
	蔡其典	元宵	蔡其典
	陳志賢	腳踏車輪子	陳志賢
2005	潘昀珈	拇指姑娘	
2006	王家珠	虎姑婆	第五次入選文學類
	王書曼	回到那個地方	
	周瑞萍	去誰家買空氣	
	施宜新	四個願望	
	邱承宗	《昆蟲新視界》 臺灣保育類昆蟲	第二次入選非文學類
	蘇子云	臺灣火車的故事	
2007	蔡達源	廖添丁	
2008	鄒駿昇	炸魚薯條（Chip & Fishs）	
	謝佳晏	Where are you，Denny？	
	蔡達源	A Love Story in the Time	第二次入選文學類
2009	吳欣憓	Where is Panda？	
2010	鄒駿昇	玩具槍	第二次入選文學類
2011	鄒駿昇	羽毛	第三次入選文學類，並獲得第二屆波隆納插畫新人獎。
	陳盈帆	如果我有寵物	
	張哲銘	浯島四月十二日迎城隍	
2012	蘇意傑	Cycle	

繼插畫作品入選後，徐素霞於1991年底參加在法國巴黎Montreuil書展舉辦的兒童讀物插畫研討會。同年，新生代插畫家王家珠插畫作品《懶人變猴子》獲得「伊朗第一屆亞洲兒童插畫雙年展」首獎。

1992年，同為新生代插畫家的劉宗慧作品《老鼠娶新娘》榮獲「西班牙加泰隆尼亞插畫大展」首獎，王家珠的《巨人與春天》同時入選。1993年，王家珠的作品入選「捷克布拉迪斯國際插畫雙年展」。1997年，又一位新生代插畫家楊翠玉的作品入選「西班牙加泰隆尼亞插畫大展」。

徐素霞、王家珠、劉宗慧與楊翠玉四位臺灣女插畫家，她們的作品先後在幾個國際著名的插畫展獲獎或入選，讓臺灣插畫家的作品擠身國際插畫界的舞臺，證明了臺灣插畫家在面對國際化的趨勢，也擁有堅實的軟實力，足以和其他各國的插畫同好同臺競技。這樣的態度，激發了臺灣年輕一代的插畫新秀，以作品參展展現自己的實力。

參加亞洲兒童文學大會

李在徹創立韓國兒童文學學會（1988年）雖然晚中華民國兒童文學學會四年，可是卻比臺灣更早進行國際交流。他於1990年8月在韓國首爾召開第一屆亞洲兒童文學大會。臺灣的林煥彰、洪文瓊兩位受邀出席，該屆參加的以韓日兩國為主，韓國23人，日本13，中國2人。此後，臺灣每屆都代表出席，1993年8月日本九州宗像的第二屆亞洲兒童文學大會，林鍾隆、洪文瓊、李潼等受邀出席。1995年8月中國上海的第三屆亞洲兒童文學大會，臺灣參加的人更多，有林良、蔣竹君、林煥彰、桂文亞、孫小英、陳木城、李潼、周惠玲、李倩萍等。1997年8月韓國首爾的第四屆亞洲兒童文學大會，擴大為世界兒童文學大會，計有德國、法國、澳大利亞、瑞典、波蘭、捷克、俄羅斯、南非、日本、臺灣、中國、馬來西亞、香港、韓國等14個國家地區參加。

在第四屆亞洲兒童文學大會主席團會議上，李在徹排除他異，不以國家，而以地區做為各國分會名稱，以首爾分會、東京分會、臺北分會、上海分會稱之。並自此次會議起，每一分會設正副代表各一位，林煥彰為臺灣分會正代表，趙天儀為副代表。這在以往各屆都沒有的，顯見臺灣兒童文學發展已經開始受到亞洲其他國家的重視。這一屆還有一件大事，大會決定1999年第五屆亞洲兒童文學大會在臺灣臺北市舉辦。

在第五屆亞洲兒童文學大會召開之前一年，臺灣分會副代表趙天儀在靜宜大學已經先行舉辦臺灣有史以來的「第一屆兒童文學國際會議」。當年他趁參加第四屆亞洲兒童文學大會之便，邀請李在徹、日本的鳥越信、四方晨、烟中圭一、清水真砂子，以及來自歐美澳紐等國的兒童文學同好來臺，更在李家同校長的全力支持下，為臺灣兒童文學的國際交流，豎立一座里程碑——第一次在臺灣舉辦的兒童文學國際會議。也為翌年8月即將召開的「第五屆亞洲兒童文學大會」熱身。

臺灣兒童文學是亞洲兒童文學的一環，透過兒童圖書出版，其實與日本兒童圖書出版界早有交流；林鍾隆透過《月光光》、《臺灣兒童文學》等也早與日本兒童文學界多所接觸與交流。但這些交流多半屬於私人或公司性質，無法形成大的氣候。李在徹的韓國兒童文學學會雖然成立較晚，但卻懂得透過國際交流，促進彼此了解。

從1990年以迄2012年，亞洲兒童文學大會歷屆年份，由以下國家輪流舉辦，如表：

屆別	年份	舉辦地點	主題	備註
第一屆	1990	韓國－漢城	「廿一世紀的兒童文學和兒圖畫」	其他亞洲國家：日本參加14位，大陸2位未出席，臺灣代表林煥彰、洪文瓊等。
第二屆	1993	日本－福岡	「為亞洲兒童掀起新的兒童文學之風」	其他亞洲國家參加的有臺灣、馬來西亞、韓國、中國、日本

屆別	年份	舉辦地點	主題	備註
				等，臺灣代表林鍾隆、李潼、洪文瓊。
第三屆	1995	中國－上海	「經濟發展將給兒童文學帶來什麼？」	參加國與區域有中國、日本、韓國、馬來西亞、新加坡、菲律賓、泰國、臺灣和香港等亞洲地區國家。臺灣這次邀請的與會者有林良、馬景賢、林煥彰、李潼、桂文亞、蔣竹君、孫小英、李倩萍、陳木城、趙涵華、周惠玲、沙永玲、帥崇義等13人。
第四屆	1997	韓國－漢城	世界兒童文學的現在與未來	趙天儀、林煥彰等人參加第四屆。
第五屆	1999	臺灣－臺北	「二十一世紀的亞洲兒童文學」	臺灣、日本、韓國、馬來西亞及菲律賓等地的兒童文學學者、作家，齊聚於臺北。
第六屆	2002	中國－大連	「和平、發展與21世紀兒童文學」	參與國家中國大陸、臺灣、香港、日本、韓國、蒙古國、馬來西亞、哈薩克斯坦、新加坡和越南，都有人參加，黎巴嫩、泰國原本也會派代表，但林時因故未能成行。臺灣代表團由於一些事故的緣故，向主辦單位表示「臺北分會未受尊重」，因而整團沒出席，結果落得臺灣方面只有桂文亞、陳德文和張嘉驊以個人身分參與。

屆別	年份	舉辦地點	主題	備註
第七屆	2004	日本－名古屋	「探求亞洲兒童讀物的未來，為了共生時代的孩子們」	韓國、中國、臺灣、馬來西亞、香港、蒙古六個國家近兩百位亞洲兒童文學工作者參與，臺灣代表15位。
第八屆	2006	韓國－首爾	嚮往和平的兒童文學	
第九屆	2008	臺灣－國立臺東大學人文學院與兒童文學研究所	「土・土・土」：生態、全球化、主體性。	
第十屆	2010	中國－浙江金華	「世界兒童文學視野下的亞洲兒童文學」	來自東亞各地的學者、兒童文學愛好者約百餘人與會，臺灣方面由分會長林文寶教授帶隊，共十五位教授、研究生、教師、作家等前往參加。
第十一屆	2012	日本－東京	「亞洲兒童文學的未來課題」	

2006年第八屆起臺北代表由林文寶擔任，林煥彰、趙天儀改聘為顧問，並決議第九屆由臺北分會承辦。

亞洲兒童文學大會主要主辦會場為韓國、日本、中國大陸、臺灣等輪流舉辦。與會者除上述四國外，還有其他亞洲地區的國家包括印度、蒙古、馬來西亞、新加坡、香港、蒙古國、馬哈薩克斯坦和越南等國派代表藉此進行文化交流，了解當前亞洲兒童文學乃至世界兒童文學發展趨勢，為亞洲兒童文學界重要的盛事。

十　大專院校兒童文學研修獎助金

緣起

長期關注臺灣兒童文化的洪文瓊為鼓勵大學院校學生研修兒童文學，並以兒童文學相關題目做為博、碩士學位研究論文，提升兒童文學研究水平，增加兒童文學研究人口，特將光復書局董事長林春輝致贈的《兒童日報》創報策劃費新臺幣一百萬元，於1989年9月1日捐贈給中華民國兒童文學學會，做為創設「大專院校兒童文學研修獎助金」基金，並於每年年會舉行頒獎。

成效

洪文瓊擔任慈恩兒童文學研習營總幹事在先，復受聘為中華民國兒童文學學會第二任秘書長，最後出任《兒童日報》創報總編輯，這三項職務，皆與兒童文學的關係密不可分，也讓他深深覺得兒童文學研究的必要性與重要性。

自1989年設獎以來，始終以大學院校學生為獎勵對象，惟自1996年起，改以大學院校博、碩士班學生學位論文與兒童文學有關者為獎勵對象，每年兩名。迄今已有40名學生獲得該項獎助金。也因為深受此一獎助金的激勵，讓受獎者願意繼續深耕兒童文學的學術研究。

影響

因為有「大專院校兒童文學研修獎助金」的創設，第一：強化大學院校兒童文學學術研究風氣；第二：鼓勵年輕學子投入兒童文學的研究陣容。洪文瓊的這項義舉，就提昇國內兒童文學研究水平，就加深年輕學子對資深作家作品的研究興趣，就擴展年輕學子兒童文學研究領域，就提振積弱不振的兒童文學研究等而論，無疑的，等於注入一股新生的力量。再加上臺東大學兒童文學研究所的創立，越來越多的研究生投入兒童文學的研究行列，第一：不僅研究生因為研究兒童文學相關領域，進而擴大自己的學術視野；第二：豐碩了臺灣兒童文學學術研究的成果。第三：兒童文學學位論文的「量」的增加，希望也是「質」的提昇。

自1989年創設迄今，已歷20餘年，持續頒發。

十一　兒童文學選集

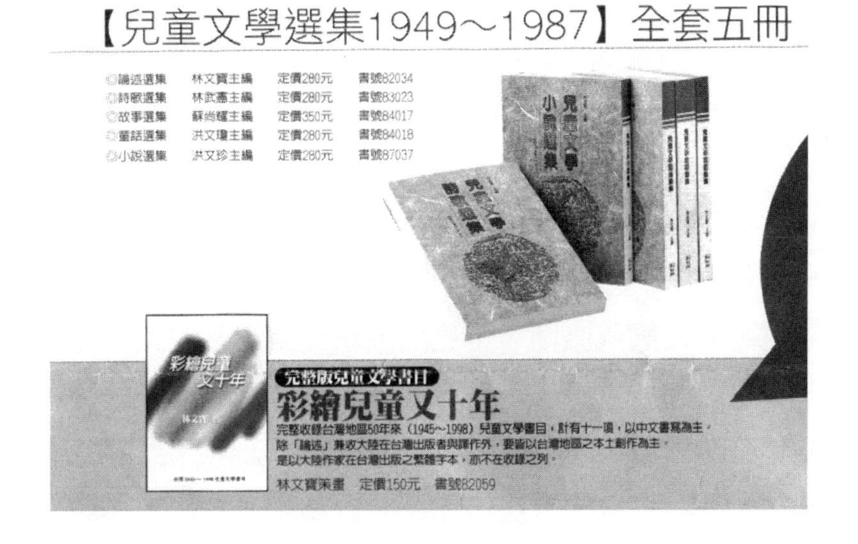

出版緣起

1987年，臺灣兒童文學面臨兩件大事，第一：政府宣布解除戒嚴，第二：該年7月，臺灣區九所師專改制，兒童文學列為師院生必修科目。為要因應實際教學的需要，林文寶認為「對兒童文學而言，已到了該整理的地步。」

適逢其時，剛好幼獅文化事業公司正積極推動「兒童文學選集」

計畫，林文寶受託負責整套選集的策劃，而有《兒童文學選集》的編印出版。

出版目的

第一：嘗試走出整理兒童文學的第一走，檢視1949年以來臺灣地區兒童文學的成果，以為未來發展的方向。

第二：藉此提供師院生、國小教師及其他有心研究兒童文學者一套較好的教材與參考資料。

選集內容

本套選集包括論述、故事、童話、小說、詩歌等5類，由林文寶邀集蘇尚耀、洪文瓊、洪文珍、林武憲等共5位，他們各個學有專精，分別參與論述類、故事類、童話類、小說類、詩歌類的編選作業。自1989年5～7月，分兩批出齊。

由於整理的年代作品長達數十年，資料蒐集不易，從召開多次編選會議，討論有關編選原則，可見出版單位與策劃主編對此套選集的重視。為要檢視1949年以來，臺灣地區的兒童文學成果，整理範圍限定自1949年以迄1987年間，並以臺灣地區的成人創作為主。

其編選方式，以史的發展、作家、作品三者兼顧，亦即以發展為經，作品與作家為緯。各選集並附1949年以來各類參考書目，以饜讀者。

《兒童文學選集》相關資料

書名	主編	篇數	附錄
兒童文學論述選集	林文寶	34	臺灣地區兒童文學論述譯著書目
兒童文學故事選集	蘇尚耀	104	無

書名	主編	篇數	附錄
兒童文學童話選集	洪文瓊	42	中華民國近25年童話創作書目
兒童文學小說選集	洪文珍	20	各類少年小說得獎作品名單 國內出版的少年小說 國內翻譯出版的少年小說 少年小說論述要目
兒童文學詩歌選集	林武憲	199	兒歌創作書目、兒童詩創作書目 兒童詩歌選集要目 兒童詩歌理論、創作研究專著論文選目 國內文學獎兒童詩歌得獎名單 未能刊出作品一覽表

時隔十年，林文寶再度受託於幼獅文化事業公司策劃新一套的「兒童文學選集」，始於1988年，止於1998年。自1988年以迄1998年，就兒童文學十年間的演進與成果而言，散文與戲劇頗為可觀，是以，新選集遂增加散文與戲劇兩本選集。本套選集除策劃林文寶之外，其餘七位主編全新上陣。

【兒童文學選集1988～1998】相關資料

書名	主編	篇數	附錄
沖天炮VS.彈子王——兒童文學小說選集	張子樟	17	九歌現代少兒文學獎歷屆得獎名單 臺灣省兒童文學創作獎（少年小說）歷屆得獎名單 1988-1998小說書目初稿
有情樹——兒童文學散文選集	馮輝岳	140	兒童散文出版書目初稿1988-1998
童詩萬花筒——兒童文學詩	馮志明	179	兒童詩歌出版書目初稿——兒

書名	主編	篇數	附錄
歌選集			歌書目 兒童詩歌出版書目初稿——童詩書目
夢穀子，在天空之海——兒童文學童話選集	周惠玲	45	1988-1998童話創作與相關活動大事記 1988-1998兒童文學童話出版書目初編
擺盪在感性與理性之間——兒童文學論述選集	劉鳳芯	20	兒童文學論述出版書目初稿1988-1998
粉墨人生——兒童文學戲劇選集	曾西霸	13	兒童戲劇出版書目初稿1988-1998
甜雨．超人．丟丟銅——兒童文學故事選集	馮季眉	64	兒童童話出版書目初編1988-1998

藉由新選集的完成，串聯了自1949年政府遷臺後迄今，半世紀以來，臺灣作家努力經營兒童文學的成績。自2000年2月陸續出書，做為2000年兒童閱讀年的獻禮。

十二　世界華文兒童文學資料館

成立緣起

為促進兒童文學創作與研究發展，中華民國兒童文學學會、中國海峽兩岸兒童文學研究會、國語日報社共同發起成立「世界華文兒童文學資料館」，於1995年9月14日假國語日報正式成立，由林良擔任管理委員會主任委員，趙翠慧、鄭雪玫分任副主任委員。與會人員並推林煥彰為館長，張湘君、余玉英分任副館長。

館藏內容

世界華文兒童文學資料館（簡稱華文館）於1996年5月27日正式開館，中華民國兒童文學學會將藏書全數捐出，計有中文書3191冊，日文書1756冊，英文書1664冊，韓文書112冊，總計6723冊。其中的外文書原係由光復書局捐贈的，中文書則由洪建全教育文化基金會與國內出版社捐贈的。

當時正值中華民國兒童文學學會會址遷至國語日報，千頭萬緒，學會與資料館共同使用同一個辦公室。為充實館藏，蒐集有關兒童文學資料，該館徵求兩種「義工」，一為「剪報義工」，在家為華文館做剪報工作。一為「在家義工」。肇因於臺灣兒童文學的創作、發表與出版，日漸蓬勃，為避免資料流失，影響兒童文學的創作、研究與發展，《世界華文兒童文學資料館館刊》將每期刊載〈臺灣兒童文學季刊作品篇目索引〉，「在家義工」就是在家為該館刊編寫索引工作。

館藏運用

一般兒童圖書室屬於兒童閱覽室的型態居多，除開兒童圖書，有關專業研究的兒童文學相關資料幾乎不在收藏之列。收藏專業研究用參考資料，以政大社會資料中心的教科書與兒童教育資料室，信誼基金會學前教育資料中心及幼兒圖書館最多，惟收藏仍屬有限。

世界華文兒童文學資料館雖然成立，平心而論，其館藏究竟可供研究參考的程度到底如何？很難下定論。究竟有多少人使用過華文館的館藏，也缺乏紀錄。儘管如此，華文館還是於1996年7月25日與韓國兒童文學學會合辦「中韓兒童文學學術交流研討會」，韓國兒童文學學會會長李在徹率團來臺參加。該館約於2005年將所有館藏悉數轉贈給臺北市立圖書館總館。

十三　好書大家讀

「好書大家讀」活動在桂文亞的推動下，於1991年1月由民生報發起，與中華民國兒童文學學會共同創辦，主旨為鼓勵優良少年兒童讀物的出版與寫作、建立優良少年兒童圖書評鑑制度、提供兒童圖書資訊並推廣讀書風氣。

由於「好書大家讀」的發起，繼而影響聯合報於1992年4月16日創刊「讀書人」，提供精選好書的資訊與書評空間，直至2009年4月16日才宣告落幕。另外，中國時報於1988年4月24日創刊的「開卷版」，也於1992年5月將版面增至五版，設有報導出版界動態的「開卷生態圈」、評論書籍的「開卷評論」、專訪出版人或作家的「讀書生活」（或「這些人與那些人」）、報導全球的出版界新聞的「世界書房」以及評論與介紹童書的「童書公園」這五個版面，爾後雖版面有所變動，但大致內容也不脫離這些部分。由前行政院新聞局所製作出版的「中小學生優良課外讀物清冊」，更於1995年（第十三次清冊）將出版品重新包裝，使內容更趨專業化、精緻化。因此，「好書大家讀」不僅建立了嚴謹的評鑑制度，也一併帶動國內文學報章、圖書的出版，並集結了眾多兒童媒體的力量，使這動廣受兒童文學界與出版界的肯定與重視。

截至今日（2013年），「好書大家讀」活動依舊如火如荼的辦理著，主辦單位也更替為臺北市立圖書館、聯合報系聯經出版事業公司、國語日報及新北市立圖書館，並由幼獅少年及中華民國兒童文學學會協助辦理。

「好書大家讀」活動評選辦法：重要年代表

重要年代	重要事項
1991~1992	每兩個月為一梯次，邀請出版社提供當月新書，由五位評選委員公開公平票選好書。
1993	同上。評選委員增至七位。
1994	改為每季評選一次優良童書。 增設「年度最佳少年兒童讀物」獎。 評選委員增至八位。
1995	分設「文學・綜合」及「科學讀物」兩組分別評選。每組各聘五位評選委員。 每四個月評選一次。
1997	將圖畫書自「文學・綜合組」中分出，成立「圖畫書組」，另聘五位評選委員。
1999	將「文學・綜合組」分為二組評選。每組各聘五位評選委員。

重要年代	重要事項
2001	調整組別：故事文學組、非故事文學組、知識性讀物組、圖畫書及幼兒讀物組。
2002	改為每半年評選一次。
2012	調整組別名稱：文學讀物A組（小說或散文）、文學讀物B組（小說、散文以外其他類別）、知識性讀物組、圖畫書及幼兒讀物組。

第四節　作家與作品

嶺月（1934.10-1998.7）

文經社，1991年12月

作家、翻譯家。原名丁淑卿，彰化縣鹿港鎮人。1949年由其父代取筆名「嶺月」，此後，即以此筆名活躍於兒童文學界。出身於臺北女子師範普師科，曾任教職，1968年開始寫作，1998年辭世，享年68歲。創作、翻譯與推廣為嶺月寫作生命的三大主軸，翻譯佔絕大部分。受過短暫的日本教育，卻是戰後傑出的日文譯作家之一。在多達160種譯著作中，有關兒童文學作品的翻譯和創作，高達四分之三以上；除此之外，還包括親子教育論著與少年小說創作。其譯作文類包括少年小說、童話、推理小說、生活故事與勵志故事等，代表作有：《代做功課股份有限公司》、《少年偵探》、《小子立大功》與《可愛的警長》等。創作代表作為《老三甲的故事》、幼兒圖畫書則以「達達」系列為著。她不但是一位成功的譯作家，也是一位受肯定的創作者。

黃海（1943-）

書評書目出版社，1984年9月

科幻作家，本名黃炳煌，祖籍江西，生於臺中市。1980年後由小說創作轉入以科幻為主的創作，為臺灣少數的科幻小說名家之一。

其科幻小說主要代表作計有：《奇異的航行》、《嫦娥城》、《大鼻國歷險記》、《地球逃亡記》等。他雖非臺灣唯一的科幻小說家，卻是作品以及得獎最多的一位。其有關科幻的論著為《臺灣科幻文學薪火錄 1956～2005》，被視為臺灣科幻文學發展史。

陳瑞璧（1948-）

主婦作家，彰化縣芳苑鄉人，筆名陳琪。1986年開始兒童文學創作，作品主要以少年小說為主，她的臺灣書寫，具有樸實憨厚的鄉土情懷，真摯、善淳、自然等是其作品特色，長年浸淫在鄉土兒童文學的創作天地，寫自己熟悉的土地和人民，被視為作品充滿臺灣風情的本土作家。主要作品有：《下頭伯》、《二哥，我們回家》、《阿公放蛇》、《牛埔頭牛》、《阿妮萬歲》等書。

馮輝岳（1949-）

民生報社，1998年1月

作家，桃園縣龍潭鎮人，筆名馮嶽。作品涵蓋童話、兒歌、兒童散文等。其創作文類先童話、兒歌、兒童散文殿後。馮輝岳的兒歌從賞析的面向切入，進而對傳統兒歌的唸誦與探索，最後才從事兒歌的創作，代表作有《茄子的紫衣裳》、《逗趣兒歌我會唱》。

其兒童散文書寫雖然較晚投入，卻是臺灣最早關心兒童散文的前行者之一。據其了解，臺灣兒童散文的發展，應該在1980年以後的事。他不但關心，還實際從事兒童散文寫作，大量寫作則在90年代以後，作品大多發表於國語日報、民生報。第一本兒童文學作品集《大王夢》（1978，同崢出版社），兒童散文代表作品有《阿公的八角風箏》、《崗背的孩子》、《發亮的小河》等，兒童作品集30餘種。兒歌作品《逗趣兒歌我會唱》、兒童散文作品《阿公的八角風箏》二書入選《臺灣1945-1998兒童文學100》。

馮輝岳的《阿公的八角風箏》不獨廣獲讀者的青睞，也將他的寫作期推向高峰。繼之而起的《崗背的小孩》則掀起童年記趣的風潮，更且在桂文亞等大力推行下，臺灣的兒童散文遂成為獨立的新文類，致使許多兒童文學作家紛紛投入創作兒童散文的行列，是以，李潼稱馮輝岳為臺灣「有名有實」的「少兒散文」前行者之一，不無道理。

從十六七歲的文藝青年寫到中年，從成人文學寫到兒童文學，寫作不只帶給馮輝岳樂趣，而且也豐富他的生活。他自承「我為孩子寫作，也為自己寫作。」他真正做到了「自娛娛人、自利利他」的精神。

除創作外，也兼及兒童文學理論研究，主要著作有《兒歌研究》、《童謠探討與賞析》等，為中生代代表性作家之一。

李潼（1953.8-2004.12）

洪建全教育文化基金會，1986年1月

作家，本名賴西安，生於花蓮，長於臺中，定居於羅東。崛起於80年代的洪建全兒童文學創作獎，自該獎第11屆起，連續三年奪魁，奠定其在臺灣少年小說創作屢造佳績的礎石。

李潼的少年小說作品無論短篇或長篇，每每成為閱讀或學術研討的素材。其生動幽默的筆觸、敏銳的觀察、溫暖的關懷、探索青少年的心思，也往往為少年小說寫下新的一頁。樂觀、逗趣與詼諧的個性，使其更適合寫少年小說，也願意為少年小說寫作而努力。其少年小說作品在風格意趣上屬多變化的創作品，而非一成不變。除少年小說，他在童話、兒童散文、圖畫書等的表現也不俗。結集出版的作品近80種，獲獎獎項逾40項，不啻是著作等身。

擅於駕馭文字、製造情境的李潼，長時期秉持多元發展的才華，造就出寬廣多樣的層面。《天鷹翱翔》是其成名作；《少年噶瑪蘭》使其少年小說創作臻於高峰；《臺灣的兒女》系列展現小說與歷史的情節，也展現身為少年小說作家的磅礡企圖。童話作品《水柳村的抱抱樹》、少年小說作品《再見天人菊》；兒童散文作品《蔚藍太平洋日記》三書入選《臺灣1945-1998兒童文學100》。

李潼雖然離大家遠去，但是，其遺作《魚藤號列車長》、《龍園的故事》卻依然與大家同在。為兩岸公認中生代傑出少年小說作家之一。

方素珍（1957-）

書評書目出版社，1984年9月

作家、翻譯家，宜蘭縣羅東鎮人，崛起於洪建全兒童文學創作獎。1975年開始投入兒童文學圈，30餘年來，由童詩出發，為80年代童詩寫作的代表作家之一。除童詩外，還兼及童話、圖畫故事書創作以及圖畫書翻譯、編寫國語科課本及兒童文學推廣工作等，數十年如一日。童話、童詩及圖畫書創作近40種，翻譯圖畫書高達70餘種，也為中生代重要作家之一。

其童詩代表作《娃娃的眼睛》洋溢著體貼親心，體貼朋友，體貼萬物的情緒，以及作者內在對生命的各種感受。圖畫書代表作《祝你生日快樂》，童話代表作《一隻豬在網路上》。童詩集《娃娃的眼睛》與童話集《一隻豬在網路上》雙雙入選「臺灣1945-1998兒童文學100」。其不僅寫作翻譯，也熱衷於海峽兩岸兒童文學交流，曾任中國海峽兩岸兒童文學研究會理事長。

管家琪（1960-）

民生報社，1991年7月

多產作家，原籍江蘇，生於臺北市。作品涉獵極廣，包含童話、少年小說、圖畫書等創作，並有翻譯及改寫的作品。其作品出版超過百餘種，並曾多次獲獎，屬於著作等身的作家之一。

其成名作，也是處女作──《口水龍》童話集，呈現幽默、想像、又具生活化的作品風格。作品以童話見長，素有「快筆」之稱。少年小說代表作為《小婉心》，本書特點在於故事人物角色的刻劃細膩與成功，二書雙雙入選《臺灣1945-1998兒童文學100》。

管家琪於2002年夏天移居中國南京市。

王金選（1964-）

信誼基金出版社，1991年6月

作家、漫畫家。臺中縣新社鄉人，出身於大甲高中美術實驗班，自幼性喜繪畫。1990年以兒歌集《紅龜粿》自信誼幼兒文學獎一舉成名，讓其在臺灣兒童文學世界開始擁有自己的一方天地。

目前從事兒歌、漫畫與插畫等創作，主要作品除《紅龜粿》外，還包括《指甲花》、《烏龜飛上天》、《咕咕雞》等，皆為孩子琅琅上口的作品。他以河洛語所寫的兒歌集，趣味性既高，文學性也強，富涵語文節奏的美，以及秩序美的特質。

用兒歌和漫畫教育下一代是其最關心的事，其所創作的臺灣新兒歌，每每賦予臺灣兒歌新的生命。兒歌作品《紅龜粿》曾入選《臺灣1945-1998兒童文學100》。

第五節　論述

本節論述分論者與論著說明之。

論者：

傅林統（1933-）

富春文化事業股份有限公司
1990年7月

作家、校長，桃園縣大溪鎮人。出身於新竹師範普師科以及兒童讀物寫作研究班第一期。

擅長少年小說創作，1970年出版處女作《友情的光輝》，也為臺灣少年小說寫作前行者之一。70年代《國語日報》「兒童文學周刊」創刊初期，經常發表論述性文章，該周刊遂成為傅林統發表文章的舞臺，而他也成為較常在該周刊發表文章的主要作者之一。

傅林統不僅長期投入兒童文學理論研究與探討，也致力於少年小說創作，代表作有《偵探班出擊》，曾被譽為臺灣本土創作的第一本少年偵探小說，近作則有《傅林統童話》等。傅林統是臺灣兒童文學界極少數兼具理論研究與創作經驗的作家之一，理論專著《兒童文學的思想與技巧》被視為與林良《淺語的藝術》同為認識兒童文學的基礎入門書之一。他也是師院體系以外，甚早從事兒童文學理論研究，且有專著出版的小學校長。譯著《書・兒童・成人》與《歡欣歲月——李利安・史密斯的兒童文學觀》。

除了研究與創作，桃園的傅林統在區域兒童文學的推廣上，與宜蘭的邱阿塗、藍祥雲，花蓮的黃郁文等，皆為推廣區域兒童文學成效卓著的前行者。

陳正治（1943-）

五南圖書出版股份有限公司
2007年3月

作家、教授，筆名敬亭山，苗栗縣通霄鎮人，出身於新竹師範普師科及臺南師專，受業於林守為門下後，才決定從事兒童文學創作與研究，創作與理論兼備。與傅林統同為兒童讀物寫作研究班第一期學員，而且是最年輕的學員，時年27歲。處女作《小猴子找快樂》童話集，陳正治也是《國語日報》「兒童文學周刊」主要的作者之一。

「一日為兒童文學工作者，終身為兒童文學工作者」，這樣的信念，對陳正治而言，數十年如一日，未曾斷念。主要著作計有：《童話寫作研究》、《童話理論與作品分析》、《中國兒歌研究》、《兒童詩寫作研究》及童話集《童話城》等。由此可知，陳正治的理論研究著重在童話、童詩與兒歌的寫作上。

編有《小小童話選》一書，此書係臺灣第一本兒童創作的童話集。其在「童話領域」的理論研究與創作推廣，聲譽卓著。並曾與林文寶、蔡尚志、徐守濤合著《兒童文學》一書（1993年6月），以應空中大學教學所需，此也為國內第一本各師院教授兒童文學課程的老師合寫的兒童文學教科書。

張清榮（1951-）

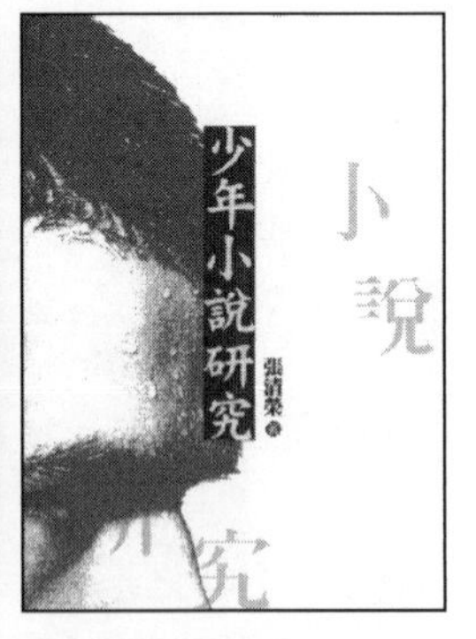

萬卷樓圖書公司
2002年12月

作家、學者。雲林縣人。高雄師範大學文學博士。歷任臺南師範學院語文教育系講師、副教授、教授、系主任；現任國立臺南大學人文學院院長。本身兼具兒童文學作家與兒童文學理論研究者雙重身分。兒童文學作品以童話、兒歌、論述為主。曾獲洪建全兒童文學創作獎、教育部中小學教師兒童文學創作獎、時報文學獎及中國語文獎等。主要論著有《兒童文學創作論》及《少年小說創作論》。

論著：

又分研究叢刊與史料叢刊

1 兒童文學研究叢刊

中華民國兒童文學學會自1984年12月23日正式成立，依該學會組織章程第五條第二項「關於研究兒童文學理論事項」及第六項「關於出版兒童文學圖書事項」的任務，自第二年（1985年）起每年出版一種「兒童文學研究叢刊」。

「兒童文學研究叢刊」資料如下：

號次	書名	策劃	主編	出版年月	主要內容
1	認識兒童文學	研究出版組	馬景賢	1985.12.8	綜論、分論
2	認識少年小說	研究出版組	馬景賢	1986.12.21	綜論、分論、作家與作品、專書研究
3	認識兒童讀物	鄭明進、	馬景賢	1987.11.29	綜論、分論、感想與

號次	書名	策劃	主編	出版年月	主要內容
	插畫	曹俊彥			期待、期刊插畫的特色
4	認識兒童戲劇	曾西霸、謝瑞蘭	鄭明進	1988.11.27	兒童戲劇之應用、他山之石、實際製作經驗談
5	認識兒童期刊	邱各容	鄭明進	1989.12.17	專論、分論、起頭難、附錄
6	認識兒童詩	林文寶、林武憲、林煥彰、徐守濤謝武彰	鄭明進	1990.11.25	專論、分論、兒童詩教學的感想、附錄
7	認識兒歌		林文寶	1991.12.1	總論、專論、分論、經驗談、兒歌大家談、書目索引
8	認識童話	陳木城	林文寶	1992.11.29	本體論、創作論、研究應用論、作家與作品、附錄

2 兒童文學史料叢刊

從事學術研究，首重豐富的資料，以為研究工作的基本參考資料。惟任何資料皆須經過整理，始能成為有用的參考資料。資料整理既費時、又費力，是以，進行任何的研究，都會面臨資料搜尋困難的問題，兒童文學何嘗不是如此。

臺灣自1945年以來，隨著兒童文學的普遍發展，相關資料越來越多，如果不積極加以系統性的、有效性的蒐集整理，時日一久，只會增加資料蒐集整理的困難度。

鑒於得到行政院文建會與財團法人田家炳文教基金會的支助，而有「兒童文學史料叢刊」編印的機緣。

「兒童文學史料叢刊」資料如下：

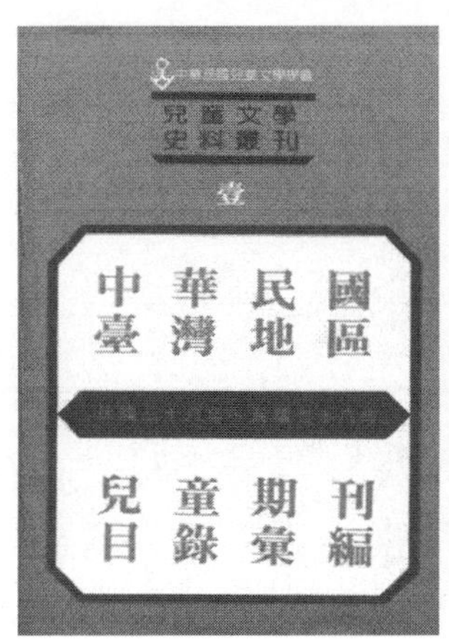

號次	書名	策劃主編	出版年月	主要內容
1	中華民國臺灣地區兒童期刊目錄彙編1949-1989	洪文瓊	1989.12	書影、基本資料、文獻、統計圖表、附錄
2	兒童文學大事紀要1945-1990	洪文瓊	1991.6	正文、附錄、參考書目、原始文獻資料
3	華文兒童文學小史1945-1990	洪文瓊	1991.5	世華兒童文學發展概況、附錄、索引
4	中華民國臺灣地區兒童文學工作者名錄	編輯委員群	1992.11.29	兒童文學工作者資料表、索引
5	兩岸兒童文學交流回顧與展望專輯1987-1998	林煥彰	1998.10	座談會紀錄、交流感言集相關資料、附錄

兒童文學史料蒐集整理是日積月累的，兒童文學史料研究工作是千頭萬緒的，缺乏永續經營的理念，是無法以竟全功的。其為一種「為前人建檔」、「為今人勾微」的建設性工作。中華民國兒童文學學

會自1985年起，至1998年止，在經費不易取得的情況下，還能夠前前後後編印13種的「兒童文學研究叢刊」與「兒童文學史料叢刊」，委實不易。

第六節　小結

本時期橫跨80年代末期的1987年到90年代中期的1996年，前後僅只9年，為期甚短。儘管歷時甚短，卻在短暫的9年中，由於政府的解除戒嚴、開放探親，開啟兩岸兒童文學交流的大好契機，境外交流日趨熱絡。對臺灣兒童文學學術研究環境的建構，對臺灣兒童文學學術研究水平的提昇，對臺灣兒童文學學術研究人口的增加，基本上，都有實質的加分作用。

教育體制的改變，兒童文學課程的由選修到必修，一方面提昇教授兒童文學的教學品質;一方面擴增學習兒童文學的多元領域。基於教學需要，是以，自80年代中期以後，兒童文學論著迭有所出，惟大都屬於綜論式、概論式。

本時期各種類型的兒童文學獎相繼設立，屬「創作獎」的計有高雄的「柔蘭獎」、信誼幼兒文學獎、東方少年小說獎、臺灣省兒童文學創作獎、師院生兒童文學創作獎、九歌現代少兒文學獎、陳國政兒童文學新人獎、以及最遲成立的國語日報兒童文學牧笛獎。中華兒童文學獎是「成就獎」，至於楊喚兒童文學獎基本上比較偏重於「交流獎」。無論創作獎、成就獎或是交流獎，獲獎本身就是一種榮譽，一種促使得獎者更加增上的原動力。

繼高雄市兒童文學寫作學會與中華民國兒童文學學會成立之後，本時期也新增臺北市兒童文學教育學會、臺灣省兒童文學協會、大陸兒童文學研究會（後改為中國海峽兩岸兒童文學研究會）三個兒童文學團體。至此，北高兩個院轄市、臺灣中部各有屬於區域性的兒童文學團體，雖然形式上各自獨立運作，其成員重疊性卻很高，平行無交集，難以形成更大的氣候。

隨著解嚴的腳步，報禁也跟著解除，一時之間，眾聲喧嘩，報社數量激增，至1989年年底，登記有案的報社高達196家，「童報」自然也在其中。任何給成人看的資訊，都可以轉化給兒童看。「童報」的出現，完全符合這種說法。《國語時報》、《兒童日報》、《兒童時報》乃至《小鷹日報》這四份「童報」完全是以兒童為閱讀層。問題是臺灣不過彈丸，若加上報紙型週刊，兒童將緊隨成人之後，飽受資訊爆炸所引發過多的影響。

《國語時報》等四家「童報」的出現，雖然對創刊達三十餘年的《國語日報》產生不了影響，只是吹皺一池春水而已，但是卻因此讓這家「老報」藉此更為精益求精。尤其是《兒童日報》曾經一度帶給《國語日報》相當的震撼。

本時期出刊的兒童雜誌不下數十種，泰半皆以知識性和科學性為主，文學性刊物與幼兒雜誌不多。由於經濟日趨繁榮，國民所得增加，兒童雜誌跟著產生若干結構性變化。由低價位而高價位，由局部套色到全部彩色，由小開本（32開）到大開本（16開～菊8開）。80到90年代的兒童刊物講究起外在的裝飾性，就「量」而言，也許比60年代多得多，但就「質」而言，則未必超過當年的《小學生》、《學友》與《東方少年》。

大套創作性兒童叢書的出版，自臺灣省教育廳兒童讀物編輯小組編輯的《中華兒童叢書》之後，就很少出現，直到《田園之春叢書》的編印，才又現出一道曙光。在外國兒童讀物充斥的臺灣兒童讀物市場，由於《田園之春叢書》的問世，突顯出以臺灣為主體性的兒童讀物，如何在外國兒童讀物與大陸兒童讀物的雙雙衝擊之下，找出一條應運之道。以自己的作家、自己的畫家，書寫或畫出自己土地上的農業文化，讓自己的孩子深刻了解自己的山川與風土，人親、土親、鄉情親，《田園之春叢書》做到了。

兒童戲劇的推展有賴兒童劇團劇目的不斷推陳出新。80、90年代的兒童劇團自陳芳蘭創立「水芹菜」兒童劇團以來，帶動民間兒童劇團成立的風潮，也因此締造臺灣兒童戲劇發展的黃金時期。再加上行政院文建會的鼎力資助，讓績優的兒童劇團下鄉巡迴公演，甚至將臺灣兒童戲劇推向國際兒童戲劇的舞臺，與世界各國傑出的兒童劇團一起同臺演出。

各縣市兒童文學研習對象多半以國小老師為主，除了少數幾個縣市之外，其他縣市則在寒暑假舉辦短期性（一週以內）的研習活動。本時期比較特別的是「慈恩兒童文學研習營」的舉辦，也是私人基金會有計畫、有組織的規劃整個研習內容的典範。對於主題規劃、課程設計、講師延聘等的運籌帷幄，總幹事洪文瓊功不可沒。

文學無國界，兒童文學既是文學的一環，當然也無例外。自中華民國兒童文學學會成立以降，積極向境外伸出友誼之手。大陸兒童文學研究會的適時成立，搭上解嚴便車，積極朝兩岸兒童文學作家與作品的交流而努力，奠定兩岸兒童文學交流的基礎。

徐素霞率先以具有濃厚臺灣鄉土氣息的《水牛和稻草人》五幅插畫作品入選義大利波隆納國際兒童圖畫書展插畫原作展，她以圖像語言的形式躍上國際插畫的舞臺，引領後學以圖像這樣的「國際語言」陸續躍上幾個重要的國際插畫界的舞臺，與其他各國傑出的插畫家同臺競技，脫穎而出，像王家珠、劉宗慧、楊翠玉、陳志賢等，都在插畫世界擁有自己的一片天。

至於參加洲際性的兒童文學活動，以亞洲兒童文學大會為中心目標。這個由韓國兒童文學學會會長李在徹發起成立的亞洲區域性兒童文學交流，主要以韓國、日本、中國、臺灣等為主。為避免受政治干擾，不以國家，改以城市為各國分會名稱，如韓國首爾分會、日本東京分會、中國上海分會、臺灣臺北分會等是。臺灣先以個人受邀，再以團體參加的方式，加入亞洲兒童文學大會，且主辦過兩次大會。

洪文瓊在本時期做了兩件大事，第一籌辦六屆慈恩兒童文學研習營，第二將《兒童日報》創報策劃費新臺幣一百萬元捐給中華民國兒童文學學會，做為「大專院校兒童文學研修獎助金」，嘉惠學生研究兒童文學，義舉可風。

臺灣在本時期以前，未見「兒童文學選集」之類的叢書。適逢幼獅文化事業公司為慶祝創立30週年，乃委託臺東師院的林文寶教授策劃一套「兒童文學選集」，分論述、童話、故事、小說與詩歌五類，檢視自1949年到1987年來，在這五類作品的總體驗收，也是截至本時期唯一一套比較完整的兒童文學選集。

至於世界華文兒童文學資料館的成立，光復書局、洪建全教育文化基金會以及兒童讀物出版社等所捐贈的中外圖書，功不可沒。遺憾的是，該資料館並未發揮研究參考的作用與功能。

作家與作品是任何文學史重要的基本素材，但不是唯一的。至本時期而言，中生代作家及其作品，無疑的將是重要的研究資料之一，兒童文學寫作的傳承，世代的交替，都在本時期一一完成。

由於師專改制成師院，兒童文學課程由選修改為師院生必修，對兒童文學學術研究以及兒童文學作品賞析皆有一定程度的提昇；同時對於兒童文學論著的需求也與日俱增，本時期相關的兒童文學研究著作以傅林統、林文寶與陳正治三位的著作較受重視。

總而言之，80年代是臺灣兒童文學發展的第二個黃金時期，整個臺灣兒童文學發展的規模在這的年代大致就緒，一個全方位發展的兒童文學在90年代中期也已經成型。

參考書目

一

林文寶主編　《認識兒歌——兒童文學研究叢刊7》　臺北市　中華民國兒童文學學會　1991年12月1日

林文寶主編　《認識童話——兒童文學研究叢刊8》　臺北市　中華民國兒童文學學會　1992年11月29日

林煥彰策劃主編　《兩岸兒童文學交流回顧與展望專輯　1987-1998年——兒童文學史料叢刊　伍》臺北市　中華民國兒童文學學會　1998年10月

林麗娟執行編輯　《中華民國臺灣地區兒童文學工作者名錄——兒童文學史料叢刊肆》　臺北市　中華民國兒童文學學會　1992年11月29日

邱各容　《兒童文學史料初稿1945-1988》　臺北市　富春文化事業股份有限公司　1989年10月

邱各容　《播種希望的人們——臺灣兒童文學工作者群像》　臺北市　富春文化事業股份有限公司　2002年8月

邱各容　《臺灣兒童文學史》　臺北市　五南圖書出版股份有限公司　2005年6月

邱各容　《臺灣兒童文學年表》　臺北市　五南圖書出版股份有限公司　2007年6月

邱各容　《臺灣兒童文學作家及作品論》　臺北市　富春文化事業股份有限公司　2008年8月

洪文瓊　《臺灣兒童文學史》　臺北市　傳文文化事業公司出版　1994年6月

洪文瓊策劃主編　《中華民國臺灣地區兒童期刊目錄彙編　民國三十八年－民國七十八年——兒童文學史料叢刊 壹》　臺北市　中華民國兒童文學學會　1989年12月
洪文瓊策劃主編　《兒童文學大事記要1945-1990年——兒童文學史料叢刊 貳》　臺北市　中華民國兒童文學學會　1991年6月
洪文瓊策劃主編　《華文兒童文學小史　1945-1990年——兒童文學史料叢刊 參》　臺北市　中華民國兒童文學學會　1991年5月
洪文瓊策劃主編　《美加兒童文學博士論文提要——兒童文學研究參考資料 壹》　臺北市　中華民國兒童文學學會　1993年11月
徐素霞編著　《臺灣兒童圖畫書導賞》　臺北市　國立臺灣藝術教育館
徐錦成《臺灣兒童詩理論批評發展史》　彰化市　彰化縣立文化中心
馬景賢主編　《認識兒童文學——兒童文學研究叢刊1》　臺北市　中華民國兒童文學學會　1985年12月8日
馬景賢主編　《認識少年小說——兒童文學研究叢刊2》　臺北市　中華民國兒童文學學會　1986年12月21日
馬景賢主編　《認識兒童讀物插畫——兒童文學研究叢刊3》　臺北市　中華民國兒童文學學會　1987年11月29日
許義宗　《兒童詩的理論與發展》　作者自印　1979年7月
鄭明進主編　《認識兒童戲劇——兒童文學研究叢刊4》　臺北市　中華民國兒童文學學會　1988年11月29日
鄭明進主編　《認識兒童期刊——兒童文學研究叢刊6》　臺北市　中華民國兒童文學學會　1989年12月17日
鄭明進主編　《認識兒童詩——兒童文學研究叢刊6》　臺北市　中華民國兒童文學學會　1990年11月25日

二

林文寶撰　〈洪文瓊老師與我〉　周慶華主編　《閱讀與寫作教學的新趨勢》　臺東市　臺東大學　2009年12月　頁221-225

洪中周撰　〈「滿天星」發行緣起與未來走向〉　《國語日報》　「兒童文學周刊」第8版　1988年1月3日

洪文瓊撰　〈信誼基金會學前教育發展中心創辦「小袋鼠」幼兒期刊——民70年4月4日〉　《臺灣兒童文學史》　臺北市　傳文文化事業有限公司　1994年6月　頁29-30

洪文瓊撰　〈日本福武書店在臺灣投資創刊「小朋友巧連智」中文版——民78年4月4日〉　《臺灣兒童文學史》　臺北市　傳文文化事業有限公司　1994年6月　頁34

桂文亞撰　〈兩岸兒童文學交流發言〉　《中華民國兒童文學學會會訊》七卷五期　中華民國兒童文學學會　1991年10月　頁32

馬景賢撰　〈我對從事兒童文學教育的老師的期許〉　《中華民國兒童文學學會會訊》四卷一期　中華民國兒童文學學會　1988年2月　頁3

徐錦城撰　〈臺灣兒童詩的黃金期（1971-1980年）〉　《臺灣兒童詩理論批評史》　彰化縣　彰化縣文化局　2003年9月　頁45

許義宗撰　〈「笠」詩刊的鼓吹〉　《兒童詩的理論與發展》　作者自印　1979年7月　頁75

許漢章主編　《兒童文學　第一輯》　高雄市　高雄市兒童文學寫作學會　1982年3月　頁6

馮輝岳撰　〈從成人文學到兒童文學〉　《兒童文學家》季刊第33期　2004年12月　頁56

葉瑞霞撰　〈馮輝岳的兒童文學散文作品〉　《兒童文學家》季刊第33期　2004年12月　頁48
蔡清波撰　〈序言　永綻兒童心靈的花朵〉《兒童文學　第十二輯》　高雄市　高雄市兒童文學寫作學會　2003年3月　頁1

第六章
1996-2012（兒童文學研究所通過設置到 2012 年）

第一節　時代背景

1996年8月16日，教育部最速件，字號臺（85）師（二）字第85515894號。主旨：86學年度師範院校申請增設系、所、班案。臺東師院兒童文學研究所經奉報行政院核准增設並進行籌備。校方於8月26日聘林文寶教授為籌備召集人。於是組成籌備委員，進行有關行銷、課程、師資、圖書儀器、設置之規劃。並於隔年元月19日至29日，由語教系與兒文所共同籌組到大陸進行兒童文學交流活動。

於是東師兒文所、靜宜文學院與中華民國兒童文學學會成為兒童文學學術活動的三大基地。

從1997年起，毛毛蟲兒童哲學基金會承辦文建會「書香滿寶島故事媽媽研習計畫」，到文建會訂2000年為「兒童閱讀年」，曾志朗部長的「兒童閱讀運動」，以及後來教育部相關的閱讀政策，是為童書發展的動力。

1998年，實施「隔週休二日制」。2001年，正式實施「週休二日」。

1999年，因臺灣省政府功能業務與組織調整，實施精省決議時，兒童讀物編輯小組曾引發其存廢爭議。當時教育部長曾志朗決定留存。2002年4月，新任部長黃榮村以「時代已經改變，沒有存在的意義」為由，決定在年底，裁撤編輯小組。

1999年，九二一大地震。月底教育部與大學聯招策進會宣布，自2002學年度起廢除聯考制度，改採多元入學方案。

2001年，SCBWI（童書作家與插畫家協會）臺灣分會成立。

2002年12月，桃園縣兒童文學協會成立。

2003年，SARS疫情延全臺。

國民中小學教科書，自1996年起，逐年全部開放民間編輯。2001年起實施九年一貫課程。

2004年，陳水扁總統提出兩岸為「一邊一國」的關係。

2008年，兩岸大三通正式上路。

21世紀初期，已經有人開始介紹與討論「橋樑書」。至2007年9月，天下雜誌股份有限公司正式推出《閱讀123》的橋樑書，也因此帶動橋樑書的熱潮，以及本土原創的再現生機。

2009年，八八水災引發嚴重災情。

2012年7月20日，臺灣兒童文學研究學會成立，會址設在臺北市東吳大學英文學系。會員以英文學系師生為主。

總結這個時期，在更多文化的驅使之下，臺灣已然也邁入所謂的國際化、全球化體系之中。

第二節　人物

林文寶（1943-）

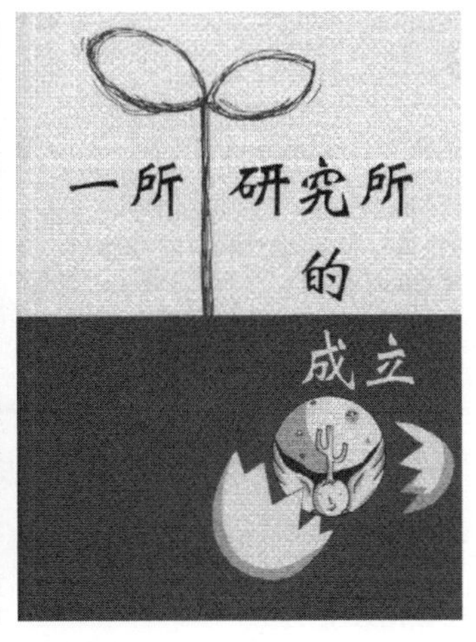

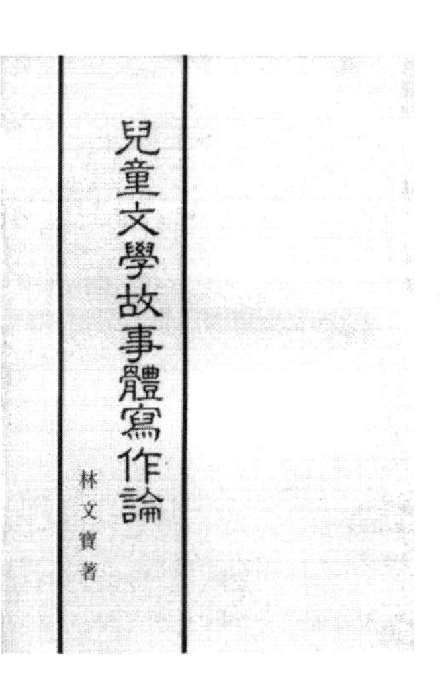

教授，筆名江辛，雲林縣土庫鎮人，出身於輔大中文研究所，走進兒童文學天地，既非本意，亦非所願，數十年來，卻讓自己浸淫在別有洞天的兒童文學世界裡。

從臺東師專、臺東師院到臺東大學，林文寶始終不離不棄；從語文教育系到兒童文學研究所，林文寶與兒童文學至始至終，如影隨形。從荒蕪一片的耕地到繁花似錦的園地，林文寶在臺東的耕耘數十年如一日。

緣起於授課需要，而有《兒童文學故事體寫作論》一書的出版。就如同當年的游彌堅，也是因為事實需要而編印《愛兒文庫》與《東方少年文庫》的情形如出一轍。《兒童文學故事體寫作論》是林文寶有關兒童文學論述的第一本著作，全書內容分為兩篇，第一篇〈兒童文學製作之理論〉共七章，原刊於1975年4月《臺東師專學報》第3期；第二篇〈兒童文學『故事體』寫作之研究〉共六章，書末並有附錄：〈臺灣地區兒童文學論述譯著書目1949-1988〉。原刊於1984年4月

《臺東師專學報》第12期。兩篇合計16萬字。於1987年2月由復文圖書出版社印行。

林文寶無論是單獨著作或是主編的論著，書末皆附有附錄，形成一種風格與特色，極富參考研究價值。惟有長期從事史料研究的工作者，才會有像林文寶這樣的注重「書目」。

80年代以後，各師院從事兒童文學理論教學者基於教學的考量，從事兒童文學理論研究而有論著出版的不乏其人，除林文寶外，還有北市師的陳正治、嘉師的蔡尚志與宋筱蕙、南師的張清榮、屏師的李慕如等幾位。

除了《兒童文學故事體寫作論》，林文寶其他的兒童文學論著尚有《兒童詩歌論集》、《歷代啟蒙教材初探》、《楊喚與兒童文學》、《兒童詩歌研究》、〈王詩琅與兒童文學〉等。

1 兒童文學研究所籌設

1995年5月臺東師院向教育部提出申請增設兒童文學研究所計畫書，1986年8月16日，奉報行政院核准增設並進行籌備。林文寶受聘為籌備處召集人，積極展開籌備。為此，對內召開九次籌備會議、三次招生委員會；對外，先後於1996年11月30日假臺北市國語日報五樓會議室，同年12月14日假高雄市七賢國小會議室舉辦兩場「兒文所籌設建言座談會」，廣聽各方建言。如此謹慎的籌設態度，宛如70年代《兒童月刊》創刊前發行「第〇期」試刊版的審慎態度如出一輒。

畢竟，兒文所的創設，為臺灣各大學院校的頭一遭，具有歷史的開創性，兼且象徵著臺灣兒童文學發展的新里程碑，身處在歷史的轉捩點，一切必須從零開始，林文寶懷抱著「千里之行，始於足下」的心情，劍及履及的態度，可以從《一所研究所的成立》一書中看出端倪。

1997年5月招收12名一般生、3名專業在職生，共15名。至此，臺灣兒童文學發展史上，第一個兒童文學研究所正式宣告成立，林文寶出任首任所長。

臺灣兒童文學發展史上，第一批兒童文學研究所研究生也正式宣告成軍。

2 叢書出版

一向重視「出版」與行銷的林文寶，除舉辦討會、設立「臺東大學兒童文學獎」外，該所自1997年5月以迄2004年12月止，共出版16本叢書，如下表：

號次	書名	編輯者	出版者	出版年月
1	一所研究所的成立	兒文所	兒文所	1997.10
2	讀書會、閱讀與知識	兒文所	兒文所	1999.2
3	臺灣區域兒童文學研究概述	林文寶	兒文所	1999.6
4	臺灣・兒童・文學	林文寶	兒文所	1999.8
5	交流與對話	兒文所	兒文所	2000.2
6	臺灣地區兒童閱讀興趣調查研究	兒文所	文建會・兒文所	2000.2
7	臺灣（1945～1998）兒童文學100	兒文所	文建會・兒文所	2000.3
8	愛的風鈴一臺灣（2000）兒歌一百	兒文所	文建會・兒文所	2000.12
9	說不完的故事：故事推廣手冊	兒文所	文建會・兒文所	2000.12
10	月娘光光一臺灣（2001）兒歌一百	兒文所	文建會・兒文所	2001.12
11	爺爺不吃棉花糖一臺灣（2002）兒歌一百	兒文所	文建會・兒文所	2002.12
12	蜘蛛詩人（2003年國立臺東大學兒童文學獎作品集）	兒文所	兒文所	2003.8
13	兒童讀物編輯小組的歷史與身影	兒文所	兒文所	2003.10

號次	書名	編輯者	出版者	出版年月
14	我們的記憶・我們的歷史	兒文所	兒文所	2003.11
15	月亮愛漂亮—臺灣（2003）兒歌一百	兒文所	文建會・兒文所	2003.12
16	臺灣好—臺灣（2004）兒歌一百	兒文所	文建會・兒文所	2004.12
17	少年八家將—2004年國立臺東大學兒童文學獎作品集	張子樟	民生報社	2005.3
18	夏天—2005年國立臺東大學兒童文學作品集	張子樟	民生報社	2006.3
19	品德八德盒	兒文所	兒童文化藝術基金會・兒文所	2006.10
20	風和雲的青春記事—2006年國立臺東大學兒童文學獎作品集	張子樟	民生報社	2007.3
21	2008年國立臺東大學兒童文學獎作品集	杜明城 嚴淑女	萬卷樓	2009.11

從上表可以看出，叢書內容多元，半數是接受文建會委託，承辦年度臺灣兒歌創作徵選的作品集。為要與「學刊」區隔，故無理論性叢書。自叢書出版，除1998年外，保持年年出書。

3 兩岸交流

林文寶與臺東師院語文教育系，林文寶與臺東師院兒文所，林文寶與兒童文學的關係，數十年如一日。隨著兒文所的成立，林文寶在兩岸兒童文學的交流，開始浮上檯面，尤其是在學術交流方面，林文寶居中扮演重要的橋樑角色。易而言之，由於臺東師院兒文所的成立，正式將兩岸兒童文學交流推展到第三階段——學術交流。

自兒文所成立以降，海峽兩岸的兒童文學學術交流始終未曾中斷，這歸功於林文寶的大力推動與堅持。這種交流真正落實到雙向性，一方面由林文寶利用每年寒暑假帶領兒文所研究生前往大陸相關師範大學進行參訪性的學術交流活動；另一方面，適時邀請大陸學者如北京師大的王泉根、吳岩、浙江師大的方衛平、上海師大的梅子涵、瀋陽師大的馬力、東北師大的朱自強、北京大學曹文軒等到兒文所進行短期教學訪問。

海峽兩岸兒童文學交流15週年暨20週年，大陸方面分別於北京師範大學及福建武夷山舉辦慶祝活動。林文寶兩次都有參與，前者與馬景賢、桂文亞、邱各容同行；後者與桂文亞、方素珍、余治瑩、子魚、邱各容等同行。

郝廣才（1961-）

在臺灣，有兩位跟圖畫書關係密切的人，讓國際插畫界認識到臺灣插畫家的插畫功力與圖畫書出版公司的出版魄力。第一位是插畫家徐素霞，也是臺灣第一位作品入選義大利波隆納兒童圖畫書原畫展的插畫家，為臺灣年輕的插畫工作者開啟一扇通往國際級插畫聖壇的窗口。第二位是將臺灣圖畫書推向國際舞臺的郝廣才。

1 緣生緣起

出身政大法律系的郝廣才，卻因緣際會的踏上出版之途，捨「法律人」而就「出版人」，人生規劃從此改觀。

郝廣才從「漢聲」的養成、「遠流」的發響，到「格林」的格局，一路皆與「圖畫書」如影隨形。從1985年進「漢聲」兒童部門，翌年進「遠流」兒童館，到1993年創立以圖畫書為主幹的「格林」，終究在圖畫書領域開創出屬於自己的一片天。這一切都植根於他「從小就喜歡畫圖」的初發心。

2 作家・編輯・出版家

郝廣才首次在圖畫書界展現才華，是1988年以《起床啦！皇帝》獲得第一屆信誼幼兒文學獎。這是臺灣首次專以圖畫書為獎項的幼兒文學獎，郝廣才的脫穎而出，為其往後的圖畫書事業種下第一顆種子。

「遠流」的兒童館，讓他開始接觸圖畫書，除與臺灣優質圖畫書插畫家王家珠、劉宗慧、楊翠玉等結緣之外，也因工作關係與大陸畫家接觸，藉此開始累積海峽兩岸的畫家資源，為其往後的圖畫書事業種下第二顆種子。

「格林」的創立，讓郝廣才透過第一流的國際級兒童圖畫展——義大利波隆納兒童圖畫書展及年鑑，主動尋求合適的國際級插畫大師合作，為其圖畫書事業種下第三顆種子。

郝廣才從自身開始，由內向外，由近及遠，逐步建立「格林」的圖畫書世界。在臺灣兒童文學界，集作家、編輯、出版家於一身的出版人，除了已故的林海音，就是「格林」的郝廣才。

3 進軍國際

1994年，郝廣才創作的《新世紀童話繪本》，一套10冊，東方出版社出版。不僅創下臺灣出版史上第一套還在製作編輯中的兒童書，獲得多國出版商的青睞，購買其外文版權，還獲得多項國際兒童書大獎。郝廣才的文采，再度獲得肯定。1996年，受聘出任「波隆納國際兒童書展」兒童插畫展有史以來第一位、也是最年輕的亞洲評審。

作品的受到重視，資歷的受到肯定，雙重的佳譽，讓郝廣才擠身國際級兒童插畫展評審委員之列，對其將臺灣圖畫書推向國際市場不無推波助瀾之效。他讓國內知名作家與國際插畫大師合作，如1998年的《四大冒險家》等是。

《美國出版人週刊》稱郝廣才為臺灣與國際繪本界接軌的推手。其所創作與主編的圖畫書，延攬國內外傑出出畫家，以優質多樣的繪畫風格，詮釋經典文學集現代兒童文學創作，結合精華資源造就高質感創意，故屢獲義大利「波隆納國際兒童通插畫展」、捷克「布拉迪斯國際插畫雙年展」、西班牙「加泰隆尼亞國際插畫雙年展」以及「聯合國兒童救援基金會年度最佳插畫獎」國際各項插畫大獎的肯定。

綜觀90年代以迄，臺灣的圖畫書出版，輸入的遠比輸出多，翻譯的遠比創作多，這種「入超」的文化現象，何時才能夠趨緩？郝廣才「將臺灣圖畫書推向國際舞臺」永續的經營，是否能夠改善這種長期以來的「出版逆差」？當臺灣的兒童圖畫書出版者相繼透過版權交易，引進外國優良圖畫書，造成幼兒讀物成為臺灣兒童讀物市場的主流。在國際化、全球化的趨勢下，這樣的結果並不讓人意外；郝廣才的逆向操作，是透過國內外圖畫書作家及插畫家的合作，再將成品推向國際市場。他是經由「圖像閱讀」這種具有強烈說明性的國際語言，將臺灣兒童文學（繪本）推向世界，他除出版、創作之外，並有

《好繪本如何好》（2006年9月，格林文化事業股份有限公司）一書，是繪本的重要論著。

第三節　事件

一　兒童戲劇持續推展

行政院文建會對本時期的兒童戲劇發展，具有決定性的影響。對內，從1992年起，每年提撥經費，供部分兒童劇團全省巡迴公演，頗有「藝術下鄉」的實質功能。對外，針對表現優越的兒童劇團贊助出國表演，諸如：「紙風車」之於美國、法國；「九歌」之於德國、瑞士、匈牙利與奧地利等，都予以適度的扶植。不僅如此，該會更努力將兒童戲劇與傳統戲曲兩相結合，連辦數屆的「出將入相兒童戲劇節」，除了讓兒童了解平劇、歌仔戲，也讓「當代傳奇」、「河洛」、「明華園」等劇團投入製作兒童戲劇的行列。

由於有文建會的鼎力支持，各兒童劇團無不卯足全力，精心製作各具特色、膾炙人口的年度大戲或年度新戲。諸如：九歌的「四季花神」、「東郭．獵人．狼」；紙風車的「美國巫婆不在家」系列、「牛的禮讚——我們一車都是牛」、「哪吒大鬧天宮」、「兔子不吃窩邊草」；鞋子的「門神報到」、「胡桃鉗的故事」；杯子的「三王子的願望」、「滴滴噹噹歷險記」；黃大魚的「小李子不是大騙子」、「新桃花源記」；大腳丫的「老鼠當家」；一元的「猴子與螃蟹大戰」等。

（一）文化藝術的交流

紙風車劇團於1997年應文建會及巴黎文化中心邀請，遠赴巴黎演出「牛的禮讚——我們一車都是牛」。該劇團數度出國演出，代表的意義不僅是第一個前往海外演出的兒童劇團，也象徵臺灣兒童戲劇發展，已在華文兒童劇場嶄露頭角。同年2月，假紐約中華新聞中心臺北劇場演出「歡樂臺灣年——紙風車幻想曲」。

1999年，紙風車劇團應加拿大溫哥華素里市政府邀請，假該市藝術中心和平拱門教會劇場演出兩場「東郭．獵人．狼」。該劇係改編自中國童話「東郭先生與狼」，由真人與人偶同臺演出。

紙風車劇團代表作「美國巫婆不在家」不僅在國內演出成功，2000年8月更受邀參加第七屆香港「國際綜藝闔家歡」親子藝術節，與來自美國、加拿大、西班牙、以色列、日本、中國大陸、香港等國家地區的兒童劇團同臺表演。該項活動係亞洲地區規模最大的兒童藝術節，能夠受邀演出，足見主辦單位對紙風車劇團演出品質的高度肯定。

紙風車劇團除參加香港親子藝術節演出，會後除受邀就近轉往澳門，參加澳門文化中心舉辦的第一屆「華文迷你劇場」。還在當地舉辦兩場「兒童戲劇工作坊」，分享臺灣豐富多元的兒童戲劇教學經驗。由於臺灣兒童戲劇的蓬勃發展，特別是創意的表現在兩岸三地中顯得更為突出，這也正是紙風車受邀參加演出的主要原因。

名演員陶大偉於本時期成立「蘋果兒童劇團」，曾將法國作家聖．修伯里作品——《小王子》改編為兒童劇「星星王子」。由陶大偉領軍，遠赴北歐瑞典參加「韋伯格藝術節」活動，演出劇目正是他改編的兒童音樂歌舞劇「星星王子」，該劇團是當中唯一受邀的亞洲表演團體。「韋伯格藝術節」是瑞典當地劇團的年度聚會，由瑞典民間藝術協會邀請冰島、芬蘭、丹麥等北歐其他國家以及來自加拿大等的二十個劇團同臺演出。

（二）兒童戲劇的推展

除了推出年度大戲或年度新戲外，九歌兒童劇團累積多年舉辦兒童戲劇活動的經驗，也致力於舉辦各種與兒童戲劇相關的研習。諸如：「1999兒童戲劇暨現代偶戲研習營」，指導中小及幼教老師用戲偶將故事立體化，運用於教學中。九歌還特地邀請奧地利MOKI兒童劇團總監史蒂芬．古漢尼，斯諾伐克專業戲劇設計師艾娃．法可秀娃來臺指導。

自2000年千禧年起的「兒童戲劇活動師資培訓班」，旨在指導老師如何將兒童戲劇的手法，運用在教學課程中，激發學生的學習興趣。「創意戲劇遊戲班」，專為國小及幼稚園的兒童量身策劃的，兒童透過戲劇扮演，可充分擴張其自身的想像力與創造力，與群體合作的能力。兒童戲劇不但是一種獨特的藝術形式，將其融入於課程之中，也可輕易達到「寓教於樂」的功效。

九歌兒童劇團有鑑於臺灣兒童劇的演出，面臨專業演員不足的窘境，並為培訓更多劇場人才以豐富兒童劇的舞臺，也是自2000年千禧年起，開辦「兒童戲劇演員培訓班」，積極栽培兒童劇團的種子成員。至於「2001兒童戲劇校園演出推廣計畫」，則是希望將好的兒童劇帶進校園，並將九歌十餘年來從事兒童戲劇的實務經驗提供給教師，作為教學參考。

至於文建會主辦，臺北市兒童戲劇協會承辦的「八十八年兒童戲劇親子遊」，如果兒童劇團承辦的「2001年兒童戲劇推廣計畫」，由一元、九歌、杯子、紙風車、鞋子等五個劇團合力演出的「2002年兒童戲劇推廣計畫——戲胞總動員」，如果兒童劇團負責規劃的「2003年兒童戲劇推廣計畫——抓鳥東西軍」等。此外，如果、紙風車、九歌、鞋子等兒童劇團名列文建會「演藝團隊發展扶植計畫」93年度入選現代戲劇組的名單之中，足見文建會對於本時期的兒童戲劇的推展，依舊發揮其扶植的影響力。

（三）臺北市兒童藝術節

臺北市文化局，2002年11月

臺北兒童藝術節是國內第一個以兒童戲劇為主題的藝術節，首開地方縣市政府舉辦兒童藝術節的風氣。

臺北市政政府文化局成立於1999年11月6日，是全國第一個地方文化事務專責機構。該局於2000年起舉辦第1屆臺北兒童藝術節，到2012年是第13屆。

臺北兒童藝術節以兒童戲劇為重點，於每年暑假推廣親子藝文活動，廣邀國內外各表演、音樂、舞蹈、戲劇團體展演，受邀國有美國、加拿大、日本、德國、波蘭、斯洛維尼亞、法國、保加利亞、英國、韓國、西班牙、奧地利、墨西哥、丹麥、澳洲等，帶來嶄新、多元的藝術型態，提升國內兒童戲劇的欣賞水準，刺激本土劇團創新成長。《臺北兒童藝術節成果專輯》為每年活動結束後的成果總結。

為鼓勵本土兒童戲劇的創新，2002年起舉辦第1屆「兒童戲劇創作暨製作演出徵選活動」，選拔前3名優勝作品，並於次年藝術節期中展演，優勝作品以《兒童戲劇創作金劇獎優良劇本集》出版；2003年更名為《兒童戲劇創作徵選優勝作品選集》。前3屆參賽資格只限個人，自2005年（第4屆）起分團體組與個人組，國內兒童劇團多藉此機會踴躍參與。兒童戲劇創作徵選到2012年已舉辦11屆，對國內的兒童戲劇創作有長期深耕的決心。

臺北兒童藝術節已成為臺北每年夏天的盛事，不管在本土與國際間的交流，在表演型態的傳承與創新，在質量、場次、觀眾人數各方面，都具有相當的水準，影響所及，其他地方政府起而仿效，為國內兒童戲劇帶來相當有利的發展前景。

（四）兒童劇場的發展

臺灣兒童劇場自90年代以降，無論是本土劇團或是外國劇團在臺演出都很蓬勃，即便如此，兒童劇場在藝文表演團體之中，還是居於弱勢文化族群。其中最主要的原因，可從票價、場地、主要機關的態度加以考量。第一是票價，一般兒童劇的演出大都定位為親子共賞，票價走大眾化路線，首先面臨的就是製作成本。其次是演出場地不足，臺灣始終缺乏專屬的兒童劇場。王靖媛於〈兒童戲劇現場觀察〉一文中說：

> 政府對推展兒童表演藝術仍然著力有限，由政府單位主辦以表演藝術為主的兒童藝術節，大概只有文建會兩年一度的「出將

入相兒童傳統藝術節」。

相形之下，香港康樂及文化事務署主辦「國際綜藝闔家歡」親子藝術節的做法，就值得國內有關單位借鏡。「國際綜藝闔家歡」親子藝術節有十九年的歷史，每年港府會特別為藝術節編訂專屬預算，並鼓勵形象清新的企業踴躍贊助。在場地方面，共有九個大中小的場地提供藝術節演出，港府對於親子藝術節的預算視為「消耗性」支出，因此，票價訂得相當低廉。為了挑選合適的節目，康樂及文化事務署每年有一組人員走訪世界各藝術節，尋找候選名單。

藝術教育是必須長期深耕的文化工作，能夠在經濟發展之餘，著力於文化耕耘，相信更是社會長遠發展之福。

——見1999年12月9日《國語日報．兒童新聞》第16版。

今天，演員在舞臺上成功的演出，掌聲背後，我們可曾想過如何讓這些成長不易的兒童劇團永續的經營？可曾想過如何讓劇場工作者能夠心無旁騖，年年推出精心籌畫的年度大戲或新戲？王靖媛的〈兒童戲劇現場觀察〉明確指出：「主管機關的態度，攸關劇場的發展。」（同上）

令人驚喜的是，2006年底吳念真、柯一正、林錦昌、李永豐等文藝老青年，以紙風車文教基金會的名義，發願展開「紙風車319鄉村兒童藝術工程」，將要一個鄉鎮、一個鄉鎮演給孩子看，演出費用不向政府申請，全靠民間募款，於2006年1月3日在嘉義阿里山首演，2011年12月3日於萬里做最後一場演出。

圖神出版社有限公司
2008年5月

圖神出版社有限公司
2012年1月

二　靜宜大學兒童文學與兒童語言學術研討會

致力於臺灣兒童文學學術研究水平提昇的趙天儀，在靜宜大學任教，主要授課內容以兒童文學為主，對提昇兒童文學學術研討風氣，始終念茲在茲；對提昇兒童文學學術研究水平，一直不遺餘力。

靜宜大學文學院歷任院長自許洪坤、海柏、胡森永、趙天儀、譚小媛、鄭先祐以來，亦即自1992年「第一屆全國兒童文學與兒童語言學術研討會」開辦以來，至2010年止，連續舉辦14屆。靜宜能夠持續不斷舉辦兒童文學學術研討會，其幕後重要的推手就是許洪坤、海柏與趙天儀三位教授。

這14屆的兒童文學學術研討會前後由文學院、人文社會學院與外語學院主辦。以一個綜合性大學能夠舉辦長達14屆的兒童文學學術研討會，即便是師範院校也無此紀錄。此無他，就因為「永續的經營」理念的傳承所致。使靜宜大學自1998年以後，每年的兒童文學與兒童語言學術研討會和臺東師院（臺東大學前身）的兒童文學學術研討會，被視為國內兒童文學學術研討會的「雙璧」。

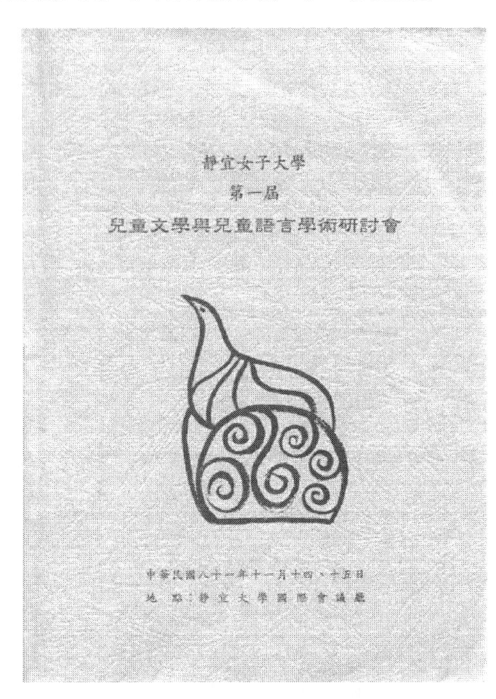

靜宜大學歷屆兒童文學與兒童語言學術研討會主題

屆別	年份	研討主題	主辦單位	出版
1	1992	兒童詩與兒童語言	文學院	無
2	1998	童話、少年小說、兒童文學中的語言、歐洲兒童文學	文學院	有
3	1999	少年小說	文學院	有
4	2000	兒童詩、圖畫書、童話與少年小說	文學院	有
5	2001	兒童文學與Fantasy	文學院	有
6	2002	兒童文學的閱讀與應用	文學院	有
7	2003	兒童文學的翻譯與文化傳遞	文學院	有
8	2004	兒童文學研究與九年一貫教育	文學院	有
9	2005	兒童文學的回顧與展望	文學院	有

屆別	年份	研討主題	主辦單位	出版
10	2006	兒童文學與生態學	文學院	有
11	2007	兒童文學、民間文學與兒童文學教育	文學院	有
12	2008	幼兒文學、圖畫書、幼兒教育	人社院	無
13	2009	科幻文學、奇幻文學與兒童文學	人社院	無
14	2010	從臺灣兒童文學看世界、鄉土、時代與文化	外語學院	無
15	2011	百年兒童文學回顧與展望：臺灣兒童文學一百年紀念專輯	外語學院	無
16	2012	中外童書創作、閱讀、譯介與教學	外語學院	無

從上表可以看出，每一屆都有不同的研討主題，無論是理論探究，或是作品評析；無論是中西兒童文學作品比較，或是當代兒童文學思潮探索；無論是兒童文學與fantasy或是兒童文學的翻譯與文化傳遞；無論是兒童文學研究與九年一貫教育，或是兒童文學史料的回顧與展望；無論是兒童文學與生態保育，或是兒童文學與俗文學；無論是兒童文學與幼兒文學，或是兒童文學與奇幻文學；或是

立足臺灣，放眼世界等等。都有非師院體系、非中文體系的年輕學者提論，熱烈參與研討的現象，以及臺東師院兒文所研究生的提論與參與，致使靜宜大學這項學術文化活動，頗受好評。靜宜大學舉辦的研討會定名為「全國兒童文學與兒童語言學術研討會」，顧名思義，顯然地，「兒童文學」與「兒童語言」是研討會的兩大主軸。惟從歷屆研討主題觀之，顯然「兒童文學」才是主軸，「兒童語言」只是陪襯。這種側重「兒童文學」，偏失「兒童語言」的現象顯而易見。主辦單位有鑒於「語言文學不分家」的體認，將會予以改善。自第15屆起，更名為「全國兒童語言與兒童文學學術研討會」。

三　推廣兒童閱讀活動

文建會：訂定「兒童閱讀年」

人類的學習，百分之七十是從視覺學習到的，而閱讀的學習是「視覺學習」的大宗，是以，閱讀對人們一生的生活與學習不僅是很自然的，而且是極為重要的。周倩如〈公共圖書館如何推廣兒童閱讀活動〉一文中說：

> 「閱讀」對一個生於資訊暴漲時代的人既然是如此的密切，基於凡事從小培養的理念，兒童時期即是養成閱讀習慣的最佳時期。許多教育家、心理學家都認為：學習的關鍵期在幼年，習慣的養成也是早期較有效，兒童到了五歲以後，就喜歡聆聽更廣泛的生活經驗與見聞，並喜歡從故事中尋求熟悉的人、事、景、物，他們開始喜歡課外讀物，也開始發展閱讀能力。再者，兒童時期充滿好奇，且豐富的想像力，正是學習和建立正確觀念的最好時機，若能適時的介紹兒童閱讀各類圖書，並指導其閱讀的正確方法，奠定良好的閱讀習慣，未來，在自我學習的人生中將更充實。
>
> 歐美各國的教育家們也發現，兒童如在早期培養閱讀的興趣，則很少會在閱讀上遭遇困難。因此許多家庭、學校都為孩子訂立閱讀準備計畫。此種計畫，都有其共同的宗旨和原則，就是與兒童共享閱讀的樂趣，並從閱讀活動中獲得潛移默化。
>
> ——見2000年4月《書苑季刊》第44期，頁48-49。

從上述可知，閱讀對兒童的重要性。聯合國教科文組織（UNESCO）自1995年起，將4月23日定為「世界閱讀及版權日」

（World Book & Copyright Day），藉以推動閱讀，並宣揚關於書本創作、版權意識、標準設定等的關注與討論。世界各國都積極回應聯合國教科文組織，分別進行推廣活動。美國與英國分別將1997年與1998年定為閱讀年，臺灣和日本則以2000年為「兒童閱讀年」。香港遲至2003年4月23日首度回應世界閱讀日的活動。

在臺灣，是由行政院文建會訂定2000年為「兒童閱讀年」的推展，而臺北市立圖書館則在所屬總館及各分館成立兒童讀書會，配合文建會的推展活動。實際上，北市圖舉辦多年有成的「林老師說故事」，就是最早兒童閱讀指導的推廣活動。

教育部：推動「全國兒童閱讀計畫」

兒童時期是培養閱讀習慣與增進語文思考能力的關鍵期，是以，教育部大力推動國小兒童閱讀。就教育部的閱讀政策，可簡化如下：

教育部，2003年7月

教育部，2010年4月

教育部，2012年9月

一、全國兒童閱讀運動實施計畫

教育部接著在民國90-92年（2001-2003），推動「全國兒童閱讀運動實施計畫」。

二、焦點三百國小兒童閱讀計畫

民國93-97年（2004-2008）。

三、「悅讀101」教育部提昇國民中小學閱讀計畫

民國96年（2007）「悅讀101」教育部提升國民小學閱讀計畫。

該計畫結合公部門與社會資源大力推展兒童閱讀，希望營造書香社會氛圍，讓兒童養成從小喜歡閱讀優良課外讀物的習慣，並將於96年度增列新臺幣一億元，充實各縣市小學圖書館設施專款經費。

2006年教育部推動執行的第2個3年計畫，為了增加影響力，還於該年11月1日發表兒童閱讀主題歌——「閱讀給我一雙翅膀」。

教育部主導這項全國性的兒童閱讀計畫，是政府教育部門首次針對全國兒童主導的閱讀計畫。這是政策性的規劃，需要各縣市政府的通力配合實施，一時之間，各地公共圖書館兒童讀書會的成立，有如雨後春筍一般，是臺灣有史以來首次由官方主導的全國兒童閱讀運動。

臺灣閱讀協會的成立

當文建會訂定2000年為「兒童閱讀年」，一個以「提昇全民閱讀素質，讓閱讀成為生活的一部分」為主要訴求的全國性閱讀組織「臺灣閱讀協會」，於同年4月29日正式成立。

1 成立緣起

近十餘年來，臺灣民間團體帶動了讀書會的蓬勃發展，也成功的推動閱讀運動，此項推廣閱讀運動的成功經驗，聲名遠播，導致創始

於1956年的「國際閱讀協會」慕名而來，希望臺灣成立分會，共同在國際上推動閱讀運動。

更由於2000年是臺灣「兒童閱讀年」，遂在「國際閱讀協會」亞洲分會主席Seok Moi Ng博士極力促邀下，以及信誼基金會、該協會在臺會員、教育界學者等的籌備下，「臺灣閱讀協會」終於誕生。首任理事長為信誼基金會執行長張杏如。歷任理事長為柯華葳、黃迺毓、曾淑賢等幾位。

2 成員結構

該會成員包括兒童心理與語言、兒童文學教育、家庭教育、圖書館、兒童文學評論、幼兒讀物編輯、童書推廣等學者專家。是以，「臺灣閱讀協會」基本上是以幼兒早期閱讀之調查研究以及幼兒早期閱讀推廣為現階段的重點任務。

3 童書久久

為配合教育部的「全國兒童閱讀運動實施計畫」，甫成立的臺灣閱讀協會，接受教育部委託推薦兒童讀物，以為父母、老師及兒童在挑選讀物時的參考依據。為要與現有的兒童讀物推薦明顯區隔，避免疊床架屋，乃鎖定3-8歲的年齡閱讀的圖書，做為挑選推薦的標的，並決定以「主題」選擇兒童讀物。該協會前後出版《童書久久I》（臺灣閱讀協會，2001年11月）、《童書久久II》（2004年1月）、《童書久久III》（2006年2月）三書，第一本以「大能力」為主題，以11種大能力為架構，每種能力有九本書，共99本書。第二本以「情緒」、「情感」、「情意」為主題，每種33本，共99本書。「99」含有「久久」之意。第三本雖然仍沿用「久久」之稱，但只選57本書。

4 青春久久

國家圖書館與臺灣閱讀協會共同參與青少年文學作品評論與閱讀推廣，邀請相關領域學者專家選編，並與國家圖書館共同出版之《青春久久I：精選99本文學好書》和《青春久久II：精選99本知識性好書》兩本書，於2012年1月正式出版。

在「文學類」推薦書單部分，分成涓涓的愛、勇氣的試煉、鼓勵想像，內容涵蓋友情、愛情以及萬物之情的讚頌；面對與克服各種困難與考驗以及成長的喜悅。在「知識類」方面，分成知識的支柱、生命協奏曲、追尋宇宙的法則等三大類，內容包括藝術、哲學、傳記、方法、生態、自然、物理、數學、化學。藉由閱讀這些好書豐富青少年想像力、情感與知識，讓青少年可以輕鬆享受愉快的閱讀經驗。

四 橋樑書的興起

（一）興起源起

臺灣推廣圖畫書閱讀，經過十餘年的努力，儘管成效相當，惟關心教育的人士卻也憂心極力推動繪本教學的結果，會導致孩子們的閱讀傾向停留在圖像世界，無法進入文字閱讀的階段。於是，出版業界推出半圖半文、圖少文多的書籍，希望架接起圖像與文字閱讀的「橋樑書」，讓孩子穩定而紮實的進入抽象文字閱讀的世界。

（二）何謂「橋樑書」

所謂「橋樑書」，是指由繪本過渡到文字書的銜接書籍，作用在協助孩子從圖畫到文字的閱讀。幼兒時期的孩子，認識的字彙不多，多半閱讀以圖為主，文字量不多的繪本。學齡時期的孩子，單靠簡化了的課本內容，無以建立應有的閱讀能力，而需要課外閱讀的補強。但若課外閱讀始終耽於繪本，會讓閱讀能力原地打轉，停留不前。是以，「橋樑書」乃應運而生。

在階段性閱讀非常清晰的歐美國家，「橋樑書」的區塊鮮明，經由適當的文字、適當的插圖，為過渡期的孩子搭橋鋪路，將孩子從純粹圖像的閱讀習慣，引介到純文字的閱讀世界；「橋樑書」的作用，就在讓孩子慢慢習慣從具體的圖像過渡到抽象的文字閱讀。

（三）臺灣現況

根據資料顯示，臺灣關於「橋樑書」的名稱究竟起於何時？從何而來？可從誠品書店《誠品好讀》雜誌獲知端倪。在該雜誌中，即曾多次引用國外的Bridge Books概念，譯成「橋樑書」，俾便介紹外國童書。惟首次正式行文使用該名詞，係在《誠品報告2003》中的「專題十三」──〈在圖與字之間──孩子的閱讀也要有階段性〉。該文清楚說明，「橋樑書」的出現，完全來自於西方童書分類。「橋樑書」是經過「設計」，針對不同年齡層而有不同的適讀書籍，架構既清楚又精緻。有益於對孩子獨立閱讀興趣的養成，以及對孩子自我閱讀信心的建立。

在《誠品報告2003》中的「專題十三」──〈在圖與字之間──孩子的閱讀也要有階段性〉一文中，明白指出，臺灣的「橋樑書」始終沒有缺席。在「橋樑書」尚未被視為類型名稱前，它是「無名有實」，現在，它是「有名有實」。諸如信誼的「兒童閱讀列車」系列、民生報的「童話森林」系列、遠流的「蘇斯博士小孩子讀書」系列、小兵的「小兵童話精選」、小魯的「我自己讀的故事書」系列、東方的「故事摩天輪」系列、格林的「酷愛閱讀」系列、天下雜誌的「字的童話」系列等是。以上幾家皆為目前國內童書出版的「大咖」，而且，有越來越多的出版社紛紛投入這股「橋樑書」研發與出版的時潮。「出版」宛如風向球，此一時，童書出版追著「橋樑書」跑，形成一種時尚；彼一時，又有一種新的類型名稱出現，大家是否又要急起直追，不落人後？

五　《兒童文學學刊》印行

1997年臺東師院兒童文學研究所正式成立迄今，是目前臺灣唯一的一所兒童文學研究所。其主要發展方向分為學術研究、創作及出版、教育推展等三大主軸。翌年3月，該所《兒童文學學刊》創刊號創刊，代表著臺灣兒童文學的學術研究，從此進入新的一個階段。

學刊簡介

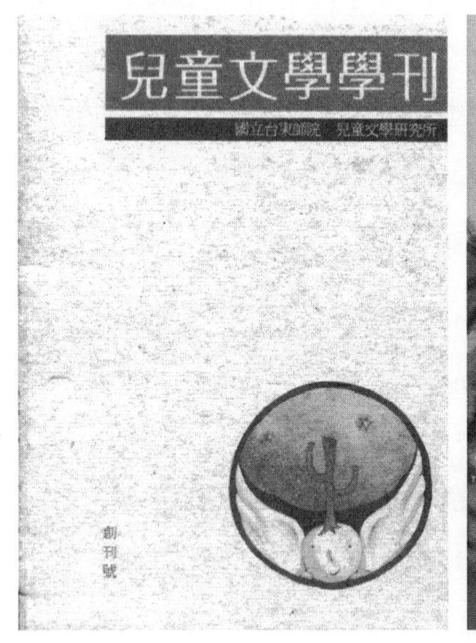

若要讓兒文所成為華文世界兒童文學研究中心，若要躋身世界兒童文學研究之重鎮，若要努力朝向正式被國科會納入優良學術期刊之列，《兒童文學學刊》之重要性，不言而喻。若要檢視一個研究所的良窳，「學刊」絕對是一個很重要的參考依據。

《兒童文學學刊》創刊之初，第1與第2期，為年刊，一年一期。自第3期，即2000年開始，改為半年刊，一年兩期，5月及11月出版。刊載內容為有關兒童文學批評、理論、史料探索、教學研究等學術性論文。自兒文所成立，舉凡舉辦學術研討會所發表的論文或是舉辦兒童文學獎的相關資料等，就是學刊的內容。

《兒童文學學刊》刊載內容

期數	刊載內容	總編輯	發行者	出版年
1	童話、少年小說、歷史故事、人物專訪、兒童文學書目、兒童文學大事記	林文寶	臺東師院	1998.3
2	少年小說、童話、圖畫書、人物專訪、兒童散文、兒童文學書目、兒童文學大事記	林文寶	臺東師院	1999.5
3	少年小說、圖畫書、兒童文學史、兒童文學書目	林文寶	天衛文化	2000.5
4	臺灣童書翻譯專刊	林文寶	天衛文化	2000.11
5	小說、繪本、2000年臺灣兒童文學論述、創作集翻譯書目	林文寶	天衛文化	2001.5
6	世界華文兒童文學（上下兩卷）	林文寶	天衛文化	2001.11
7	小說、童話、2000年臺灣兒童文學論述、創作集翻譯書目	林文寶	萬卷樓	2002.5
8	兒童文學與兒童文化學術研討會論文集	林文寶	萬卷樓	2002.11
9	作家專訪、論述	林文寶	萬卷樓	2003.5
10	臺灣兒童圖畫書論文集	張子樟	萬卷樓	2003.11
11	臺灣兒童文學學術研究方向	張子樟	萬卷樓	2004.6
12	兒童文學學術研究的未來	張子樟	萬卷樓	2004.12
13	全球化、兒童文學語英語教學研討會論文集	張子樟	萬卷樓	2005.6
14	兩岸兒童文學、繪本、奇幻文學	張子樟	萬卷樓	2005.12
15	圖畫書、2005年兒童文學大事記暨書目	張子樟	萬卷樓	2006.5
16	臺灣兒童文學發展的省思學術研討會論文集	杜明城	萬卷樓	2006.11
17	第五屆臺東大學兒童文學獎	杜明城	萬卷樓	2007.5

期數	刊載內容	總編輯	發行者	出版年
18	兒童文學語多元文化學術研討會論文集	杜明城	萬卷樓	2007.11
19	動畫、圖畫書、少年小說	杜明城	萬卷樓	2009.5
20	兒童故事、童話、少年小說、兒童詩歌	吳玫瑛	萬卷樓	2009.11

從上表刊載內容，20期的學刊內容當中，有關兒童文學的相關領域，基本上都有涉獵，廣度及深度，還有發展的空間。

要成為華文世界兒童文學研究中心，就必須「海納百川」。廣集華文世界的兒童文學論文於《兒童文學學刊》，就這個面向而論，大陸學者東沛德、王泉根、馬力、朱自強、王林；作家秦文君、專家林阿棉。香港學者霍玉英、楊熾均、潘明珠、潘金英。旅居美國的趙映雪、旅居日本的張桂娥等大都是第6期學刊以前的作者，第6期以後，幾乎很少刊載臺灣以外的華文兒童文學論文。這樣的篇幅，顯然還有待努力開拓更多華文兒童文學論文稿源。這份臺灣唯一的《兒童文學學刊》在11期以後似乎皆未能如期出刊，且17期竟以兒童文學得獎作品集代替，是以只到第20期，即告停刊。

此外，《繪本棒棒堂》季刊亦是兒文所的代表刊物。《繪本棒棒堂》於2005年9月創刊，由楊茂秀主持並擔任總編輯，定期與兒文所學生討論近期臺灣出版的圖畫書籍，《繪本棒棒堂》記錄這些師生對談圖畫書的情況，並有圖畫書的相關專欄與論述，提供圖畫書愛好者觀看圖畫書的方式與可能。編輯製作幾乎全由兒文所的師生所組成，難能可貴。《繪本棒棒堂》不斷的改進與嘗試雜誌的可能性，後期，更再每期擇選一位圖畫書作家專題報導。2010年更獲得國家出版獎，成為政府出版品唯一被送到法蘭克福書展參展的專業雜誌。

《繪本棒棒堂》可謂是臺灣第一本專事討論圖畫書的雜誌，內容豐富精采，他們創造一個園地，讓熱愛圖畫書的同伴，有個互相討論、對話、思考的地方。可惜，歷經過六年20期的耕耘後，於2011年1月畫下句號。

要躋身世界兒童文學研究之重鎮，整個兒文所師資，絕大部分都取得外國兒童文學相關學系的博士學位，學有專精。或參加國際兒童文學會議，發表論文；或邀請外國學者到兒文所發表專題演講與交流；或參與並主辦亞洲兒童文學大會等，目的無非在提昇兒文所的國際知名度。千里之行，始於足下，要提昇兒文所的素質，還需要加把勁。

六　《臺灣（1945-1998）兒童文學100》票選

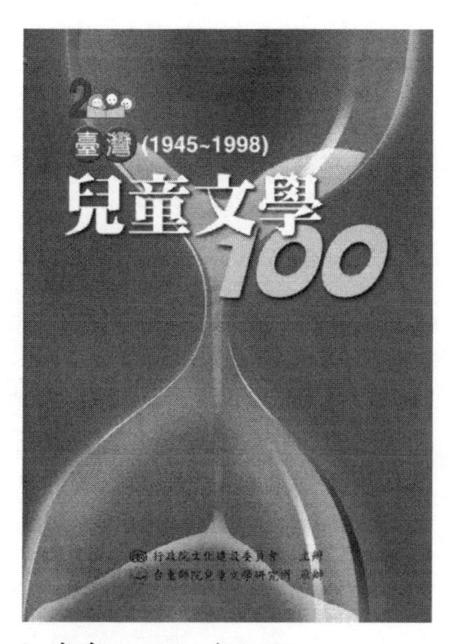

文建會，2000年3月

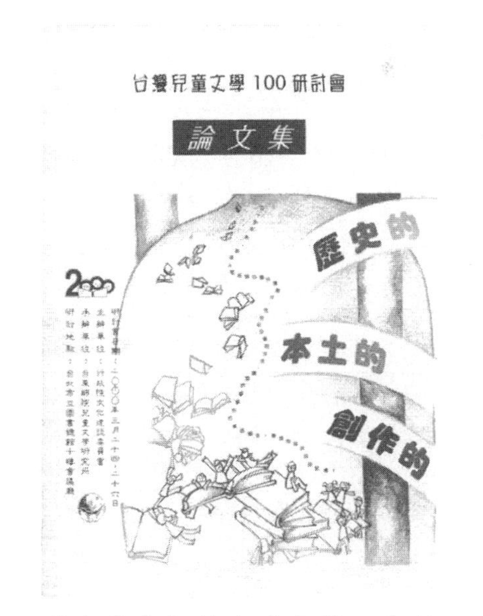

國立臺東師院兒童文學研究所
2000年3月

票選緣起

該票選活動主辦單位行政院文建會，承辦單位臺東師院兒文所。

90年代以來，臺灣社會經濟好轉，家長購買力強，寫作人口日增，兒童文學已逐漸起色，遂在即將邁入千禧年之際，該會鑒於「為針對兒童文學發展作一歷史回顧」的需要性，委由臺東師院兒文所承辦，選出自1945年以迄1998年間的臺灣兒童文學作品。此處所謂的「臺灣兒童文學作品」，係指創作地域及其精神內涵及於臺灣的兒童文學作品。該活動幕後策劃的是所長林文寶。

意義目的

一、為重視兒童與迎接2000年「兒童閱讀年」的實際行動。

二、為「兒童閱讀年」提供臺灣本土的、創作的、優良的、文學性為主的讀物。

三、在新世紀之初，期待由此《臺灣（1945-1998）兒童文學100》研討，建構一部包含兒童故事、童話、小說、寓言、民間故事、兒歌、童詩、兒童戲劇、兒童散文、童話故事等十類的臺灣兒童文學史綱。

票選過程

整個票選活動由承辦單位計畫主持人林文寶，研究助理藍涵馨、莊惠雅、鄭雅文、吳慧貞等四位，負責提供候選書目2000本。票選原則以歷史發展為經，作家作品為緯，且就熟悉及閱讀過的兒童文學作品進行圈選，每種類型以不超過10本為原則，每一作家同一類型入選以兩本為限。票選人員包括現行兒童文學民間團體會員、圖書館相關從業人員、教授兒童文學課程者，總計1250人，回收400份，只佔總選票32%，顯見積極回應的條件與能力實在有待加強。票選文類分兒童故事、童話、小說、寓言、民間故事、兒歌、童詩、兒童戲劇、兒童散文、童話故事等十類。

評審原則

整個票選分初選與諮詢委員、評審委員共同就「初選」結果，逐本討論兩階段進行。依據世代性（10年為一世代）、時代性，同一世代、同一作者以1本為評選原則。在這個「原則」基礎上，總共選出102本。也在這個「原則」上，同一作家在不同世代的作品都有入選。

入選文類統計

文類	本數	評審委員	2本以上入選作者
兒童故事	8	馮季眉、許建崑	林　良1、王淑芬1
童話	15	周惠玲	林　良1、林鍾隆1、管家琪1、李　潼1 方素珍1
小說	13	張子樟、洪文珍	林鍾隆1、李　潼2、王淑芬1、管家琪1 馬景賢1
寓言	4	蔡尚志、蔣竹君	林鍾隆1、洪志明1
民間故事	5	張清榮、傅林統	
兒歌	11	洪志明、陳正治	林　良2、馮輝岳1、潘人木2、謝武彰1 洪志明1
童詩	11	林武憲、林煥彰	林　良1、林鍾隆1、林煥彰2、謝武彰1 黃基博1、方素珍1
兒童戲劇	7	曾西霸、徐守濤	林　良1、黃基博1
兒童散文	11	馮輝岳、桂文亞	林　良2、謝武彰1、馮輝岳1、李　潼1 王淑芬1
圖畫故事	17	曹俊彥、郝廣才	林　良2、潘人木1、方素珍1、馬景賢1

從上表可以看出，兒童故事、兒童戲劇、寓言及民間故事四類入選本數都低於10本，明顯反映從事這種文類的寫作人口不多的事實。再者，既然該活動訴求主題是：歷史的、本土的、創作的。為何在入

選書目中會出現林良「主編」的《七百字故事》、以及林鍾隆「編著」的《現代寓言》等書。再其次，寫作文類多元化的作者，其作品入選的機率當然遠高於單一文類寫作者。

配套活動

臺東師院兒文所在所長林文寶帶領下，從1999年7月到12月，以半年的時間「篳路藍縷」的完成《臺灣（1945-1998）兒童文學100》票選，並於2000年3月24日假臺北市立圖書館總館10樓國際會議室舉辦「研討會」，林良應邀以「篳路藍縷——「臺灣兒童文學」的觀察與感想」為題發表專題演講，對該票選活動結果給於高度肯定。除此之外，還出版《臺灣（1945-1998）兒童文學100》專書1 冊，為近半世紀來臺灣現代兒童文學作品進行一次的總體檢，並將其結果做為「兒童閱讀年」的最佳獻禮。

七　出版九歌年度童話選

以出版少年小說作品著稱的九歌出版社，竟然於2004年委任徐錦成主編《92年童話選》，開創臺灣選編年度童話選的新紀元。也是繼幼獅版《兒童文學選集》後，首度出現以「年度」選編兒童文學某一文類的創舉。

以出版少年小說走紅臺灣兒童文學界的九歌，既然以出版少年小說起家，選編年度少年小說選，是順理成章的事。九歌並未按理出牌，反而出人意表的，竟然興起選編年度童話選，又打破「年度文學選主編一年一任」的精神，選擇三年一任。反觀，以辦理「童話獎」有年的國語日報社，卻未見有編輯出版「年度童話選」的跡象。角色的易位，的確也讓人刮目相看。

編輯精神

該年度童話選有別於其他純粹以成人觀點的選集，而採取成人與兒童觀點兼顧的立場。亦即一位成人主編搭配一至三位的兒童小主編，一起負責年度童話選的選編工作，建構出「書・兒童・成人」的三角關係。這樣的主編組合，打破以往任何文類選集的成年慣例。

編輯原則

基本上，採取一人一篇的原則，本於這個原則，讓更多的新銳作家作品也有入選的機會。這樣的編輯原則，符合「機會均等」的精神。已故的林鍾隆非常推崇日本年度少年詩選的編輯方式，所有入選作家作品，一律「一人一首」。九歌出版的年度童話選入選的作家作品也是「一人一篇」。作家的知名度固然重要，但不是唯一的考量。

九歌年度童話選內容

書名	主編	小主編	篇數	出版年月
92年童話選2003	徐錦成	陳怡璇、胡　靖	16	2004.3
93年童話選2004	徐錦成	胡　靖、張家欣	22	2005.3
94年童話選2005	徐錦成	張家欣、朱銘翔	21	2006.3
95年童話選2006	黃秋芳	劉德玉、鄢詠君	20	2007.3
96年童話選2007	黃秋芳	商肯豪、江嫩晴、張育甄	24	2008.3
97年童話選2008	黃秋芳	張鈞雁、朱芷瑤、呂依蓁	27	2009.3
98年童話選2009	傅林統	蔡秉軒、陳立慈	24	2010.3
99年童話選2010	傅林統	蕭楚桓、鄭欣玉	24	2011.3
100年童話選2011	傅林統	王映之、陳品臻	21	2012.3
101年童話選2012	許建崑	王海薇、陳冠伶、簡禎	24	2013.3

年度童話獎

編選年度童話選，在臺灣兒童文學史上，里程碑的意義高於一切。對鼓勵優良本土童話創作也別具建設性的意義。主編從入選童話作品中，再選出當年度的「年度童話獎」，可謂精品中的精品。自《92年童話選》以迄《99年童話選》的年度童話獎得獎作家及作品，如下表：

年度	作家	作品	出處
92	鄭清文	〈臭青龜子〉	2003.7.13《自由時報．自由副刊》
93	黃秋芳	〈床母娘的寶貝〉	2004.11.7-8《更生日報．更生副刊》
94	楊隆吉	〈虎姑婆的夢婆橋〉	2005.10.24-25《國語日報．兒童文藝》

年度	作家	作品	出處
95	林世仁	〈流星沒有耳朵〉	2006.8.30-9.22《國語日報・兒童文藝》
96	廖雅蘋	〈雪藏三明治〉	2007.1.4《國語日報・兒童文藝》
97	山　鷹	〈遠遠與近近〉	2008.4.18-19《國語日報・兒童文藝》
98	周姚萍	〈小魔女滔滔和滔滔雲〉	2009.12.30-31《國語日報・兒童文藝》
99	黃蕙君	〈糖果奶奶〉	2010.8.3《更生日報・更生副刊》
100	林哲璋	〈猜臉島歷險記〉	2011.4《未來少年》第四期
101	王文華	〈雲來的那一天〉	2012.3《未來少年》第十五期

從上表可以看出，得獎的8篇童話作品多刊載於《國語日報》「兒童文藝版」，顯然，童話作家的童話作品，還是以《國語日報》「兒童文藝版」為主要發表園地。遠在東臺的花蓮《更生日報》「更生副刊」雖然僅只是一份區域性報刊，卻刊載過許許多多傑出的童話作品；以及近在臺北的《自由時報》「自由副刊」，儼然成為少數刊載童話作品的發表園地。

八　編輯《臺灣兒童文學精華集》

在臺灣出版界，有關年度小說選、年度散文選以及年度詩選之類的編輯出版，已經行之有年。對研究不同類別的年度文學作品，助益匪淺。對文學文獻，也有研究上的即時性與方便性。對蒐羅年度發表的優秀文學作品，可為文學的歷史做見證；也可鼓勵作家產生繼續創作的動力。

出版緣起

小魯文化創立20周年，決定以編選兒童文學選集的方式，做為20周年的紀念獻禮。該公司的想法深獲臺東大學人文學院榮譽教授林文寶的支持，再由他召集陳景聰、洪志明、陳沛慈三位擔任編輯委員。總策劃林文寶，詩歌類主編洪志明；童話類主編陳景聰；故事・散文・小說類主編陳沛慈。決定從2000年開始編起，進行《臺灣兒童文學精華集》編輯事宜，當年，也正是文建會宣布的「兒童閱讀年」。

編選原則

每位作家基本上選錄一篇，匯集、呈現較多作家的優秀作品，這和日本年度少年詩選的編選原則，無論是已成名、剛成名或未成名的作家，每人一首的原則是一致的。

文類區分

1. 童話；2. 故事：寓言、生活故事、民間故事等；3. 詩歌：童詩、兒歌；4. 散文：文學類與非文學類；5. 小說（12000字以內）

《臺灣兒童文學精華集》相關資料

書名	主要內容及篇數	出版年月
2000年臺灣兒童文學精華集	童話13、故事10、詩歌7、散文9、小說3	2006.7
2001年臺灣兒童文學精華集	童話10、故事5、詩歌11、散文12、小說1	2006.7
2002年臺灣兒童文學精華集	童話19、故事3、詩歌8、散文5、小說1	2006.7
2003年臺灣兒童文學精華集	童話13、故事4、詩歌8、散文4、小說3	2006.7
2004年臺灣兒童文學精華集	童話8、故事3、詩歌6、散文7、小說2	2009.6
2005年臺灣兒童文學精華集	童話13、故事4、詩歌7、散文7、小說3	2009.6
2006年臺灣兒童文學精華集	童話11、故事5、詩歌5、散文5、小說3	2009.6
2007年臺灣兒童文學精華集	童話7、故事3、詩歌6、散文8、小說3	2011.11
2008年臺灣兒童文學精華集	童話13、故事5、詩歌9、散文2、小說2	2011.11
2009年臺灣兒童文學精華集	童話10、故事2、詩歌6、散文5、小說2	2011.12

從上表可以看出一些端倪，顯然童話與散文是兒童文學創作的主流文類，童話一直以來，始終是兒童文學創作的主流文類，這一點無庸置疑。但是，「散文」卻後來居上，以從事散文寫作人口而論，這樣的比例不比「詩歌」差。

不過，卻可從中發覺若干兒童文學寫作新秀已經開始在臺灣兒童文學園地生根發芽，老幹新枝，同生共長。

編輯特色

1. 年度精華：具有研究參考的即時性效果，對文獻保存具有時代意義。
2. 共生共榮：熔已成名、剛成名、未成名作家優質作品於一爐，富可讀性。
3. 各取所需：「點評」、「文化觀察」、「深度閱讀教學導引」三者，符合不同屬性讀者的閱讀，進而引導進入了解、賞析與創作兒童文學的殿堂。

第四節　作家與作品

本時期幾乎是90年代中期以後的新世代作家的群雄並起，中生代與前行代作家固然仍筆耕不輟，惟在作品量上，不若新世代作家的多，這是事實。這些作家幾乎都崛起於各種的兒童文學獎，由於獎項的屬性不一，而出現不同文體寫作的作家。參加徵獎固然是淬鍊寫作的法門之一，但不是絕對的途徑。

王淑芬（1961-）

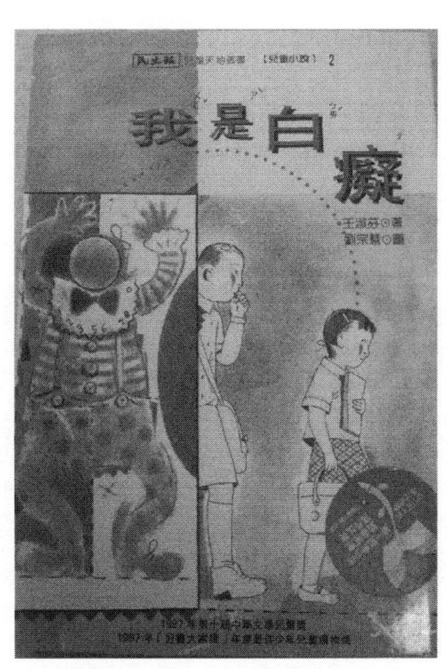

民生報社，1997年5月

作家，臺灣臺南人，崛起於洪建全兒童文學創作獎後期得獎者，作品以童話和小說為主。透過兒童文學寫作，掌握社會脈動，貼近現實生活，幫助親子增強學習，培養適應環境的能力，是其校園系列因應而生的背景因素。

代表作有《新生鮮事多》、《我是白癡》、《童年懺悔錄》等。為中生代主要作家之一。後成立作家出版社，自己寫書，自己出書。

陳素宜（1962-）

九歌出版社有限公司
2009年3月

作家，新竹縣北埔鄉人，活躍於90年代九歌現代兒童文學獎、臺灣省兒童文學創作獎以及國語日報兒童文學牧笛獎等兒童文學文學獎徵獎。以〈天才不老媽〉崛起於第3屆九歌現代兒童文學獎。作品以童話、少年小說為主。重要作品有《天才不老媽》、《入侵紫蝶谷》、《狀況三》、《秀巒山上的金交椅》、《等待紅姑娘》等書。為90年代以來頗受矚目的作家之一。

張嘉驊（1963-）

文經社，1997年4月

童話作家，祖籍江西省湖口縣，生於臺灣嘉義。也是崛起於洪建全兒童文學創作獎後期，縱橫於臺灣各兒童文學徵獎頗有成就。兒童文學作品以童話為主，作品幽默風趣。屬於「顛覆型」的他，嘗試以「議題取向」顛覆以往的「故事取向」，主要作品有《迷失的月光》、《蝗蟲一族》、《怪物童話》、《怪怪書怪怪讀》、《海洋之書》等書。2004年獲大陸北京師範大學中國現當代文學兒童文學方向博士學位，是臺灣首位學術理論研究與兒童文學寫作雙修的新一代作家。

林世仁（1964-）

民生報社，1995年9月

童話作家，臺灣高雄人，出身於文化大學藝術研究所，與張嘉驊同樣出自「漢聲」，也同樣具有「顛覆性」寫作傾向。擅長童話創作，風格獨特。其童話很少只是個故事而已，特別喜歡顛覆傳統作品與讀者的關係，《再見小童》、《翹家小兔》、《孵蛋樹》皆為引誘讀者參與的開放性文本。其童話作品蘊含豐富而和讀者互動的趣味性，是位講求開放性寫作風格的童話作家，不會受限或囿於傳統單純的「故事取向」的鋪陳方式。重要作品有《十四個窗口》、《十一個小紅帽》等書。

崛起於九〇年代的林世仁，以藝術研究所的出身背景，使其童話作品帶進情味豐富的美學境界，頗受好評，例如：《魔洞歷險記》。

張友漁（1964-）

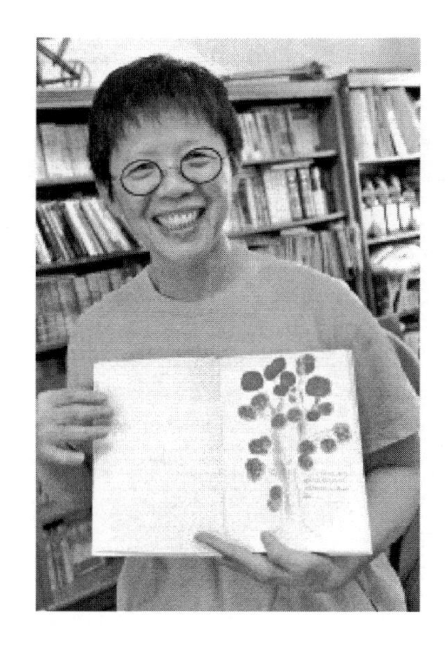

小兵出版社，1998年10月

作家，原名張淑美，臺灣花蓮人，崛起於臺灣省兒童文學創作獎，其作品以少年小說及童話最為出色。成名作《我的爸爸是流氓》，重要作品有《老番王與小頭目》、《阿國在蘇花公路上騎單車》、《不只是蓋房子》（921災後小說）；近作有《小頭目優瑪》、《迷霧幻想湖》及《小女巫鬧翻天》等書。

張友漁的作品固然也寫生命的明亮與希望，但也不忽視世間所必然會碰到的種種困難與生命中無可奈何的悲哀的黑暗處。

《我的爸爸是流氓》一書入選「臺灣（1945-1998）兒童文學100」小說組。

周姚萍（1966-）

天衛文化圖書有限公司
2004年4月

編輯、作家、翻譯，臺北縣新莊市人。作品以少年小說為主，旁及童話，擅長以「議題取向」寫作。處女作《日落臺北城》，代表作《我的名字是希望》是以921大地震為故事背景的災難小說。《山城之夏》、《流浪狗之歌》則以生活周遭的素材建構故事內容。創作作品近20本，繪本譯作20餘本，如：《會笑的陽光》。

哲也（1966-）

小魯文化事業股份有限公司
2004年11月

作家、編輯，本名張文哲。基隆市人。崛起於第十二屆（1986年）洪建全兒童文學創作獎，與李潼、朱秀芳等同屆，卻馳名於千禧年之後，屬大器晚成。曾任漢聲小說部編輯、天衛小魯叢書編輯，後專事寫作。其兒童文學寫作歷程是先小說，後童話，並以「童話」享譽兒童文學界。主要作品計有《小火龍棒球隊》、《晴空小侍郎》、《晶晶的桃花源記》、《字的童話》等書。為新世代傑出童話作家之一。

王文華（1967-）

九歌出版社有限公司
2001年9月

作家，祖籍安徽合肥，崛起於九歌現代少兒文學獎，擅長少年小說與散文寫作。作品以刻劃學校生活與原住民生活為主，文筆樸實。重要作品有《我的家人我的家》、《南昌大街》、《再見，大橋再見》等，近作則有《泡妞特攻隊》、《變身小鬼》等。其作品頗能反映現實社會的問題，以取材勝，頗能搭建故事場景，醞釀磅礡氣勢。諸如《南昌大街》、《兩道彩虹》為921大地震的災後小說，是位極有潛力的90年代作家。

陳昇群（1968-）

小兵出版社，2008年6月

作家，宜蘭縣羅東鎮人，出身於臺東師院兒文所第一屆，崛起於臺灣省兒童文學創作獎。兼擅成人文學與兒童文學，前者作品以短篇小說、散文為主；後者以少年小說、童話、散文為主。代表作《讓我飛上去》係少年小說短篇小說集，兼具趣味、文學與深刻意涵。重要作品有《小鎮搶孤手》、《絲絲公主》、《形狀的故事》、《靈靈精精精靈靈》等書，為新一代的作家之一。

鄭宗弦（1969-）

九歌出版社有限公司
2001年7月

作家，嘉義縣新港鄉人，1998年以寓言作品〈布巾與皮箱〉入選當年度「師院生兒童文學創作獎」，自此與兒童文學結下不解之緣。同年，以〈姑姑家的夏令營〉崛起於九歌現代兒童文學獎。擅長少年小說創作，代表作有《第一百面金牌》、《媽祖回娘家》、《又見寒煙翠》等。希望透過故事，讓兒童從中了解生存的土地，常民文化與民間藝術，其作品就是植根於這種鄉土情的轉化，是位極被看好的九〇年代少年小說作家。

侯維玲（1970-）

九歌出版社有限公司
2000年7月

編輯、作家，臺南市人。崛起於90年代末期新一代作家之佼佼者，少年小說、散文、童話無一不精。1998年雙料得獎，以《二〇九九》獲第7屆九歌現代少兒文學獎首獎，又以《彩繪玻璃海洋》獲第6屆陳國政兒童文學獎兒童散文首獎。翌年，以《鳥人七號》獲國語日報兒童文學牧笛獎童話首獎。兩年三大獎，博得兒童文學界的肯定與賞識，咸信為極具潛力的新一代作家。以一個新人能夠在短短兩年內一鳴驚人，指日可待。

第五節　論述

張子樟（1941-）

天衛文化圖書有限公司
1999年8月

學者、作家，翻譯。澎湖縣人。出身於臺灣師範大學英語系、政治大學新聞研究所、文化大學三民主義研究所文學博士。其文學歷程是先現代文學，後兒童文學。1992年參與「好書大家讀」評審，才開始涉足兒童文學界，其與兒童文學界結緣，幕後推手是李潼。自此而後，迄今，舉凡參與研討會發表論文、持續數年擔任各項兒童文學徵獎評審及好書大家讀評審、國語日報特約撰述，臺東大學兒文所所長、中國海峽兩岸兒童文學研究會理事長等，莫不與兒童文學關係密切。

身為「愛書人」，與書為伍，天經地義。集讀書、教書、編書、寫書、譯書等「五書」在身，是期許，也是付出。儘管其投入臺灣兒童文學界的時間是在九〇年代初期，近二十年來，卻戮力以赴，終至有成。超過500篇的「導讀」、「論述」與「評論」，最為人稱道。

雖然起步較晚，卻能在少年小說的翻譯、論述與評論等三個面向，開創出一片天。無論是導讀賞析，或是研究論述，對讀者、作者或是研究生而言，都各有所得。其所著作的專書、譯作、編著；或是一般論文、學術論文等，皆直指「少年小說」。集翻譯、研究、論述於一身的張子樟，在「少年小說」領域的努力，有目共睹。重要著作有《少年小說大家讀——啟蒙與成長的探索》、《寫實與幻想——外國青少年文學作品賞析》、《閱讀與觀察——青少年文學的檢視》等書；編著有《彈子王VS.沖天砲——兒童文學小說選集》等書；譯作有《瑪蒂達》等書。

邱各容（1949-）

富春文化事業股份有限公司
2002年8月

文學史料工作者，出版人，臺北縣瑞芳鎮人。之所以從事兒童文學史料工作，則緣起於莊永明《臺灣第一》一書的啟示。自1984年12

月25日開始在蔡尚志主編之嘉義《商工日報》兒童版「北回歸線」撰「兒童文學采風錄」起，就與兒童文學史料結下不解之緣迄今，凡20餘年。

為古人建檔，為今人勾微，為青史留鴻爪，始終奉為從事兒童文學史料工作的圭臬，信行不悖。基於「讓文獻說話，是文史工作者的天職。」的體認，是以，任何蛛絲馬跡，都是蒐集的線索；任何片言隻字，都是整理的素材。史料的蒐集與整理，需要鍥而不捨的精神和毅力，一點一滴，聚沙成塔的。處女作《兒童文學史料初稿1945-1989》於1990年8月問世，這是邱各容對臺灣兒童文學界的第一份獻禮。

林文寶認為《兒童文學史料初稿1945-1989》一書中的「采風錄」是臺灣地區50年來有關兒童文學發展的人物素描以及重要兒童文學活動的剪影。是以，2002年8月出版的《播種希望的人們——臺灣兒童文學工作者群像》一書，素描50位臺灣兒童文學工作者，即為當年「采風錄」的繼續延伸，只是更加深化與擴展。趙天儀視為是「臺灣兒童文學人物誌」，頗為貼切。這是邱各容對臺灣兒童文學界的第二份獻禮。

2003年12月出版的《回首來時路——兒童文學史料工作路迢迢》是邱各容從事兒童文學的研究、寫作與出版的紀錄，包括發展、交流與研究三個主題，這三個主題鋪陳出臺灣兒童文學的點線面，是他從事兒童文學史料工作的實戰紀錄，也是他專注兒童文學史料工作的心得感觸。當大家致力於境外交流的同時，給臺灣在地的兒童文學工作者同樣的鼓勵和掌聲。這是邱各容對臺灣兒童文學界的第三份獻禮。

臺灣兒童文學自日治時期迄今，融合了日本兒童文學、中國兒童文學，以及臺灣民間口傳文學，造就出豐富多元的屬性。2005年6月出版的《臺灣兒童文學史》以「年代」為經，以「人事物」為緯，提綱挈領地勾勒出自四〇年代（含以前）以迄九〇年代以來臺灣兒童文學的發展脈洛，並藉此提供關心臺灣兒童文學發展者一個比較清楚完整的閱讀地圖。這是臺灣的兒童文學史，趙天儀認為是一座可懷念的里程碑。這是邱各容「臺灣兒童文學三部曲」的首部曲，也是他對臺灣兒童文學界的第四份獻禮。

據《辭海》解釋，「列表以年為次，分隸史事於各年下，謂之年表。」年表一般皆採用經緯線條，予以分欄記事。張錦郎在《中文參考用書指引》第二次增訂本提到：「年表可略分二種：1. 史日對照表。……2. 大事年表：大事年表將同時發生各種不同性質的事件彙編一處，可以推知相互的影響，古今淵源的流變。」顯然，2007年8月出版的《臺灣兒童文學年表1895-2004》，屬於後者。日本兒童文學家鳥越信說：「年表一行，隨筆一章。」此正表明兒童文學工作者在整個兒童文學發展過程中留下的吉光片羽。這是邱各容「臺灣兒童文學三部曲」的第二部曲，也是他對臺灣兒童文學界的第五份獻禮。

從事兒童文學史料工作二十餘年來，邱各容深感兒童文學史料蒐集的不容易性，以及感慨普遍缺乏「保存資料以供後學者研究參考」的歷史意識，這盞「紅燈」始終未曾熄滅。2008年8月出版的《臺灣兒童文學作家及作品論》，研究對象是詹冰、陳千武、張彥勳、林鍾隆、鄭清文、黃基博、趙天儀、顏炳耀、陳正治、馮輝岳等十位臺灣兒童文學家。旨在強調「世代性」、「鄉土性」與「共榮性」。是繼《兒童文學史料初稿1945-1989》、《播種希望的人們——臺灣兒童文學工作者群像》之後，第三本的臺灣兒童文學人物誌。也是他對臺灣兒童文學界的第六份獻禮。

邱各容的這六本有關臺灣兒童文學的史料專著，都有一個基本共性，那就是以「史料立史」。

第六節　小結

臺灣兒童文學發展到本時期，橫跨19世紀末與20世紀初，有關兒童文學各種文類的創作早已臻於成熟階段，唯獨「學術理論研究」這一區塊，直到1997年臺東師院兒童文學研究所獲准成立以後，在林文寶創所所長等的努力經營之下，學術研究隊伍方才正式成軍。十餘年來，兒文所培育出來的研究生，如今活躍在臺灣兒童文學的各個領域，無論是史料的蒐集整理與研究，無論是創作，無論市閱讀推廣皆有不錯的成績，有目共睹。

林文寶的籌設兒童文學研究所以及郝廣才的將臺灣圖畫書推向國際，有聲有色。但是，永續的經營是需要傳承的，切莫重蹈「因人設事，因人廢事」的覆轍。窮一人之力，畢竟無以竟全功；莫如群策群勵，集眾人之力，以竟全功。

本時期由於有行政院文建會的經費補助，兒童戲劇推廣如魚得水，從城市到鄉村，從國內到國外，從小舞臺到大舞臺，處處可見兒童戲劇的身影。如果缺乏文建會的扶持，臺灣的兒童戲劇推廣是否能夠做到自立更生？

靜宜大學的全國兒童文學與兒童語言學術研討會自舉辦十七屆以來，已經成為該校一年一度的學術盛會。雖然熱況不若早期，但主辦單位的熱誠並不減。從參與的相關學校教授兒童文學課程者的熱誠遞減，也反映出世代交替的青黃不接。

要檢視一個學術研究的良窳，「學刊」的刊行雖然不是唯一的評鑑因素，卻是重要的「參考」。臺東師院的《兒童文學學刊》是目前國內唯一的兒童文學學術刊物，其重要性可想而知。要想成為世界華文兒童文學研究重鎮，《兒童文學學刊》就成為必要的衡量，可惜第20期出刊後即告停刊。

文建會宣布2000年為「兒童閱讀年」，有關兒童閱讀活動的推廣就開始上緊發條，各種不同形式的配合措施層出不窮。從中央到地方，推廣兒童閱讀，形成一股風氣，連帶也促進優質兒童讀物出版。至於《臺灣（1945-1998）兒童文學100》票選，目的在於配合「兒童閱讀年」，提供臺灣近半世紀出版的優質兒童文學作品，並趁此檢視近半世紀臺灣兒童文學作品的出版。

「橋樑書」的興起，是本時期最為特出的兒童讀物出版現象。由於有「橋樑書」的出版，變成是兒童讀物出版的一種「時尚」。從幼兒讀物、學齡讀物，到青少年讀物，莫不急著趕搭「橋樑書」這股熱潮，坊間諸如此類的「橋樑書」，彷彿是書市的「新寵兒」。

至於《兒童文學精華集》的編輯，以及《年度童話選》的出版，都是本時期才出現的編輯新模式，有別於幼獅版的《兒童文學選集》。除了編輯模式採「年度」突顯該年度的精華兒童文學作品，還兼有包裝「行銷」的作用。

本時期的作家都是崛起於各兒童文學徵獎，「兒童文學徵獎」，它是一條出名的捷徑，但不是唯一的途徑。這些作家各自在自己熟悉的領域擁有屬於自己的一方天地。無論是少年小說，或是童話，都是代表性或是主要的作家，也都是本時期寫作陣容的中堅。他們的身影，擺盪在童話與少年小說的寫作之間。

至於張子樟與邱各容，一在兒童文學學術研究，一在兒童文學史料研究，各自開創自己的一片天。張子樟之於少年小說，邱各容之於兒文史料，他們之間的「共性」，就是對自己熱衷工作的那一份「堅持」的精神。

至本時期，老中青三代作家在臺灣兒童文學園地依然筆耕不輟。對資深作家而言，年齡不是問題，作品才是重要。對中生代作家而言，堅持是最大的動力。對新生代作家而言，來日方長，懈怠是成長最大的阻力。除此之外，本時期還出現新世紀兒童文學作家，諸如林哲璋、嚴淑女、黃秋芳、廖炳坤、陳景聰、謝鴻文、子魚、王素涼等新秀，假以時日，未嘗不是一顆耀眼的新星。

參考書目

一

丁玟瑛主編　《第六屆兒童文學與兒童語言學術研討會論文集》　臺北市　富春文化事業股份有限公司　2002年5月

丁玟瑛主編　《第七屆兒童文學與兒童語言學術研討會論文集》　臺北市　富春文化事業股份有限公司　2003年6月

丁玟瑛主編　《第八屆兒童文學與兒童語言學術研討會論文集》　臺北市　富春文化事業股份有限公司　2004年5月

林文寶主編　《一所研究所的成立》　臺東市　臺東師院兒童文學研究所　1997年10月

林文寶主編　《臺灣（1945-1998）兒童文學100》　臺北市　行政院文建會　2000年3月

林文寶主編　《兒童文學工作者訪問稿》　臺北市　萬卷樓圖書有限公司　2001年6月

林文寶總策劃　《2000年臺灣兒童文學精華集》　臺北市　天衛文化圖書出版有限公司　2006年7月

林文寶總策劃　《2001年臺灣兒童文學精華集》　臺北市　天衛文化圖書出版有限公司　2006年7月

林文寶總策劃　《2002年臺灣兒童文學精華集》　臺北市　天衛文化圖書出版有限公司　2006年7月

林文寶總策劃　《2003年臺灣兒童文學精華集》　臺北市　天衛文化圖書出版有限公司　2006年7月

林文寶總策劃　《2004年臺灣兒童文學精華集》　臺北市　天衛文化圖書出版有限公司　2009年6月

林文寶總策劃　《2005年臺灣兒童文學精華集》　臺北市　天衛文化圖書出版有限公司　2009年6月

林文寶總策劃　《2006年臺灣兒童文學精華集》　臺北市　天衛文化圖書出版有限公司　2009年6月

邱各容　《播種希望的人們——臺灣兒童文學工作者群像》　臺北市　富春文化事業股份有限公司　2002年8月

邱各容　《臺灣兒童文學史》　臺北市　五南圖書出版股份有限公司　2005年6月

邱各容　《臺灣兒童文學年表》　臺北市　五南圖書出版股份有限公司　2007年6月

邱各容　《臺灣兒童文學作家及作品論》　臺北市　富春文化事業股份有限公司　2008年8月

胡森永主編　《第五屆兒童文學與兒童語言學術研討會論文集》　臺北市　富春文化事業股份有限公司　2001年5月

洪文瓊　《臺灣兒童文學史》　臺北市　傳文文化事業有限公司　1994年6月

徐錦成　《臺灣兒童詩理論批評史》　彰化縣　彰化縣文化局　2003年9月

徐錦成主編　《92年童話選2003》　臺北市　九歌出版社　2004年3月

徐錦成主編　《93年童話選2004》　臺北市　九歌出版社　2005年3月

徐錦成主編　《94年童話選2005》　臺北市　九歌出版社　2006年3月

黃秋芳主編　《95年童話選2006》　臺北市　九歌出版社　2007年3月

黃秋芳主編　《96年童話選2007》　臺北市　九歌出版社　2008年3月

黃秋芳主編　《97年童話選2008》　臺北市　九歌出版社　2009年3月

黃玉蘭主編　《第三屆全國兒童文學與兒童語言學術研討會論文集》　臺北市　富春文化事業股份有限公司　1999年11月

張子樟　《少年小說大家讀——啟蒙與成長的探索》　臺北市　天衛文化圖書出版有限公司　1999年8月

張子樟主編　《沖天砲VS. 彈子王 兒童文學選集 1988-1998》　臺北市　幼獅文化事業股份有限公司　2000年2月

張子樟　《寫實與幻想——外國青少年作品賞析》　臺北市　國語日報社　2001年10月

張子樟　《閱讀與觀察——青少年文學的檢視》　臺北市　萬卷樓圖書有限公司2005年5月

許義宗　《兒童詩的理論與發展》　自印本　1979年7月

傅林統主編　《98年童話選2009》　臺北市　九歌出版社　2010年3月

傅林統主編　《99年童話選2010》　臺北市　九歌出版社　2011年3月

趙天儀主編　《第二屆國兒童文學與兒童語言學術研討會論文集》　臺北市　富春文化事業股份有限公司　1998年1月

趙天儀主編　《第四屆兒童文學與兒童語言學術研討會論文集》　臺北市　富春文化事業股份有限公司　2000年10月

趙天儀主編　《第九屆兒童文學與兒童語言學術研討會論文集》　臺北市　富春文化事業股份有限公司　2005年6月

趙天儀主編　《第十屆兒童文學與兒童語言學術研討會論文集》　臺北市　富春文化事業股份有限公司　2006年6月

趙天儀主編　《第十一屆兒童文學與兒童語言學術研討會論文集》　臺北市　富春文化事業股份有限公司　2007年6月

二

王靖媛　《兒童戲劇現場觀察》　〈國語日報〉第16版兒童新聞　1999年12月9日
臺東師院兒文所　《兒童文學學刊》創刊號　臺東市　臺東師院兒文所　1998年3月
臺東師院兒文所　《兒童文學學刊》第2期　臺東市　臺東師院兒文所　1999年5月
林文寶總編輯　《兒童文學學刊》第3期　臺北市　天衛文化圖書有限公司　2000年5月
林文寶總編輯　《兒童文學學刊》第4期　臺北市　天衛文化圖書有限公司　2000年11月
林文寶總編輯　《兒童文學學刊》第5期　臺北市　天衛文化圖書有限公司　2001年5月
林文寶總編輯　《兒童文學學刊》第6期（上卷）　臺北市　天衛文化圖書有限公司　2001年11月
林文寶總編輯　《兒童文學學刊》第6期（下卷）　臺北市　天衛文化圖書有限公司　2001年11月
林文寶總編輯　《兒童文學學刊》第7期　臺北市　萬卷樓圖書股份有限公司　2002年5月
林文寶總編輯　《兒童文學學刊》第8期　臺北市　萬卷樓圖書股份有限公司　2002年11月
林文寶總編輯　《兒童文學學刊》第9期　臺北市　萬卷樓圖書股份有限公司　2003年5月
林文寶總編輯　《兒童文學學刊》第10期　臺北市　萬卷樓圖書股份有限公司　2003年11月

張子樟總編輯　《兒童文學學刊》第11期　臺北市　萬卷樓圖書股份有限公司　2004年6月

張子樟總編輯　《兒童文學學刊》第12期　臺北市　萬卷樓圖書股份有限公司　2004年12月

張子樟總編輯　《兒童文學學刊》第13期　臺北市　萬卷樓圖書股份有限公司　2005年6月

張子樟總編輯　《兒童文學學刊》第14期　臺北市　萬卷樓圖書股份有限公司　2005年12月

張子樟總編輯　《兒童文學學刊》第15期　臺北市　萬卷樓圖書股份有限公司　2006年5月

張子樟總編輯　《兒童文學學刊》第16期　臺北市　萬卷樓圖書股份有限公司　2006年11月

杜明城總編輯　《兒童文學學刊》第17期　臺北市　萬卷樓圖書股份有限公司　2006年5月

杜明城總編輯　《兒童文學學刊》第18期　臺北市　萬卷樓圖書股份有限公司　2007年11月

邱各容　臺灣兒童文學界的傳教士——林文寶　《兒童文學家》第40期　2008年6月　頁2-7

周倩如　公共圖書館如何推廣兒童閱讀活動　《書苑季刊》第44期，2000年4月1日　頁48-56

陳玉金　童書出版觀察——銜接圖像，進入文字閱讀的橋樑書　《全國新書資訊月刊》第100期　2007年4月　頁32-35

陳佳秀　張子樟——位臺灣兒童文學注入更璀璨的光　《兒童文學家》第40期　2008年6月　頁26-31

嚴淑女　圖畫書的吹夢巨人——郝廣才專訪　《兒童文學工作者訪問稿》　2001年6月　頁475-513

第七章
未來與展望

洪文瓊在1999年出版的《臺灣兒童文學手冊》一書中，認為「多元化、分工化、國際化、本土化、視聽化與學術化也正是本崢嶸期臺灣兒童文學所反映的特色。」（P.60）而我在2001年〈臺灣兒童文學的建構與分期〉一文中的〈結語與展望〉，基本是同意洪氏的看法。但是我更強調國際化與本土化到底如何化除緊張，亦是不可避免的事實。我說：

> 吉妮特·佛斯（Jeannette Vos）、高頓·戴頓（Gordon Dryden）於《學習革命》（The Learning Revolution）中認為塑造明日世界有十五個大趨勢，其中之十是「文化國家主義」，他們說：當全球愈來愈成為一個單一經濟體，當我們的生活方式愈來愈全球化，我們就愈來愈清楚的看到一個相反的運動，奈斯比稱之為文化國家主義。

> 「當世界愈來愈像地球村，經濟也愈來愈互賴時」，他說，「我們會愈來愈講求人性化，愈來愈強調彼此間的差界，愈來愈堅持自己的母語，愈來愈想要堅守我們的根及文化。
>
> 即使是歐洲由於經濟原因而結盟，我仍認為德國人會愈來愈德國，法國人愈來法國」。
>
> 再一次的，這其中對於教育又有極為明顯的暗示。科技愈加發達，我們就會愈想要抓住原有的文化傳統——音樂、舞蹈、語言、藝術及歷史。當個別的地區在追求教育的新啟示時——尤其在所謂的少數民族地區，屬於當地的文化創見將會開花結果，種族尊嚴會巨幅提升。（見1997年4月中國生產力中心出版，林麗寬譯，頁43-44）
>
> 本土化、國際化，皆不悖離多元化。而所謂多元化、本土化的主張，不是口號，是趨勢。在歷經長期的努力，我們已經有了對臺灣與本土文化自然的情感。
>
> 展望臺灣的兒童文學，仍是多元共生與眾聲喧嘩。但在多元中，可見我們的記憶，我們的歷史，更見我們主體性與自主性。（頁36-37）

昔日所謂的國際化，或即是現在所謂的全球化（Globalization）。

「全球化」是一個備受爭議的「名稱」。從後殖民主義觀點，則認為全球化是一種殖民主義。後殖民主義因有薩依德（Edward Said, 1935-2003）、佳亞特里．C．斯皮瓦克（Gayatri C. Spivak, 1942-）、霍米．巴巴（Homi K. Bbabba, 1949-）等三位代表人物先後發表論述，使得學界對後殖民主義的研究與文化身份、種族問題、離散現象以及全球化問題融為一體，並在一些第三世界國家釀起了民族主義的情緒。

全球論者相信全球化是一個真實且重大的歷史發展。它是過去幾個世紀以來的實質結構性變化。班楊（John Benyon）與唐克利（David Dunkerley）在《全球化讀本》導論中，主張：

> 全球化正透過各種形式，影響地球上所有人的生活……宣稱全球化定義了二十一世紀人類社會的特性，應不為過。（轉引自《全球化觀念與未來》，頁1-2）

王寧認為全球化至少具有下列七種特徵：

> （1）全球化是一種全球經濟運作的方式。
> （2）全球化是一個漫長的歷史過程。
> （3）全球化是一個金融市場化和政治民主化的漸變過程。
> （4）全球化是一個充滿爭議的批評概念。
> （5）全球化是一種敘述範疇。
> （6）全球化是一種文化建構。
> （7）全球化是一種理論話語。
>
> ——見《後理論時代的文學與文化研究》，頁218。

可見全球化現象是複雜且多面向的。

學者檢視全球化的過程，發現其核心在於科技。雖然，科技是獨立於社會脈絡，可是科技的發展卻會造成社會、國家、文化和個人的運作方式與認知自我方式的改變。

當然，全球化或許已經成了不爭的事實，但是全球化的影響和播撒不只是停留在經濟和國際交往上，文化的全球化亦趨突顯出現。可是我們也不樂意單一性，或以歐、美為中心。

全球化：帶來跨國交流意味著自由，離散的合理化，時空的壓縮，旅行的理論化。理論上全球化是去中心與疆域，因此，沒有真正的全球文化，因為認同和文化歸屬必須仰賴情感和傳統的共鳴。

John Tomlinson在《文化與全球化的反思》一書中，論及世界主義的可能性。（P.221-254）。世界主義者（Cosmopliton）的原意是「世界公民」，在全球化情境之下，公民身分的觀念在政治領域中發揮了特定影響。其重點在於超越國族、國家政體的民主形式和政治制度。作者將世界主義的概念視為一種文化形式。他認為成為「世界公民」意味著他的文化傾向不止於在地之關切，也認知到全球歸屬，這種心態就是有效的全球治理中要落實「生活方式的參與」之前提要件。漢納茲（Hannerz）形容世界主義是一種展望、心態或……處理意義的模式。也就是說它是一種理念而已。

又王寧在《後理論時代的文學與文化研究》一書中（P14-15）在討論全球化語境中的文學與文化的生存價值和命運前途，認為應該以世界文學（Weltliteratur）作為出發點。

王寧認為世界文學這個概念最先是由歌德1827年正式提出的，後來馬克思主義創始人根據當時的政治、經濟形勢及其對文化知識生產的影響提出了新的「世界文學」概念，這對比較文學這門新興的學科在19世紀後半葉的誕生和在20世紀的長足發展都起到了推波助瀾的作用。但是，對於「世界文學」這個概念，我們將作何解釋呢？王寧認為從文化差異和多元發展走向這一辯證的觀點來看，這種「世界的文學」並不意味著世界上只存在著一種模式的文學，而是在一種大的宏觀的、國際的乃至全球的背景下，存在著一種仍保持著各民族原有風格特色、但同時又代表了當今世界最先進的審美潮流和發展方向的世界文學。由此看來，世界文學不是一個固定的現象，而是一個旅行的概念。在其旅行和流通的過程中，翻譯扮演了重要的角色，可以說，沒有翻譯的中介，一些文學作品充其量只能在其他文化和文學傳統中處於「死亡」或「邊緣化」的狀態。同樣，在其世界各地的旅行過程中，一些本來僅具有民族／國別影響的文學作品經過翻譯的中介將產生世界性的知名度和影響，因而在另一些文化語境中獲得持續的生命或來世生命；而另一些作品也許會在這樣的旅行過程中，由於本身的可譯性不明顯或譯者的誤譯而失去其原有的意義和價值，因為它們不適應特定的文化或文學接受土壤。

由此可知，正是通過翻譯的中介，世界文學在不同的民族／國家才有了不同的版本，從而消解了所謂單一的「世界文學」的神話。

無論世界主義或世界文學，似乎皆屬理想式的烏托邦思維；而全球化亦有其誤區與盲點，下列二者可以參考：

之一，《禮記：禮運大同章》：

> 大道之行也，天下為公。選賢與能，講信脩睦，故人不獨親其親，不獨子其子，使老有所終，壯有所用，幼有所長，矜寡孤獨廢疾者，皆有所養。男有分，女有歸。貨惡其棄於地也，不必藏於己；力惡其不出於身也，不必為己。是故，謀閉而不興，盜竊亂賊而不作，故外戶而不閉，是謂大同。

大同世界是儒家的理想世界，似乎從來也未實現過。退而求其次的「小康」也不易。

之二，巴別塔：

> 那時，天下人的口音言語都是一樣。他們往東邊遷移的時候，在示拿地遇見一片平原，就住在那裏。他們彼此商量說：來吧，我們要作磚，把磚燒透了。他們就拿磚當石頭，又拿石漆當灰泥。他們說：來吧，我們要建造一座城和一座塔，塔頂通

> 天，為要傳揚我們的名，免得我們分散在全地上。耶和華降臨，要看看世人所建造的城和塔。耶和華說：看哪，他們成為一樣的人民，都是一樣的言語，如今既作起這事來，以後他們所要作的事，就沒有不成就的了。我們下去，在那裏變亂他們的口音，使他們的言語彼此不通。於是，耶和華使他們從那裏分散在全地上。他們就停工不造那城了。因為，耶和華在那裏變亂天下人的言語，使眾人分散在全地上，所以那城名叫巴別。
>
> ——創世記11:1-9

巴別塔是聖經裡著名典故。巴別（Babel）是希伯來語中的「巴比倫」，原義為通向神的大門。但是在希伯來文化的語境中，則是「混亂」。

數千年來，巴別塔被賦與了數不清的意義。在全球化的現代知識體系的文化內涵，無論如何都是意味深長的。

全球化論者如果多以麥克魯漢（Marshall Mcluhan, 1911~1980）重塑「地球村」概念入手，更能有休戚與共、四海一家的感覺，和道德涉入的本質。

全球化論點要皆以政治、經濟入手，或許從人類學觀點，會拋開不必要的霸權與衝突。

人類學的世紀之旅可以總結出意義深遠的三大發現。這正是後來居上並給整個人文社會學科帶來重要轉向的關鍵所在：人的發現、文化的發現、現代性原罪的發現。

所謂人的發現，是指人類學這門學科第一次實踐對全球範圍的不同文化和不同族群的全面認識，並在此基礎上宣告：地球上任何一個角落的任何一個族群，不論其生產力與物質水平如何差異，在本質上都是同樣的族群種屬，其文化價值也同樣沒有優劣高下之分。

文化的發現是人類學界講述得最多的一面，是20世界人類最重要的發現。廣義的文化是相對於自然而言的；宇宙萬物中唯獨人類創造了文化，因此人可以定義為文化動物。狹義的文化即小文化概念，是指人類的特定族群所持有的一整套感知、思維和行為特徵。在這一意義上，人類學家說到愛斯基摩文化、瑪雅文化、古希臘文化和納西族文化等。於是，通過研究文化，人類學能夠解釋以往不得其門而入的許許多多的人類族群之差異及社會構成原理。

現代性原罪的發現，指通過對世界上千千萬萬不同文化的認識和比照，終於意識到唯獨在歐美產生的資本主義生產生活制度及現代性後果，是一種特殊文化現象，它既不是人類普世性的理想選擇，也不是未來人類唯一有美好預期的方向選擇。從生態和地球生物的立場看，現代性已經將人類引入危險和風險之途。

人類學的文化相對原則，一方面啟發人們用平等的眼光重新看待世界的主流文化與非主流文化；另一方面也自然導向一種全球公正理論，使得盲從西方現代性的主流思考方式受到質疑：為什麼總數以千計的原住民社會在沒有外界干預的情況下是可持續的，而現代化的高風險社會反而是不可持續的！處在前現代的文化──原住民生態文化作為鏡子，反照出現代文明的醜陋和瘋狂的一面（以上見葉舒憲《文學人類學教程》，頁14-15）。

因此，對於各族群文化，則採文化並置〈cultural juxtapoition〉，文化並置是出自人類學理論的一個命題，後來推廣運用到文學藝術和影視創作，指寫作中常見的一種技巧，及通過將不同文化及其價值觀相並列的方式，使人能夠從相輔相成貨相反相成的對照中，看出原來不易看出的文化特色或文化成見、偏見。文化並置所帶來的認識效果，類似日常生活中的反觀或者對照。在反觀之中，可將原來熟知的東西陌生化，從大家習以為常的感知模式超脫出來。在後殖民批判的

視野中，文化並置會以激進的邊緣立場，對所謂正統觀念和主流價值加以顛覆、翻轉。（同上，頁120）

湯林森（John Tomlinson）在《文化與全球化的反思》一書中，讚揚一種「世界主義」的理想。他認為世界主義的原意是成為「世界公民」，這意味在全球化情境下，現代公民不僅關切於在地的議題，同時會體認到自身與世界各地人們的密切關係以及對全球事務的責任。

懷抱世界主義的人們，必須有歸屬於全世界的積極參與感，他們需要體認到不受限於在地環境的「遙遠認同」，更要能抱持「四海皆兄弟」的觀念，願意承受人類的公共風險和相互責任。以近來的全球暖化議題為例，由於工業國家排放越來越多廢氣，已造成全球氣候異常、水災頻繁出現等危機，相信讀者也能感同身受，但這些問題有賴世界各國來共同解決。

另一方面，世界主義者必須瞭解：在地文化不過是全世界中眾多的文化之一，我們必須以開放胸襟去接受文化差異，因此，人們也要反思在自身文化中的各種假設與迷思。當然，如果過分強調世界文化的多元性，很容易推導出一種簡化結論：所有價值不過是「在地性」的，它們無法產生任何影響力，使得我們可以放棄對全球的責任。針對這種疑慮，紀登斯指出世界主義是一種平等的「智識關係」，而世界主義者雖然不認為各種價值是完全對等的，卻主張個人和團體有責任將自身特有的理念落實。

不同國家有不同歷史背景和文化價值，因此面對全球化的趨勢，便興起「在地化論者」（localizationist）的質疑，他們要求國際經濟的整合應由在地國觀點出發，尤其須顧及在地勞工與企業的利益，並掌握自身的主體性，發展在地的認同和特色。全球化假象引爆了與在地化精神的嚴重矛盾，觸動了在地主體性的要求，各國弱勢群體紛紛注意到自主權力的保障。據此，形成了「全球思考，在地行動」（think globally, act locally）的新趨勢。羅伯士頓（Roland Roberston）所提出的「全球在地化」（globalization）的觀念可消解全球和在地的對立關係，他指出「在地」代表了特殊性、「全球」意指著普遍性，然而兩者並非兩個極端的文化概念，它們反而可以相互滲透的。換言之，人們的生活世界是由當地事務構成的，所以全球性的責任也必須透過在地行動來實踐。（詳見《文化與全球化的反思：書鼻子》，丘忠融撰）

全球在地化，是自省，也是趨勢。面對教育兒童的文學，我們不可忽視的是文化的傳承。

展望臺灣兒童文學，希望仍是多元共生與眾聲喧嘩。但是在多元與眾聲中，要有我們的記憶與歷史，更要有我們的主體性。

我們相信：全球化或地球村是無可避免，再加上視覺文化的圖像轉向，重要的是如何立足於在地或本土。檢視臺灣童書分化（多元化、分工化、國際化、本土化、視聽化與學術化）過程中，最該努力與檢討者，當屬學術界。是否該更加積極，更加主動的參與各種兒童文學的國際交流，更應該凝聚共識，使臺灣兒童文學真正成為世界兒童文學的一環。

參考書目

John Tomlinson著　鄭木元、陳慧盛譯　臺北縣　《文化與全球化的反思》韋伯文化國際出版有限公司　2007年9月

Tony Schirato and Jen Webb著　游美齡、廖曉晶譯　《全球化觀念與未來》　臺北縣　韋伯文化國際出版有限公司　2009年6月

王寧著　《後理論時代的文學與文化研究》　北京市　北京大學出版社　2009年8月
周慧菁等著　《孩子，我要你比我更國際》　臺北市　天下雜誌股份有限公司　2004年3月
林文寶著　〈臺灣兒童文學的建構與分期〉　見2001年5月《兒童文學學刊》第5期，頁6-42
洪文瓊編著　《臺灣兒童文學手冊》　臺北市　傳文文化事業有限公司　1999年8月
葉舒憲著　《文學人類學教程》　北京市　中國社會科出版社　2010年7月
潘道正著　《解讀巴別塔——一個概念的文化史》　合肥市　安徽教育出版社　2008年5月
薩義德著　李自修譯　《世界·文本·批評家》　北京市　三聯書店　2009年8月

國家圖書館出版品預行編目(CIP)資料

林文寶兒童文學著作集. 第三輯, 著作編 / 林文寶作.
-- 初版. -- 臺北市 : 萬卷樓圖書股份有限公司,
2023.09
冊 ; 公分. --(林文寶兒童文學著作集 ;
1605003)
ISBN 978-986-478-972-6(第 7 冊 : 精裝). --
ISBN 978-986-478-977-1(全套 : 精裝)

1.CST: 兒童文學 2.CST: 文學理論 3.CST: 文學評論
4.CST: 臺灣

863.591　　112015478

林文寶兒童文學著作集　第三輯　著作編　第七冊

臺灣兒童文學史

作　者　林文寶
主　編　張晏瑞

出　版　萬卷樓圖書股份有限公司
發行人　林慶彰
總經理　梁錦興
總編輯　張晏瑞
聯　絡　電話 02-23216565　傳真 02-23944113
　　　　網址 www.wanjuan.com.tw
　　　　郵箱 service@wanjuan.com.tw
地　址　106 臺北市羅斯福路二段 41 號 6 樓之三
印　刷　百通科技股份有限公司
初　版　2023 年 9 月
定　價　新臺幣 18000 元　全套十一冊精裝　不分售
ISBN　978-986-478-977-1(全套 : 精裝)
ISBN　978-986-478-972-6(第 7 冊 : 精裝)

　新聞局出版事業登記證號局版臺業字第 5655 號